CAN IT BE LOVE

For you!
Mary-Sue McKnightingale

Mary-Sue McKnightingale

CAN IT BE LOVE

Kennst du ihn, kennst du alle

New Adult

Persiflage

ΣΤΥΞ

Bibliografische Information der Deutschen Nationalbibliothek:
Die Deutsche Nationalbibliothek verzeichnet diese Publikation in der Deutschen Nationalbibliografie; detaillierte bibliografische Daten sind im Internet über http://dnb.dnb.de abrufbar.

© 2020 Geraldine Dettwiler & Rahel Hefti
Cover: Vinh
Herstellung und Verlag: BoD – Books on Demand, Norderstedt
ISBN: 978-3-7519-0468-1

Für alle Kaffeeliebhaber. Mit dem Code «*mary-sue-rockz1*» kriegt ihr einen gratis Cappuccino bei Will im Uni-Café!

Playlist – Can it be love?

1   katy perry – **teenage dream**
2   chad kroeger – **hero (feat. josey scott)**
3   the veronicas – **untouched**
4   cyndi lauper – **girls just wanna have fun**
5   monster rancher – **frei wie der wind**
6   netta – **nana banana**
7   jannabi – **take my hand**
8   salt-n-pepa – **push it**
9   steel panther – **she's tight**
10   x ambassadors – **boom**
11   the kooks – **naive**
12   incubus – **love hurts**
13   detektiv conan – **nur fragen in meinem kopf**
14   aquilo – **losing you**
15   sailor moon – **moonlight densetsu**
16   queen – **bicycle race**
17   digimon – **leb deinen traum**
18   halestorm – **love bites (so do i)**
19   britney spears – **oops!... i did it again**

Dieser Roman ist eine Parodie. Wir spielen bewusst mit Klischees und stoßen euch vor den Kopf. Nehmt uns und euch daher nicht zu ernst, und lest zum Schluss unbedingt unsere Anmerkungen.

Geraldine Dettwiler und Rahel Hefti schreiben als Mary-Sue McKnightingale.

01

Wie viele Menschen hier sind. Beunruhigt sehe ich mich um. Wer seine ganze Freizeit zwischen Büchern und Videogames verbringt, fühlt sich in der normalen Welt schnell einmal verloren. Ich bin mir einen solchen Tumult nicht gewohnt, denn ich wuchs in einem kleinen Dorf auf dem Lande auf, wo man vom Postboten bis zum Polizisten jeden noch beim Namen kennt. Lange Zeit glaubte ich, in ebendiesem Dorf alt zu werden. Ich dachte, ich würde nach der High-School einen Job in der lokalen Bücherei annehmen und zwischen den staubigen Regalen verblassen wie ein gedrucktes Werk von Shakespeare.

Aber dann erhielt ich ein Stipendium und wurde in diese neue Welt hineingeworfen. Ich sei ein Talent, sagten sie, und meine Zeichnungen außergewöhnlich. Anfänglich glaubte ich ihnen sogar. Ich feierte den Beschluss des *Excellence Scholarship & Opportunity Programs* mit meinem Vater, meinem besten Freund Sam, einer Flasche Wein und Nudelsuppe vom Chinesen.

Dann kam der Unfall ...

Erinnerungen flackern auf. Meine Wimpern zucken. Unwillkürlich schiele ich auf meine rechte Hand. Sie fühlt sich tauber an als meine linke. Ich versuche, sie zu einer Faust zu ballen.

Es misslingt mir.

Mit einem energischen Kopfschütteln kämpfe ich gegen die aufkommenden Bilder und den Kloß in meinem Hals an und lege mein Augenmerk zurück auf das Hauptgebäude der Oxville University, dem Kernstück des Campus, das majestätisch vor mir in die gleißende Spätsommersonne ragt. Es ist warm, trotzdem fröstle ich in meinem weiten Sailor-Moon-Pulli. Ich klammere mich an meine schwere Umhängetasche und meinen Stundenplan, nehme einen Schluck des Hafermilchcappuccinos aus meiner biologisch abbaubaren Thermoskanne und betrete das Gebäude durch einen Seiteneingang, weil ich mich nicht in den Mittelpunkt traue. Aufmerksamkeit ist nur auf Social Media mein Ding.

Natürlich verlaufe ich mich innerhalb von drei Minuten, denn das Gebäude ist von innen genauso einschüchternd und groß wie von außen. Überfordert beobachte ich die anderen Studentinnen und Studenten, die plaudernd durch die langen Flure schlendern, die Steintreppen hinauf- und hinuntersteigen und in Vorlesungssälen oder Seminarräumen verschwinden, als wüssten sie alle, wo sie hingehören. Ich habe das in neunzehn Jahren immer noch nicht herausgefunden.

Auf einmal fühle ich mich fehl am Platz. Himmel nochmal, was mache ich hier nur!

Wieder schiele ich auf meine rechte Hand und schlucke schwer. Wie lange wird es dauern, bis meine Professoren merken, dass ich möglicherweise nicht mehr so gut zeichnen kann wie damals, als man mir das Stipendium zugesprochen hat?

Natürlich habe ich mit dem Gedanken gespielt, das Studium gar nicht erst anzutreten. Aber das war und ist keine Option für mich, nicht mehr. Ich brauche diesen Abschluss, denn ansonsten müsste ich mich wieder von vorn für einen Studienplatz bewerben. Das würde mein ambitiöses Ziel, meine Studienjahre in Rekordzeit hinter mich zu bringen, komplett zunichtemachen. Außerdem will ich nicht den Walk of Shame zurück in mein Dorf antreten, der mit einem abgebrochenen Studium unweigerlich einhergehen würde.

Zehn weitere Minuten verstreichen. Der Flur, in dem ich stehe, leert sich allmählich. Ich traue mich nach wie vor keinen Schritt vor und zurück. Die Umhängetasche fühlt sich schwer auf meiner Schulter an. Sie drückt mich in den Boden, in welchem ich umso dringlicher versinken möchte, je länger ich tatenlos herumstehe. Es sind immer noch unglaublich viele Menschen anwesend. Ich verfluche meine Schüchternheit eins ums andere.

Irgendwann wird mir leider klar, dass nicht die Steinsäule, hinter der ich mich verstecke, mir im Weg steht, sondern meine Angst. Will ich mein Studium wirklich beginnen, dann muss ich in die Vorlesungen. Ich muss mich bewegen!

Unweit von mir entdecke ich zwei Mädchen, die ebenfalls ihre Stundenpläne studieren. Ob sie auch neu sind? Ich mustere sie eingehender.

Sie sind stark geschminkt und ihre Röcke kürzer, als es die Figur der Kleineren der beiden verzeiht. Die Größere ist blond und bei der Verteilung der Attraktivitätsgene mindestens dreimal angestanden. Ihr perfektes puppenhaftes Gesicht schüchtert mich sosehr ein, dass ich mich nicht traue, sie anzusprechen. Sie sieht aus wie eine dieser Influencerinnen, deren Instagram-Profile ich neidvoll stalke. Also tippe ich stattdessen ihrer Freundin auf die Schulter.

Diese ist wie ich um die eins siebzig. Ihr Gesicht wirkt zerknautscht, als hätte es jemand mit großen Händen zusammengedrückt. Das entspannt mich. Ohne die künstlichen Wimpern und das aufreizende Outfit gehörte sie wie ich zum Club der grauen Mäuse.

Als ich meine Stimme hebe, stottere ich trotzdem. «H-hi, ich bin Allie. Seid, äh, ihr auch so verloren? Ich weiß nicht, wo meine erste Vorlesung stattfindet. Vielleicht können wir uns gegenseitig helfen?», plappere ich nervös drauflos und beiße mir innerlich auf die Zunge, weil die Mädchen mich augenblicklich begutachten, als wäre ich ein frisch auf der Erde gelandeter Alien.

Fast schon ertappt fahre ich mir übers Gesicht. Es wäre nicht das erste Mal, dass meine

Wimperntusche verschmiert ist. Es ist das einzige Kosmetikprodukt, das ich benutze, und ich kann trotzdem nicht damit umgehen. Ich bin so ein Schussel! Wird mich jemals jemand attraktiv finden? Auf einmal fühle ich mich nackt.

Die Blonde beendet ihre Allie-Analyse vor ihrer Freundin. Abschätzig klackst sie mit der Zunge. Das Geräusch lässt mich den Kopf einziehen, denn ich weiß genau, was sie in mir sieht: Vergeudetes Potenzial.

Im Gegensatz zu den zweien bin ich kaum geschminkt und habe trotzdem eine Porzellanhaut. Die Blonde malt sich vermutlich gerade aus, was man mit Highlighter aus meinen Wangenknochen herausholen könnte. Dasselbe wird sie sich bei meinem Outfit überlegen; zu meinem Sailor-Moon-Pulli trage ich eine unspektakuläre helle Jeans. Je länger ich das Crop-Top der Blonden betrachte, desto kindischer komme ich mir in meinen eigenen Kleidern vor.

Mein bester Freund (bis zu unserem sechzehnten Lebensjahr Freundin) Sam behauptet bis heute, ich wäre Prom Queen geworden, hätte ich auf der High-School mehr aus mir gemacht. Er ist felsenfest davon überzeugt, dass ich andere Mädchen mit meinem Aussehen einschüchtere. Jungs sähen nicht hinter meine Fassade, aber Mädchen wüssten genau, was für ein Fang ich wäre, würde ich einfach mal mehr aus mir herauskommen. Ha!

Meine Pokémon-Plüschtiere und ich haben gut und lange über seine Worte gelacht. Aber Sam ist stur geblieben. Ich sei jener Traum, den alle träumen, während sie nackt vor dem Spiegel ihre Speckröllchen kneten. Aus irgendeinem Grund bin ich nämlich schon immer sehr schlank gewesen und von Akne verschont geblieben, obwohl ich eigentlich nur Fast Food esse, je fettiger, desto besser. Für Arbeiten in der Küche bin ich eh zu tollpatschig.

Fakt ist: Sams Lobeshymne perlt wie Wasser an Plastik ab. Ich weiß schließlich, was für ein Durchschnittsmensch mir jeden Morgen im Badezimmerspiegel entgegenblickt. Mein Gesicht ist definitiv zu symmetrisch, meine Lippen zu voll und die Nase zu gerade und zu klein, als dass mich irgendjemand als *interessant* oder *außergewöhnlich* bezeichnen könnte, wie es bei «America's Next Topmodel» momentan so gesucht ist. Natürlich weiß ich selber, dass ich mehr aus mir machen könnte. Aber das traue ich mich nicht. Ich bin nicht der Mensch auf der großen Bühne, sondern derjenige, der für andere den Scheinwerfer bedient. Wer das bis jetzt nicht gecheckt hat, denkt wohl auch, dass Bucky Barnes ein Bösewicht ist.

Hektisch klemme ich eine Strähne meines gewellten braunen Haars hinters Ohr. Wie immer habe ich es zu einem zerzausten Dutt auf meinem Kopf hochgebunden. Die Mädchen müssen denken, dass ich frisch aus dem Bett gekrochen bin. Dabei habe ich aus Angst vor heute zweimal geduscht und die dreifache Ladung Deo aufgetragen.

«Wir sind nicht verloren», sagt die Blonde endlich. Sie verdreht die Augen und stupst ihre Freundin mit dem Knautschgesicht an. «Oder siehst du das anders, Mandy?»

«Nö, Beverley.»

Die Blonde – Beverley – lächelt. Es wirkt kalt und von oben herab, was mich nicht überrascht, denn sie ist etwas größer als ich. Überheblich reckt sie den Hals und schiebt ihre Brust vor. An ihrem Hals entdecke ich einen Knutschfleck, der mehr wie eine Bisswunde aussieht. Das allein hätte mich schon eingeschüchtert, allerdings setzt Beverley noch eine Schippe drauf.

Sie macht einen bedrohlichen Schritt auf mich zu. «Hör mal, Kleine. Du und wir», sie zeigt zwischen uns herum, «das wird nichts. Frag lieber Sailor Moon nach dem Weg. Dann könnt ihr euch mittags zusammensetzen und Milch aus euren Plastikflaschen trinken.»

«Plastik tötet den Planeten», flüstere ich, aber sie hören mich nicht. Knautschgesicht Mandy kichert hämisch hinter vorgehaltener Hand.

«Sprich uns nicht mehr an, ja? Ich will mich nicht schämen.» Beverley tätschelt meinen Kopf wie bei einem Kind. Ihr Armreif bleibt in meinem Dutt hängen. Als sie auf dem Absatz kehrtmacht und davongeht, werde ich ungewollt mitgezerrt.

«Aua!», schreie ich.

Beverley wirbelt fluchend zu mir herum. «Was soll der Scheiß!», fährt sie mich an und befreit ihren Arm so rabiat, dass sie mir einige Haare ausreißt und mich aus dem Gleichgewicht bringt. Meine schwere Umhängetasche mit den Anime-Pins und Patches rutscht mir von der Schulter. Ich stolpere über meine eigenen Füße und lasse die Thermoskanne fallen.

Oh nein!

Die Umhängetasche knallt auf den Flurboden. Ordner, Notizblätter und Bücher kullern heraus, der Korkdeckel meiner Thermoskanne springt mit einem *Plopp* auf, und der Kaffee läuft heraus.

«Whoa, pass doch auf!», ruft ein Student und springt gerade noch rechtzeitig über die größer werdende braune Lache hinweg. Beverley und Mandy sind längst über alle Berge. Ich wiederum stehe verdattert vor dem Chaos, das mein neues Leben ist.

Ein dicker Kloß formt sich in meinem Hals. Am liebsten würde ich mich hinter einem Snapchat-Filter verstecken. Ich bin dieser Herausforderung nicht gewachsen. Meine größten Kämpfe trage ich normalerweise bei «Dead By Daylight» als Jägerin Anna aus. Die Sauerei vor mir auf dem Boden – die *Gegenwart* – ist einfach eine Nummer zu groß für mich.

Ich muss all meine Willenskraft aufbringen, um nicht loszuheulen. Beverley soll mit ihrer Einschätzung nicht rechtbehalten. Ich will mich nicht schon an Tag eins bei den belächelten Nerds einreihen.

Es gelingt mir, den Kloß zurückzudrängen. Mit einem tapferen Atemzug kauere ich mich hin und sammle meine Unterlagen ein, die weit verstreut im Flur herumliegen. Mein Current Read «Bloomfield Nights» verstaue ich als allererstes und mit hochrotem Kopf, denn es ist auf einer ziemlich pikanten Seite aufgeklappt. Skye hat gerade wilden Sex mit Tyler. Manchmal, wenn mich niemand sieht, lese ich diese Szenen gern ein- bis zweimal hintereinander. Dann stelle ich mir vor, wie ich an Skyes Stelle trete ...

Natürlich würde ich das vor niemandem zugeben. Fragt mich jemand, warum ich diese Bücher lese, schiebe die Liebesgeschichte vor. Diese macht bei New-Adult-Büchern zum Glück immer mindestens zwei Drittel der Geschichte aus. Dahinter kann sich ein schüchternes Mädchen wie ich echt gut verstecken. Aber eigentlich ist und bleibt es die körperliche Anziehung zwischen den Figuren, die mich in der Regel am meisten fasziniert. Und so versinke ich in diesem einen prickelnden Drittel ...

Nicht, dass ich mich jemals trauen würde, was die da machen. Donnerwetter, ich weiß nicht, was geschehen müsste, damit ich so *out of character* falle!

Mein Kopf beginnt zu brennen. Ich bemerke, wie mich die anderen Studentinnen und Studenten anstarren. Es sind nicht mehr so viele wie am Anfang da, aber ich schäme mich trotzdem. Ob sie «Bloomfield Nights» gesehen haben? Hoffentlich nur das schöne Cover!

Augenblicklich ist mir wieder nach Heulen zumute, aber wieder reiße ich mich zusammen und stelle mir vor, ich könne mich wie ein Mitglied der X-Men unsichtbar und unverwundbar machen. Das scheint zu funktionieren, irgendwie zumindest.

Gerade, als ich meinen Arm nach dem letzten Ordner ausstrecke, übersieht mich jemand und stolpert über meinen kauernden Körper. Ich quieke und reiße den Kopf hoch – gerade rechtzeitig, um die große Gestalt zu sehen, die über mich hinweg katapultiert wird. Mein Mund klappt auf.

Wow!

Fast sieht es aus, als würde dieser jemand über mich hinwegschweben, und schnell merke ich, dass es ein junger Student ist. Er sieht aus wie ein Engel.

Oder Ex-Engel.

Luzifer, vielleicht.

Mein Interesse ist geweckt.

Als sich unsere Blicke in der Luft treffen, scheint die Zeit für einen kurzen Moment stillzustehen. Die Augen des jungen Mannes werden groß. Auf einmal höre ich nur noch das heftige Klopfen in meiner Brust. Dann ist der Zauber gebrochen, und der Junge schwebt weiter.

Weiter vorn federt er sich mit einer fließenden Rolle ab. Ebenso fließend ist er wieder auf den Beinen. Nochmals wow – was für ein Ninja! Doch dann kriegt meine Begeisterung einen jähen Dämpfer. Denn der Typ wirbelt fuchsteufelswild herum.

Ich schlucke, als mir bewusstwird, dass seine Wut mir gilt. Er sieht aus, als würde sein Bild an tausend Mädchenzimmertüren hängen. Zumindest, wenn er nicht so zornig wäre. Andererseits verpasst ihm diese Wut eine verruchte Note. Er sieht verboten gut aus.

Und scheiße, ist er wütend. Wieder schlucke ich.

Mit der linken Hand fährt er sich durch sein dunkles Haar, das ihm wild in die Stirn fällt. Seine Augen sind außergewöhnlich ... schön. Eines ist tiefblau, das andere smaragdgrün. Eine Mutation? Das ist ja mal was ganz Neues.

Erst, als er in großen Schritten auf mich zukommt, kann ich mich von seinem Gesicht lösen und seine übrige Erscheinung ins Auge fassen. Mein Blick wandert über sein markantes Kinn hinab zu seinem Oberkörper, und das fließende Spiel seiner Muskulatur ... Lago mio, mir ist schon wieder nach Schlucken zumute: Der Typ trägt kein T-Shirt. Auch Fett scheint er kaum mit sich herumzutragen. Er ist gemeißelt wie ein griechischer Gott. Allein sein Bizeps hat mehr Struktur als mein ganzes Leben. Quer über seine breite Brust verläuft außerdem ein tätowierter Schriftzug. *Someone told me love would all save us.* Tiefgründig ist er also auch.

Aber … kein T-Shirt? Ist das Fanservice? Ich kann es niemandem verübeln. Er ist scharf wie mein Sehvermögen. Als ich zum dritten Mal schlucke, befürchte ich allmählich, meine eigene Zunge zu verdauen.

Superlative bringen meinen Kopf zum Schwirren, während der Typ die letzten Meter zwischen uns überwindet. Dann steht er vor mir und ich komplett neben mir. Seine dunkle Jeans ist weit, scheint aber trotzdem an den relevanten Stellen zu eng zu sein. Außerdem sitzt sie verdammt tief auf seiner Hüfte. Ich sehe den Bund seiner Boxershorts. Ist das im Hauptgebäude überhaupt erlaubt?

Meine Aufmerksamkeit wandert über die ausgeprägten V-Lines hinweg, und ich erröte, als ich merke, auf welches Körperteil ich als nächstes starre.

Ertappt reiße ich den Kopf in den Nacken, um über diesen außergewöhnlichen stählernen Oberkörper hinweg wieder in diese ebenso außergewöhnlichen Augen zu blicken.

Der Typ hat den Mund verzogen. Bis vor wenigen Sekunden hat er zornig gewirkt, aber jetzt sieht er auf einmal spöttisch aus. Schrecken durchzuckt mich. Amüsiert er sich gerade über mein Starren?

Mein Herz schlägt Purzelbäume. Ich fühle Verwirrung und Erniedrigung, aber auch ein seltsames Ziehen in meinem Unterleib. Mein Kopf wird heiß.

Verflucht, ich muss endlich aufhören, diesen flachen, durchtrainierten Bauch anzustarren!

Er neigt den Kopf. Es wirkt lauernd. Gefährlich. Sexy. Mega unerwartet.

«Sag mal, wie alt bist du?»

Seine Stimme reißt mich aus meinen Gedanken. Sie passt zu ihm – tief, rau und kehlig. Ein Schauern überfällt mich. Der bloße Klang seiner Stimme entlarvt ihn als echten Bad Boy. Bad Boys klingen immer so, habe ich gelesen.

Und schon wieder schaue ich auf sein Sixpack. Holy macaroni.

«Kannst du reden?», fragt er schroff.

Ich zucke erschrocken zusammen. «Neunzehn. Ich bin neunzehn», stammle ich.

«Neunzehn, wirklich.» Seine rechte Augenbraue wandert höher. Im nächsten Moment zuckt ein kalter Zug um seine Mundwinkel. «Ich hätte schwören können, dass du jünger bist. Du siehst aus wie diese High-School-Mädchen, die sich manchmal nach Oxville schleichen, um Studentin zu spielen.»

«Ich bin Studentin – ich habe eine Immatrikulationsnummer», werfe ich so leise ein, dass es eigentlich niemand hören kann, aber der Typ scheint das Hörvermögen einer Fledermaus zu haben.

Er grinst. «Und, willst du mir deine Identitätskarte zeigen? Beweist das irgendetwas? Nimm es mir nicht übel, aber ich bin mir ziemlich sicher, dass Neunzehnjährige normalerweise keine Pokémon-Notizbücher mehr benutzen.» Er bückt sich nach meinem Notizbuch, das ich total vergessen habe, und blättert darin herum. Der kalte Zug um seinen Mund verwandelt sich in ein Lächeln. «Oh, du malst. Evoli, wie ich sehe.»

«Evoli ist klasse», verteidige ich mich nuschelnd.

«Ja, im Kindergarten vielleicht.» Der kalte Zug kehrt auf sein Gesicht zurück. Er klappt das Buch zu und streckt es mir hin.

Empörung erfasst mich. Ich springe auf die Beine und reiße ihm mein Hab und Gut energisch aus den starken Händen. Erst jetzt wird mir klar, wie groß der Typ ist, mindestens eins neunzig. Ich reiche ihm gerade einmal bis zur tätowierten Brust.

Aus dem Ziehen in meinem Unterleib wird ein warmes Kribbeln, als ich mir kurz vorstelle, wie es sich wohl anfühlt, wenn man mit den Fingern über die gestochenen Buchstaben fährt. Sein Körper verströmt eine unglaubliche Hitze. Er riecht erdig nach Wald und einfach wunderbar. Als könnte er mich auf einen wilden Ritt zwischen die Tannen entführen ...

«Gefällt dir, was du siehst?»

«Huh?» Ich schrecke hoch und frage mich, ob der Typ Jennifer L. Armentrout liest.

Er verkneift sich ein Grinsen, bei welchem der eine Mundwinkel etwas höhergeht als der andere. Es sähe gut aus, wäre es nicht so fies – und wäre es nicht dazu bestimmt, sich über mich lustig zu machen.

Ich weiß immer noch nicht, ob er die Sache mit meinem Alter wirklich ernst meint. So oder so trifft er mich an einer wunden Stelle. Demütigung pocht in meinen Schläfen.

Ich stülpe das Notizbuch in meine Tasche, bücke mich nach dem letzten Ordner und schenke ihm einen Blick, von dem ich hoffe, dass er zornig ist. Wortlos mache ich anschließend auf dem Absatz kehrt, denn zu mehr bin ich nicht fähig. Meine Kehle ist wie zugeschnürt, und meine Beine zittern.

Ich realisiere zu spät, dass sich mein Vorlesungssaal auf der anderen Seite des Flurs befinden muss, aber ich traue mich nicht, den Fehler zuzugeben. Der Typ steht nämlich immer noch da und schaut mir nach.

Sein eindringlicher Blick brennt sich tief in meinen Rücken und kribbelt nach. Erst denke ich, dass ich mir das einbilde. Aber als ich zögerlich den Blick über die Schulter zurückwerfe, halten mich sein blaues und sein grünes Auge sofort wieder gefangen.

Mein Herzschlag beschleunigt sich.

Erst, als ein groß gewachsener Student mit schwarz-weiß geflecktem Footballjersey zu ihm herantritt, nimmt er seinen Blick von mir.

«Can – kommst du?», fragt der Student. Er streckt dem Typen ein ebenfalls geflecktes Footballjersey ihn.

«Ja, klar», antwortet der Typ und schaut erneut zu mir.

Mein Kopf füllt sich mit so viel Blut, dass mir schwindlig wird. Hastig wende ich mich von ihm ab und verhindere im letzten Moment, dass ich gegen eine Steinsäule laufe.

Can heißt er also.

Was für ein Blödmann, denke ich und frage mich gleichzeitig, warum mein Herz so rast. Man könnte meinen, ich hätte noch nie ein New-Adult-Buch gelesen.

02

Ich sitze in meinem Zimmer und trinke Kaffee. Nach dem Desaster vom Morgen ist es der Dritte, der nicht auf dem Boden, sondern in meinem Verdauungssystem landet. Nummer zwei habe ich nach meiner ersten Vorlesung über «Freud'sche Implikationen in der modernen Kunst» mit meiner Mitbewohnerin Sathyavani getrunken.

Sathyavani studiert im dritten Semester Kunstgeschichte. Sie ist zwanzig, klein, laut und fröhlich, und ich muss sie Vani nennen, weil sie ihren echten Namen scheiße findet. Ihr Vater stammt aus Indien, ihr Mutter gehört zu irgendeiner komischen Sippe an der Grenze zum konservativen Texas. Die Sippe verstieß Vani, als sie sich öffentlich zu ihrer Bisexualität bekannte.

Sie ist wie ich dank eines Stipendiums in Oxville, vielleicht hat man uns darum demselben Zimmer zugeteilt, nachdem ihre frühere Mitbewohnerin ihr Studium abgebrochen hat.

Unser Zimmer ist eigentlich eine kleine Wohnung. Es liegt im Erdgeschoß eines zweistöckigen Gebäudes, hat ein eigenes Bad und zwei Zimmer, von denen Vani und ich eines als Wohnzimmer benutzen. Das Kleinere dient uns als Schlafzimmer, und in diesem sitze ich nun.

Natürlich hätte ich das Kaffeetreffen zwischen meiner neuen Mitbewohnerin und mir jetzt eingehender beschreiben können. Aber bleiben wir realistisch: Wer ist schon für Freundschaften hier? Immerhin hat mir unsere Begegnung gezeigt, dass die Uni auch anders sein kann – nämlich nett, divers und schön. Beinahe so, wie ich es aus all meinen Lieblingsbüchern kenne und liebe. Es ist die Art von Uni, an die ich mich gewöhnen könnte. Die Art von Uni, die mich glücklich macht.

Wäre da nicht die Wahrheit über mein Stipendium ...

Vani ist mit ihrer Verlobten Cassidy in der Stadt verabredet, darum bin ich allein in unser Zimmer zurückgekehrt. Das stört mich nicht, im Gegenteil. Ich liebe es, meine Zeit mit meinen Büchern und meinen Games zu verbringen. Der Kontakt zu anderen Menschen macht mich auf Dauer nervös. Bei Büchern und Games weiß ich, wie sie sich verhalten und was mich erwartet. Das ist bei echten Menschen nicht so. Sie sind und bleiben für mich ein Rätsel, das ich mich nicht zu lösen traue. Ob sich das jemals ändern wird?

Ich trinke meinen Kaffee aus und setze mich anschließend auf die Fensterbank. Meine Beine lasse ich über das Sims hinweg baumeln. Mit den nackten Füßen klopfe ich einen unregelmäßigen Rhythmus gegen den weißen Wandverputz. Es ist warm geworden – so warm, dass ich meine Jeans und den dicken Sailor-Moon-Pulli gegen mein knielanges Lieblingskleid mit den Flügelärmeln und dem Zelda-Print getauscht habe.

Ich löse das Haargummi, lasse mein Haar über die Schultern fallen und schüttle meinen Kopf. Der Wind umspielt mich sanft. Ich atme tief ein und wieder aus. Die Studentenwohnungen befinden sich am westlichen Ende des Oxville Campus. Zwischen den zehn Häusern befindet sich eine große Wiese, auf der viele Studenten ihre Freistunden verbringen. Einige dösen in der Sonne, andere lernen. Weiter vorn werfen sich zwei Jungs einen Football zu. Unter einem Baum knutscht ein Pärchen.

Ich beobachte die beiden länger, als es sich gehört. Ein Gefühl von Sehnsucht erfasst mich dabei, gefolgt von einem Stich der Eifersucht.

Es dauert viel zu lange, bis ich mich endlich von ihrem Anblick löse und wieder auf das Buch in meinen Händen schaue. Aber auch dieses tilgt meine Sehnsucht nicht.

Hauptfigur Skye hatte dank Tyler gerade den Orgasmus ihres Lebens und revanchiert sich nun mit einem Blow Job. Ich muss zugeben, dass mich die Szene ein bisschen peinlich berührt. Aber gleichzeitig ist da auch wieder dieses Ziehen in meinem Unterleib. Ich kann nicht sagen, ob es sich gut oder schlecht anfühlt. Einerseits ist es aufregend, doch andererseits verstärkt es dieses Leeregefühl in mir, das ungestillt und hungrig in meinem Herzen tobt. Tyler stöhnt «Ich liebe dich», während er in Skyes Mund kommt.

Mein eigener trocknet aus.

Ich hatte noch nie einen festen Freund und nur ein einziges Mal Sex. Er war neunzehn, ich siebzehn, er hatte keine Ahnung, ich auch nicht. Seit diesen dreißig Sekunden Rein-Raus-Rein-Raus bin ich überzeugt davon, dass Sex nichts für mich ist. Und doch nähren all diese Bücher meine Neugierde, ohne sie jemals zu stillen. Denn letzten Endes bin ich auch nur ein schüchternes Mädchen, das sich im Geheimen nach Dingen sehnt. Nach Nähe und dem Gefühl von fremden Händen auf meinem Körper zum Beispiel.

Oder einem gedrungenen Stöhnen an meinem Ohr, wenn sich mein Körper gegen einen anderen bewegt und ...

«Diesmal keine Pokémon?»

Ich erschrecke mich sosehr, dass ich das Gleichgewicht verliere und nach hinten über das Fenstersims kippe. Can kriegt meine Beine im letzten Moment zu greifen. Verdattert starre ich ihn an.

Seine Hände befinden sich knapp über meinen nackten Knien – *fremde Hände auf meinem Körper*. Seine Hüfte hat sich zwischen meine Beine gedrängt, sodass ich für den Bruchteil einer Sekunde das Gefühl habe, wie Mary Sue in ein Buch abgetaucht zu sein – *fehlt nur noch das*

Stöhnen an meinem Ohr, wenn sich unsere Körper gegeneinander bewegen.

Die Welt um mich gerät ins Schlingern. Noch immer starre ich Can an, schaue ihm erst in das blaue und dann in das grüne Auge. Obwohl ich nicht atme, hämmert mein Herz wie verrückt gegen meinen Brustkorb. Hitze steigt mir ins Gesicht – und andere Stellen. *Fremde Hände auf meinem Körper.*

Erst, als Can sich räuspert, platzt meine Traumblase, und meine Atmung setzt mit einem Zischen wieder ein.

Aber Can lässt mich nicht mehr aus den Augen. Sein Mund ist leicht geöffnet. Ich klappe meinen zu, schlucke und beginne zu zittern. Ob er meine Gedanken gehört hat?

Mein Hirn rattert, als seine Hände in Bewegung kommen. Gütiger Himmel!

Seine Finger wandern langsam an der Außenseite meiner Oberschenkel nach oben. Ein Prickeln erfasst mich. Nervös beiße ich mir auf die Unterlippe. Das lenkt seine Aufmerksamkeit auf meinen Mund, und ich frage mich, ob es Einbildung ist, dass seine Augen plötzlich dunkler und irgendwie hungrig wirken. Ist das ein Traum?

Seine Hände erreichen den Saum meines Kleides. Da realisiere ich, dass mir dieser bis zu meinem Slip hochgerutscht ist. Wie peinlich!

Am liebsten würde ich das Kleid wieder ordentlich drapieren, aber ich wage es nicht, mich zu bewegen, da ich sonst mit Cans Unterleib zusammenstoßen könnte. Er steht immer noch zwischen meinen Beinen.

Ich will nicht daran denken, wie wir auf andere wirken; ich *kann* nicht mehr denken. Wieder halte ich die Luft an, als mir unsere Situation und unsere Position klar wird. Seine Hände auf meiner Haut, seine Daumenkuppen, die langsame Kreise auf meinen Beinen ziehen ... Ein heftiges Schauern läuft meinen Rücken hinunter und erreicht Stellen, die ein braves Mädchen nicht beim Namen nennt. Was ist denn nur los mit mir? Ich verstehe die Welt nicht mehr.

Auf Cans Mund taucht ein wissendes Lächeln auf. Mit einer geübten Bewegung zieht er mein Kleid klosterschülertauglich über meine Knie zurück und verpasst mir einen freundschaftlichen Klaps gegen das Schienbein. Dann tritt er zurück und verschränkt selbstgefällig grinsend die Arme.

«Bist du immer so tollpatschig? Weißt du, wer auch tollpatschig ist? – Goofy. Ich glaube, ich nenne dich ab jetzt Goofy.»

«Goofy», wiederhole ich. Glotze. Blinzle. Wache langsam aus meinem Tagtraum auf.

Meine Kehle fühlt sich enger an als sonst. Noch immer zittere ich am ganzen Körper, und die Erinnerung, wie er mich berührt hat ...

Dann denke ich an seinen neuen Beinamen für mich.

Und, *schwupps*, bin ich in der Realität zurück.

Empörung schwelt in mir. Ich funkle ihn an. «Ich will nicht, dass du mich Goofy nennst», stelle ich eisig klar.

Er lacht. «Zu spät, Goofy.» Seine Aufmerksamkeit wandert zum Boden. «Sag mal, was liest du da?»

Ich folge seinem Blick und entdecke mein Buch. Mein Herz macht den nächsten Satz. Herrje! Nein!

Überhastet springe ich vom Sims und will nach dem Buch greifen, bevor Can es tut, aber da hat er sich bereits gebückt. Unsere Köpfe knallen gegeneinander.

«Autsch!», stöhnt Can, und ich sehe Sterne. Ungelenk plumpse ich ins Gras. Diesmal bemüht sich Can nicht darum, mir aufzuhelfen. Grimmig reibt er sich die Stirn. Seine Augen funkeln bedrohlich. «Dafür, dass du so hohl bist, hast du einen verdammten Dickschädel!», wirft er mir vor.

«Ach ja? Hast du deinen mal gespürt?», feuere ich zurück und komme schwankend auf die Beine. Vergessen sind das Prickeln und das Pochen. Mein Kleid ist am Hintern grünbraun vom Dreck. Na toll!

Ich wimmere innerlich und stelle mich so vor die Wand hin, dass Can den Fleck nicht sieht. Allerdings hätte er ihn ohnehin nicht bemerkt.

Denn er hält bereits mein Buch in den Händen.

Mir wird heiß und kalt zugleich. «Gib her!», rufe ich, aber er hört nicht hin.

Seine verschiedenfarbigen Augen wandern längst von links nach rechts. Als er schließlich aufschaut, wirkt er absolut ungläubig. «So etwas liest du?»

Ich antworte nicht sofort, was ihm zu genügen scheint. Seine Schultern beginnen zu zucken. Er presst die Lippen aufeinander, um nicht lauthals loszulachen.

«Gib endlich her», fauche ich erneut, doch ich beiße auf Granit.

Andächtig hebt er das Buch in die Höhe und räuspert sich. «‹Ohh, Tyler!›, stöhnte ich, während seine Finger zwischen meine feuchten Schamlippen glitten», liest er so laut vor, dass sich Leute zu uns umdrehen. Ich glühe vor Scham, aber Can kennt keine Gnade. «Ich erbebte am ganzen Körper und wollte nichts sehnlicher, als dass er sich endlich beeilte – dass er endlich tief und hart in mich eindrang. Dieses Verlangen und diese Erregung hielt ich nicht länger aus. ‹Tyler!›, stöhnte ich wieder.»

Ich schnelle vor und will ihm das Buch aus den Händen reißen, aber er wendet sich ab, sodass ich statt des Romans seinen Bizeps erwische. Dieser fühlt sich hart und glatt unter meinen Fingern an. Wie mit Samt überzogener Stahl.

Meine Knie spielen verrückt, als Bilder durch meinen Kopf schießen, an die ich besser nicht denken sollte. Wieder greife ich nach dem Buch, und diesmal erwische ich es.

Can wehrt sich. «Nun warte doch, es wird gerade spannend!», beschwert er sich lachend, aber ich gebe nicht nach. Ich zerre stärker.

Und da geschieht es.

Das Buch zerreißt in zwei Hälften.

Wieder stolpere ich, wieder lande ich im Gras. «Oops», entfährt es Can, aber er lacht immer noch.

Fassungslos starre ich auf die abgerissenen Buchseiten in meiner Hand. Ich kann es nicht glauben. Ausgerechnet ich halte ein kaputtes Buch zwischen den Fingern – ich, die Eselsohren für das größte Verbrechen unter Bücherwürmern halte.

«D-du Monster!», stammle ich außer mir, und meine Wut wächst an, als Can mit den Achseln zuckt.

«Reg dich ab, Goofy. Es ist nur ein Buch.» Er will mir aufhelfen, aber ich schlage seine Hand weg.

«Nenn mich nicht Goofy! Das ist nicht nur ein Buch, sondern eine verdammte Sonderausgabe. Die hat mich FÜNFZEHN DOLLAR gekostet!»

«Du bezahlst fünfzehn Dollar für so einen Scheiß? Süße, ich würde dir das kostenlos geben!»

Hitze schießt in meinen Kopf. «Von dir will ich gar nichts!»

Er neigt den Kopf. Sein Grinsen verkommt zur Sünde. «Das sagen sie alle, Goofy. Bis sie in den Genuss kommen.»

«Ach, fick dich doch!»

«Fick du mich doch.»

Ich reiße den Mund auf, obwohl ich sprachlos bin. Can grinst immer noch. Er scheint genau zu wissen, wie er mich auf die Palme bringen kann, und er nutzt es schamlos aus. So ein fieses, gutaussehendes Arschloch!

Hektisch wische ich mir ein paar Strähnen aus dem Gesicht, die mir wie immer wild in die Stirn fallen. Mit einem Zornesblick stapfe ich an ihm vorbei zum Haupteingang meines Wohngebäudes, denn ich möchte wie ein zivilisierter Mensch durch meine Wohnungstür verschwinden und mich auf Lebzeiten einsperren.

Dummerweise habe ich die Tür von innen abgeschlossen.

Zu meiner Wut gesellt sich Scham. Ich warte fünf Minuten im Gebäudeinnern und hoffe, dass Can bis dahin verschwindet.

Aber als ich zum Fenster zurückkehre, steht er immer noch da.

Seine Arme hält er wieder vor der Brust verschränkt. Diesmal mustere ich ihn genauer und sehe, dass er ein ausgewaschenes T-Shirt von Nickelback trägt. Es sitzt eng; enger als es meinem Verstand lieb ist. Ich muss mich anstrengen, um nicht pausenlos dorthin zu schauen, wo es sich über seine Deltamuskeln spannt. Wie kann ein Typ nur derart gut aussehen und gleichzeitig so ein Blödmann sein?

«Du bist immer noch nicht in dein Zimmer zurückgekehrt», bemerkt er amüsiert.

«Hast du nichts Besseres zu tun?», schieße ich zurück und lausche genugtuend meinem schroffen Tonfall.

Anstelle einer Antwort schiebt er das Kinn in die Richtung meines Hinterns. «Du hast da was an deinem süßen kleinen Arsch.»

Seine Worte treiben mir die Schamesröte ins Gesicht. Can grinst, als wäre das sein Plan.

Und schon wieder durchfährt mich dieses irre Kribbeln.

Verunsichert senke ich den Blick und trete an Ort und Stelle. Ich weiß nicht, was ich jetzt machen soll. Vor Can durch das Fenster klettern, fühlt sich irgendwie demütigend an. Noch demütigender wäre es allerdings, mit einem braunen Fleck am Hintern über den Campus zu spazieren.

«Kannst du nicht gehen?», frage ich und klinge plötzlich mehr flehend, denn wütend.

Das verbreitert sein Lächeln. Grübchen treten auf seine Wangen. Ich schlucke benommen. Das Lächeln sieht süß aus – oder *sähe* süß aus, würde nicht der Rest eines Arschlochs daran hängen.

«Aber ich kann doch nicht gehen», säuselt er hämisch. «Du hast mir noch nicht mal deinen Namen verraten.»

«Schieb dir meinen Namen in den Arsch.»

«Bist du immer so aggressiv?»

«Ich bin nicht aggressiv, ich ...», schnappe ich und merke zu spät, dass ich sehr wohl aggressiv klinge.

Ich unterbreche mich selber und atme einmal tief durch. «Ich bin nicht aggressiv. Du infiltrierst bloß meine Privatsphäre.»

«Ach ja?» Er hebt eine Braue. «Soweit ich weiß, befinden wir uns auf öffentlichem Grund.»

«Aber vor meinem Fenster.»

«Von welchem du heruntergefallen wärst, hätte ich dich nicht aufgefangen.»

«Du hast mich nicht aufgefangen!»

«Habe ich nicht?»

«Nein.»

«Hm, okay.» Er zuckt mit den Schultern und neigt den Kopf. «Dann nehme ich an, dass du auch keine Hilfe brauchst, um wieder hineinzuklettern.»

«Natürlich nicht.» Ich wirble zur Fensterbank herum. Bei dessen Anblick kriege ich weiche Knie. Das Fenster liegt höher, als es von innen den Anschein macht. Das Sims beginnt bei mir auf Brusthöhe. Himmel, Arsch und Zwirn.

Can lacht leise hinter meinem Rücken. «Verdammt, Goofy. Du solltest dich wirklich umziehen. Das Zeug an deinem Hintern sieht aus wie Kacke.»

Aus einem Reflex heraus werfe ich die zweite Hälfte meines kaputten Buchs nach ihm. Er weicht gekonnt aus, und sein Lachen explodiert.

Mein Kopf brennt. Gedemütigt fasse ich nach der Fensterbank und versuche, mich daran hochzudrücken. Meine Arme versagen. Ich schwinge das Bein hoch, um meine Arme zu unterstützen. Mit der Ferse finde ich Halt.

Ich muss wie ein betrunkener Panda aussehen, denn Can lacht immer lauter. «Soll ich dir wirklich nicht helfen?» Er will näherkommen, aber ich wimmle ihn mit einem fuchtelnden Arm ab, was mich beinahe das Gleichgewicht kostet.

Mit der Eleganz eines Elefantenbabys schiebe ich mich schließlich zurück in mein Zimmer.

Als ich mich aufrichte, steht Can direkt vor dem Fenster. Er legt seine Unterarme auf das Sims. Muskeln, deren Namen ich nicht kenne, wölben sich. «Danke für die Show, Goofy», grinst er und zwinkert mir verschmitzt zu.

«Fahr zur Hölle!» Ich knalle das Fenster zu und versinke mit wild rasendem Herzen im Boden. Mensch ärgere dich nicht, würde Sam mir jetzt raten, aber er kennt Can nicht.

03

«Eine Party», wiederhole ich. Vani strahlt. Wir kennen uns noch nicht lange, und sie kennt offenbar auch kein New Adult, daher weiß sie nicht, dass jemand wie ich den Begriff «Party» normalerweise mit «Hölle» gleichsetzt.

Mit einem unterdrückten Stöhnen wälze ich mich vom Rücken auf den Bauch. Das alte Bettgestell quietscht bei jeder Bewegung. Ich überkreuze meine angewinkelten Beine und blinzle zu meiner neuen Freundin hoch, die aufgeregt vor mir steht. «Ich habe nichts anzuziehen», sage ich, als ob das eine Ausrede wäre.

«Das macht nichts», entgegnet Vani gelassen. «Auf einer Studentenparty bist du eh in Nullkommanix wieder ausgezogen.»

Meine Reaktion ist halb schockiert und halb entgeistert, denn ich bin mir nicht sicher, ob sie das ernst meint.

Sie lässt sich neben mir auf das Einzelbett fallen und schiebt ihre kurzen Beine auf ihr eigenes Bett, das gegenüber von meinem steht. Unser Schlafzimmer ist so klein, dass kein Meter dazwischenliegt. Mit ihren eins sechzig erreicht Vani die andere Matratze trotzdem nur mit den Zehenspitzen. Wüsste ich nicht bereits, dass sie schon zwanzig ist, würde ich sie für bedeutend jünger halten.

Sie neigt den Kopf in meine Richtung. «Von mir aus kannst du dich für den Rest des Jahres zum Lernen in diesem Zimmer verkriechen. Aber heute Abend ist die Semesterbeginnparty. Da müssen wir hin!»

«Ich weiß nicht, Vani», bemühe ich mich erneut um eine Ausrede. «Partys sind nicht mein Ding. Ich wollte heute Abend eigentlich ‹Dead By Daylight› zocken.»

«Nun hör schon auf, Allie!» Sie zwickt mich in den Oberschenkel. «Ich bestehe darauf, dass du mitkommst. Das bist du mir als meine neue Mitbewohnerin schuldig, schließlich habe ich dir extra das Bett am Fenster überlassen.»

«Hm, ja – das Fenster», murmle ich und schiele dorthin, wo die Strahlen der untergehenden Sonne sich im Glas brechen. Es ist keine drei Stunden her, seit ich mich vor Can blamiert habe, zum zweiten Mal an einem Tag. Augenblicklich frage ich mich, ob er auch auf der Party sein wird.

Und ich frage mich, wie alt er ist, was er studiert, wo er wohnt, ob er ein Lieblingstier hat und welches sein Lieblingsgame ist.

Mir fällt ein, dass er Evoli in meinem Notizbuch erkannt hat. Gehört das schon zum Allgemeinwissen oder kennt Can sich etwa mit Pokémon aus? Mein Puls erhöht sich.

«Erde an Allie?» Vani schnippt mit den Fingern vor meinem Gesicht.

Ich zucke zusammen. «Ja, ich bin hier.»

Meine Mitbewohnerin kichert. «Das sah gerade anders aus! Du bist so eine Träumerin! Wie heißt er?»

Bedripst kratze ich mich am Kopf. «Ich bin keine – wie, äh, heißt wer?»

Vani grinst amüsiert. «Na, der Kerl, von dem du taggeträumt hast!»

Ich setze mich abrupt auf. «Ich habe nicht taggeträumt», protestiere ich schnell, aber mein Herz spielt verrückt, und Vani lacht nur wissend.

Ein verräterisches Hitzegefühl kriecht meinen Hals entlang. Wahrscheinlich laufe ich auch knallrot an. So ein Mist!

Vani kichert. «Mir machst du nichts vor, Allie!» Sie stößt sich vom Bett ab und landet elegant auf den Füßen. Unwillkürlich mustere ich sie von oben bis unten. Ihr Körper ist perfekt geformt, wie eine Sanduhr. Darüber hinaus besitzt Vani ein rundes, sehr kindliches Gesicht und intelligente dunkle Augen. Ihre Haut hat einen beneidenswerten Mahagoniton, als würde sie sechs Monate pro Jahr am Meer verbringen. Auch ihre vollen, hüftlangen, schwarzen Haare glänzen wie nach einer teuren Wellnesskur.

Ich ertappe mich bei dem Gedanken, was für ein komisches Paar wir abgeben müssen. Vani ist so dunkel wie ich hell bin. Eine Stunde an der

Sonne, und ich sehe schon aus wie ein Krebs, passend zu meinem Sternzeichen. Allein das Fiasko vom Nachmittag hat rötliche Spuren auf meinem Nasenrücken und meinen Wangen hinterlassen. Meine verhassten Sommersprossen haben sich verfünffacht. Verlegen fahre ich mit der Hand übers Gesicht. Gleichzeitig denke ich, dass meine roten Wangen auch von etwas anderem als der Sonne herrühren könnten.

Vani steht mittlerweile vor dem Kleiderschrank. Ich schaue ihr mit wenig Begeisterung zu, während sie Kleider hervornimmt, diese studiert und dann entweder hinter sich auf das Bett wirft oder zurück in den Schrank hängt.

Nach zehn Minuten dreht sie sich euphorisch zu mir um. «Das», sie zeigt auf ein fransiges, eng geschnittenes, weißes Etwas, maximal so groß wie ein Taschentuch, «ziehe ich an. Und das hier wird deins.» Sie wirft mir ein raschelndes goldenes Kleid zu. Es trifft mich am Kopf und landet in meinem Schoss.

Ich ziehe eine Grimasse. «Ist das dein Ernst?»

«Mein Todernst», beteuert sie.

«Ich bin viel größer als du», wende ich ein.

«Dann sitzt es halt ein bisschen kürzer. Glaub mir, bei deinen Beinen kannst du dir das leisten!»

Ich schaue Vani skeptisch an. Meine Beine sind wirklich lang und schlank, aber zeigen möchte ich sie trotzdem niemandem.

«Und was ist mit den Schuhen?», hake ich nach.

Vani öffnet ein Fach im Schrank. Zum Vorschein kommen rund zwanzig High-Heels.

Ich blinzle. «Oh, wow. Ich wusste nicht, dass ich in einen Kleidershop gezogen bin.»

Vani wirft mir lachend ein Paar mörderisch hohe Sandaletten vor die Füße. «Ich habe unsere Schuhgröße bereits verglichen. Heute ist dein Glückstag, Allie!»

«Hm», brumme ich und halte das verboten kurze Kleid vor mir in die Höhe. Die glutrote Abendsonne bringt die Pailletten zum Glänzen. Fast sieht es aus, als erwache das Ding in meinen Händen zum Leben.

«Ist heute wirklich mein Glückstag?», murmle ich leise vor mich hin und denke unweigerlich an Can.

Vani gewinnt. Ich willige ein, sie auf die Party zu begleiten – allerdings nach meinen Regeln.

Anstelle des goldenen Paillettenkleids entscheide ich mich für eine bequeme Jeans, einen schwarzen The-Witcher-Pulli mit V-Ausschnitt und schwarze Sneakers. Vani schimpft mich eine Langweilerin, aber die Party findet draußen an einem See statt, und ich will mich nicht erkälten. Außerdem soll Geralt of Rivia mir Glück bringen, wofür auch immer.

Vani selbst scheint die Abwehrkräfte einer Sailorkriegerin zu haben. Außer einem dünnen

Bolero trägt sie nichts zu ihrem knappen, fransigen Taschentuchkleid.

Wieder wundere ich mich, was für ein Bild wir abgeben müssen, und fühle mich neben meiner femininen Mitbewohnerin plötzlich wie ein unförmiger Gartenschlauch. Vielleicht hätte ich doch das Goldkleid anziehen sollen ...

Meine Anspannung verfliegt ein bisschen, als wir Vanis Verlobte Cassidy beim Campuseingang abholen. Cassidy ist fast eins achtzig, rothaarig und hat anscheinend nicht nur dieselbe Haut, sondern auch denselben Kleidungsstil wie ich. Ihr T-Shirt mit dem Star-Wars-Print lässt mein Herz vor Freude hüpfen. Ich begrüße sie mit einem wissenden «Möge die Macht mit dir sein». Cassidy umarmt mich kichernd. Vani gibt sie einen so innigen Kuss, dass ich peinlich berührt den Kopf abwenden muss.

Der Weg zum Partygelände ist mit Feuerfackeln ausgesteckt. Es geht ein kühler Wind, aber das Feuer macht alles wohlig und warm. Vorfreude und ein wenig Angst peitschen sich in meinem Innern gegenseitig in die Höhe.

Die Party findet an einem aufgeschütteten See südlich des Hauptgebäudes statt. Schon von weitem hören wir elektronische Musik und sehen das große Feuer, um das sich bereits viele Menschen versammelt haben. Ein leuchtendes Absperrband trennt die Feiernden vom Wasser, was ich für eine weise Idee halte. Schon jetzt höre ich Gegröle, wie es nur durch Alkohol zustande kommt. Ich ziehe den Kopf zwischen die Schultern. Worauf habe ich mich hier eigentlich eingelassen?

Da es Vanis zweites Jahr auf der Uni ist, scheint sie jede und jeden zu kennen. Wir kommen kaum voran, weil sie und Cassidy von so vielen Leuten erkannt und begrüßt werden. Sie lassen sich umarmen, verteilen Küsschen, lachen, stoßen an, gehen weiter. Ich schleiche wie ein verunsichertes, ausgestoßenes Küken hinterher und checke mehrmals mein Handy. Abgesehen von den drei Nachrichten von Sam und einem verpassten Anruf von meinem Dad ist da nichts los. Langweilig!

Als mir ein breiter Typ mit Krausehaar einen roten Becher mit irgendeiner klebrig aussehenden Flüssigkeit hinstreckt, verstaue ich mein Handy und nehme das Getränk dankbar entgegen. Sam kann ich auch morgen noch schreiben.

Vani und Cassidy sprechen mit den nächsten Menschen. Als alle über einen Scherz lachen, den ich nicht verstehe, versuche ich kurz mitzulachen.

Niemand beachtet mich.

Missmutig nippe ich am roten Becher – und verziehe augenblicklich den Mund. Ugh! Das Zeug riecht wie geschmolzene Gummibärchen. Ich bin nahe dran, den Inhalt wegzuschütten, aber ich denke an die Umwelt und halte mich zurück. Dieses Gesöff würde wahrscheinlich auch noch die Regenwürmer drei Meter unter mir verätzen.

«Sieh an, du trinkst Alkohol! Ich wusste nicht, dass kleine Pokémon-Fans das dürfen», mischt sich eine dunkle, spöttische Stimme ein.

Oh, nein.

Mein Herz hyperventiliert von einer Sekunde auf die andere. Ich wirble um die eigene Achse und entdecke, was ich bereits befürchtet habe: Can ist da.

So ein Zufall!

Mir stockt der Atem, denn er sieht gut aus – zu gut. Obwohl er ganz locker dasteht, wirkt er auf mich wie ein Raubtier kurz vor dem Angriff. Seine breite Brust zeichnet sich deutlich unter dem Totenkopfprint seines T-Shirts ab. Das Shirt ist wieder von Nickelback. Ich schlucke.

Knallharte Rockmusik, Tattoos, dieser unergründliche Blick ... OMG. Wie krass! Can könnte sich geradeso gut die Haftnotiz «Bad Boy» auf die Stirn kleben.

Seine Augen funkeln im Feuerschein, als er den Kopf neigt und lächelt. «So schnell sieht man sich wieder», raunt er.

Ich kriege eine Gänsehaut und klammere mich an meinem Becher fest. «Sag mal, verfolgst du mich?», bringe ich hervor – und stottere. Mist.

Sein Lächeln wird breiter. Er steckt sich die Hände in die Vordertasche seiner dunklen Stoffhose. Die Muskulatur an seinen Unterarmen tritt hervor und zieht meinen Blick in die

Richtung des Reißverschlusses seiner Hose. Die Flammen zeichnen Schatten, die auf Dinge schließen lassen, über die ich wirklich nicht nachdenken sollte.

«Nun», sagt er und zieht das Wort in die Länge. «Dasselbe könnte ich dich auch fragen, immerhin bin ich garantiert schon länger an der Oxville University.»

«Ah, ja?», blaffe ich so dämlich, dass Grübchen auf seine Wangen treten.

«Ah, ja», äfft er meinen Tonfall nach. «Ich bin im dritten Semester und habe dich heute Morgen zum ersten Mal auf dem Campus gesehen. Deine Verlorenes-Hündchen-Einlage im Hauptgebäude lässt mich vermuten, dass du neu bist. Eine Erstsemesterin, ja? Das ist süß.»

«Ich war kein verlorenes Hündchen», grolle ich.

«Bist du dir da sicher, Goofy?»

«Nenn mich nicht so.»

«Wieso nicht, Goofy?»

«Ach, leck mich doch.»

«Wann und wo?»

Ich stöhne und wende mich mit brennenden Wangen von ihm ab. Auch wenn ich es nie laut zugeben würde: Die bloße Vorstellung, sein Angebot anzunehmen, bringt meine Körperfunktionen komplett durcheinander. Ich schwitze, obwohl mir kalt ist, und scheine innerlich in Flammen aufzugehen, ohne dass es wehtut. Can lacht leise in sich hinein, und ich komme nicht umhin zu denken, dass er genau weiß, was für Vorstellungen mir gerade durch den Kopf schießen. Himmel, kann mich mal jemand vor mir selbst retten?

Beklommen schiele ich zu Vani und Cassidy. Sie unterhalten sich mit einem anderen Pärchen. Ich will mich zu ihnen gesellen, aber dann beginnen Vani und Cassidy zu knutschen, und das andere Paar zieht nach. Ausgerechnet jetzt. Och Menno.

«Du wirkst etwas verloren», bemerkt Can.

«Ich bin nicht verloren», entgegne ich schnippisch, aber eigentlich fühle ich mich gerade *total* verloren, und wahrscheinlich sieht man mir das auch an. Doppel-och-Menno.

Für den Bruchteil einer Sekunde scheinen Cans harte Gesichtszüge zu erweichen. Dann fällt sein Blick auf den Becher in meiner Hand. Eine Falte tritt zwischen seine Augen. «Wer hat dir den Drink gegeben?»

«Wieso? Willst du ihn verprügeln, weil ich noch keine einundzwanzig bin?»

Die Vorstellung scheint ihn zu amüsieren. Aber nur kurz. «Du solltest das nicht trinken, Goofy», sagt er ernst.

Ich schwanke. Die züngelnden Flammen des Feuers wiederscheinen in seinen verschiedenfarbigen Augen. Sein markantes Gesicht birgt etwas Wildes. Can sieht nicht aus wie jemand, der andere warnt. Er ist eher der Typ, vor dem man gewarnt wird.

Mein Herz trommelt plötzlich, als wolle es einem Orchester beitreten. Ich muss mich abwenden, weil mir bei seinem Blick ganz anders wird. Wie kann mich ein Mann, den ich kaum kenne, nur sosehr aus der Fassung bringen? Was für eine höhere Schicksalskraft ist hier bloß im Spiel?

An Cans Kinn zuckt ein Muskel. «Von wem hast du ihn, Goofy?», wiederholt er ungeduldig. Ich brauche einen Moment, um mich an das Gesprächsthema zu erinnern.

Stimmt ja, es geht immer noch um den Drink.

«Nenn mich nicht Goofy», keife ich anstelle einer Antwort, aber es klingt nur halb so zornig wie gewollt.

Can lächelt unwillkürlich. «Aber wie soll ich dich denn nennen, wenn du mir deinen Namen immer noch nicht verraten hast?»

«Allie. Ich heiße Allie. Allie Andrews», platzt es so dämlich aus mir heraus, dass ich mir auf die eigene Zunge beiße. Autsch!

«Allie Andrews.» Can schmeckt die einzelnen Buchstaben wie ein fremdes Gewürz auf der Zunge ab. Der Klang meines Namens aus seinem Mund bringt alles in mir zum Kribbeln. Ich habe nicht gewusst, dass zwölf Buchstaben so erotisch klingen können!

Aber dann sagt er: «Tut mir leid, aber Goofy gefällt mir besser», und die Realität knallt wie ein gefüllter Wasserballon gegen meinen Kopf zurück.

Goofy. Was für eine Scheiße. «Ich will aber nicht, dass du mich Goofy nennst.»

«Und was willst du dagegen tun?»

Ich stocke. Empörung rauscht in meinen Ohren. «Nun, ich ... dann nenne ich dich auch nicht Can.»

«Oh, du kennst meinen Namen. Darf ich fragen woher?» Er neigt sich vor und grinst mich anrüchig an. «Hat Goofy mich etwa gegoogelt?»

«Ja, du bist unter *Arschloch des Jahrhunderts* in den Suchergebnissen aufgepoppt.»

Mein Spruch bringt ihn zum Lachen – und sein Lachen treibt mich geradewegs zur Weißglut. Zitternd ringe ich um meine Beherrschung. Meine linke Hand ballt sich unwillkürlich zu einer Faust. «Zum letzten Mal: Nenn mich nicht Goofy. Ich bin kein sabbernder, glucksender, tollpatschiger Köter.»

Can lacht immer noch. «Na ja, über das tollpatschig ließe sich streiten.»

«Allie!», ruft Vani. Der Wind trägt ihre Stimme wie eine Warnung zu mir herüber.

Ich drehe den Kopf und erkenne, dass sie, Cassidy und das andere Pärchen mich beobachten. Alle vier wirken angespannt, nahezu sorgenvoll. «Allie, kommst du bitte zu uns?», sagt Vani laut und mit Nachdruck. Ich schlucke.

Das war keine Frage. Sondern ein Befehl.

«Äh, ja klar», stammle ich und will Can stehen lassen.

Er hält mich so abrupt beim Arm zurück, dass ich keuche. Seine Finger fühlen sich warm auf meiner Haut an. «Wenn du den Drink von Patrick hast, dann solltest du ihn wegkippen. Er hat es ständig auf kleine Erstsemestermädchen abgesehen. Nimm dich in Acht!», raunt er eindringlich.

Seine Worte machen mich wütender, als sie es sollten. «Als ob ich mir von einem Typen, der mich Goofy nennt, etwas sagen lasse. Du bist nicht mein Aufpasser», zische ich, aber er bleibt unnachgiebig.

Unruhig verlagert er das Gewicht von einem Fuß auf den anderen. «Darum geht es nicht. Kipp es einfach weg.»

«Ich soll es wegkippen? Okay.» Ich hebe den Becher an den Mund und würge das Gesöff runter.

«Allie, nicht!», ruft Can entsetzt, aber da ist der Becher bereits leer.

Cans Augen weiten sich. Mit einem triumphierenden Lächeln lasse ich den Becher zwischen uns auf den Boden fallen. «Siehst du, schon weg.»

Can schaut mich immer noch an. Ich nutze seine Starre aus, um mich aus seinem Griff zu lösen. Dann strecke ich den Rücken durch und kehre hochzufrieden zu meinen Freunden zurück. Den Anflug von Sorge, den ich in Cans Augen habe aufblitzen sehen, verdränge ich bestimmt. Als ob ich mir von einem Blödmann wie ihm etwas sagen lasse! Dass die ignorierte Warnung eines heißen Typen ein Mädchen wie mich in eine ungemütliche Situation bringen kann, habe ich ja wohl noch nie gehört.

«Woher kennst du Can?», platzt es aus Vani heraus, kaum dass ich wieder bei ihnen stehe. Ich werfe einen Blick über die Schulter zurück und sehe, dass Can mir immer noch nachschaut. Seine Hände sind zu Fäusten geballt. Im Schein des Feuers wirkt er nahezu unheimlich. Etwas Unzähmbares geht von ihm aus. Er sieht irgendwie wild und gefährlich aus. Vielleicht sind Vani, Cassidy und ihre Freunde darum so eingeschüchtert. Mein Puls zieht an.

Also ist er doch der Junge, vor dem man gewarnt wird.

Ich wackle vergebens mit dem Mund, um den klebrigen Alkoholgeschmack loszuwerden. «Ich kenne ihn nicht. Ich bin ihm heute bloß ein paarmal über den Weg gelaufen. Er hat sich über mich lustig gemacht.»

«Sei froh, wenn er sich nur lustig macht. Du solltest ihm aus dem Weg gehen», mischt sich der Mann des Pärchens ein. Er hat lange Haare und eine runde Brille. Seine Arme sind dünner als meine. Er schlingt sie sich wie Lianen um den eigenen Körper. «Der Typ ist ein Psycho!», ruft er aus, und ich bilde mir ein, dass er dabei leicht zittert.

Argwöhnisch kneife ich die Augen zusammen. «Wieso? Was hat er getan?»

«Noch viel zu lernen du hast, junger Padawan», murmelt Cassidy unheilvoll.

«Komm ihm einfach nicht zu nah», mischt sich Vani ein und hakt sich bei mir unter. «Da vorn mixen die Dozenten Cocktails. Wollen wir uns einen holen?»

«Einen Cocktail oder einen Dozenten?», witzelt Cassidy, und alle kichern. Ich versuche mitzulachen, aber es fällt mir schwer.

Wieso ist Can ein Psycho?

Als wir uns davonmachen, schaue ich ein letztes Mal zu ihm zurück. Er steht immer noch da, wo wir miteinander gesprochen haben. Allerdings ist er nicht mehr allein.

Und was ich sehe, lässt mich zu Eis erstarren.

Bei Can ist plötzlich Beverley – das perfekt gestylte Mädchen mit den großen Brüsten, das mich heute Morgen bloßgestellt hat. Sie hat ihre langen, schlanken Arme um seinen Hals geworfen. Seine eigenen Hände liegen auf ihrem Po und kneten ihn genüsslich.

Und sie küssen sich. Wild.

Der Anblick verpasst mir einen Stich. Trotzdem kann ich nicht mehr wegschauen. Wie hypnotisiert beobachte ich, wie Can seinen Unterleib gegen Beverley bewegt. Sie klammert sich hungrig an ihn, während er sie förmlich verschlingt. Das Ganze wirkt längst nicht mehr jugendfrei, und das alleinige Zuschauen gibt mir die Gewissheit, dass Can ein verdammt guter

Küsser sein muss. Es würde mich nicht verwundern, wenn Beverley allein durch den Druck seiner Finger an ihrem Po käme. Tyler hat das bei Skye in «Bloomfield Nights» nämlich auch hingekriegt.

Die Vorstellung, was Can in einer Frau auslösen kann, triggert bei mir eine Sehnsucht, wie ich sie noch nie verspürt habe. Ich ertappe mich bei dem Wunsch, genauso geküsst zu werden. Von ihm.

Nur leider wird das nie geschehen. Denn Can, daran besteht kein Zweifel, ist nicht im Geringsten an mir interessiert. In meiner Brust zersplittert etwas, von dem ich nicht gewusst habe, dass es existiert.

Vani zwickt mich in den Oberarm. «Nicht träumen, Allie – gehen!», amüsiert sie sich über mich. Ich ringe um ein Lächeln, obwohl mir auf einmal nach Heulen zumute ist.

04

Wir waren um halb zehn auf dem Gelände. Eine Stunde später ist die Party in vollem Gange. Der DJ hat das Feld geräumt und einer Band Platz gemacht, die Coversongs von den Ex-One-Direction-Typen, 30 Seconds to Mars und Shawn Mendes spielt. Vani, das Pärchen und ich tanzen uns die Füße wund, und ich vergesse, warum ich Partys eigentlich hasse.

Partys sind klasse, wenn man die Welt um sich herum vergessen will. Der Bass wummert im Brustkorb und belebt selbst das gebrochenste Herz.

Der Alkohol tut sein weiteres. Ich war nie eine große Trinkerin, gar keine, um ehrlich zu sein. Vielleicht wirkt das klebrige Zeugs aus dem roten Becher darum so stark in mir nach. Es fühlt sich an wie Fliegen – und es ist großartig!

Ich strecke meine Hände in die Luft und wirble im Kreis herum. Neben mir höre ich Vani und Cassidy lachen. Das Pärchen liegt sich in den Armen und knutscht herum. Können die nichts anderes tun? Ich muss mich von ihnen abwenden, um mein Hochgefühl nicht zu verlieren.

Ich brauche niemanden zum Knutschen, nur um glücklich zu sein, rede ich mir ein, ganz egal, was meine Lieblingsromane und meine Gefühle behaupten! Ich verbanne alle Gedanken an Cans sinnliche Lippen aus meinem Kopf und strecke meine Hände höher denn je.

Um halb zwölf verabschieden sich Vani und Cassidy. Vani fragt mich, ob sie mich zu unserer Wohnung zurückbegleiten solle; sie wird die Nacht bei Cassidy in der Stadt verbringen. Ich winke ab und verabschiede sie und ihre Verlobte mit einer langen Umarmung.

«Danke, dass ihr mich mitgenommen habt!», rufe ich ihnen überdreht ins Ohr, und meine neuen Freundinnen strahlen, weil es mir so gut geht. Ich könnte die ganze Welt umarmen!

Im nächsten Moment tanze ich allein neben dem knutschenden Pärchen, dessen Namen ich immer noch nicht kenne – aber wer interessiert sich schon für Nebenfiguren. Ich ganz sicher nicht.

Ich tanze wild und ohne Hemmungen, bis ich durstig werde und beschließe, den nächsten Getränkestand aufzusuchen. Hier fällt mir auf, dass mir das Gehen schon leichter gefallen ist. Aber so ist das nun einmal, wenn man sich die Füße in den Bauch tanzt. Ich kichere vor mich hin und taumle weiter.

Ich fühle mich so frei, dass es mich berauscht. Zum ersten Mal in meinem Leben ist es mir auch egal, was andere von mir denken, denn ich bin in einer warmen, weichen Wolke eingenebelt.

Eine Hand findet meine Schulter. «Du siehst nicht gut aus. Soll ich dich nach Hause begleiten?»

Ich wirble herum und blinzle. Ein Typ mit Krausehaar hat sich an mich herangemacht. Ich spüre eine Hand an meiner Taille, genauer gesagt auf meiner Haut – da, wo mein Pulli über den Jeansbund hochgerutscht ist. Das erinnert mich an Can und Beverley. Ich muss weitere Male blinzeln, um das Gesicht des Krausehaartypen scharfzustellen. Vielleicht bin ich doch betrunkener als gedacht.

Angestrengt mustere ich sein Gesicht, das irgendwie vierschrötig wirkt. Seine Nase sieht aus, als wäre sie schon einmal gebrochen worden, und sein Stiernacken ekelt mich an. Er ist gleich groß wie ich, aber mindestens doppelt so breit. «Bist du Boxer?», bricht es lallend aus mir heraus.

Der Typ lacht erheitert. Sein Arm schlingt sich fest um meine Hüfte. Mit seinem Daumen malt er einen Kreis um meinen Hüftknochen. Ich rümpfe die Nase. *Eew.* «Für dich bin ich alles, Baby. Also was ist: Soll ich dich nach Hause bringen?»

«Nein, ich möchte nur etwas trinken», entgegne ich und versuche erstmals, den Typen abzuwimmeln. Er lässt mich nicht los.

Als wöge ich nicht mehr als eine kleine Karotte, zieht er mich mit sich – weg von den Feiernden, weg von der Musik.

«Hey!», rufe ich und versuche erneut, ihn von mir wegzustoßen. Als es mir misslingt, schlägt meine Euphorie plötzlich in Panik um.

Werde ich gerade entführt? Im Ernst? Was soll das! Ich dachte meine Geschichte wird romantisch!

Wir erreichen ein leeres, großes Feld zwischen dem See und dem Hauptgebäude. Niemand ist zugegen, niemand sieht uns – niemand sieht *mich*. Meine Angst schwillt an.

«Lass mich los», sage ich laut und bestimmt, aber in den Ohren des kräftigen Typen muss ich wie ein piepsendes kleines Mäuschen klingen.

Er lacht dunkel. «Entspann dich, Kleine. Ich will dir nur helfen! Du siehst aus, als könntest du Hilfe gebrauchen.» Sein Blick gleitet lüstern über meine Brüste.

Ich schnappe nach Luft. «Lass mich los!», brülle ich lauter. Gleichzeitig erinnere ich mich an eine Reihe von Abwehrtechniken, die ich mal auf einem Wochenendverteidigungskurs gelernt habe. Aber der Trainer war offenbar scheiße, denn als ich versuche, dem Typen eine Ohrfeige zu verpassen, ihn zwischen die Beine zu treten und in den Hals zu schlagen, wehrt er mich mühelos ab.

Ich schlage ihm mit der Faust ins Gesicht. Etwas knackt, allerdings ist es nicht die Nase des Typen, sondern mein Handgelenk; ich war blöd genug, um ihn mit meiner kaputten rechten Hand zu schlagen.

Ich schreie vor Schmerz und verschlucke mich an meiner eigenen Stimme, als der Typ mir augenblicklich die Hand vor den Mund hält. «Zum Teufel, nun sei doch endlich still!», knurrt er mich an und zerrt mich zwischen ein paar Bäume. Ich kicke wie eine Verrückte mit den Beinen um mich und lande mehrere Treffer, die wehtun müssen. Aber trotz meiner immensen, aus dem nichts erwachten Badness bleibe ich zu schwach, zu schlank und zu klein, und meine Sinne sind zu vernebelt, als dass ich mir selbst zu helfen wüsste. Ich habe diesem Typen nichts entgegenzusetzen.

Die Erkenntnis trifft mich wie der Schlag. Grenzenlose Furcht bricht wie eine große Welle über mich herein. Ich bin verloren!

Seine freie Hand ist auf einmal an meinem Hals, fährt meinen Körper entlang hinab zu meiner Hose. Mir gelingt es, meinen Mund zu befreien. «HILFE!», kreische ich mir die Seele aus dem Leib, aber kriege ich eine Antwort?

Ja!

«Hey!», brüllt jemand quer über das Feld. Dann sind die fremden Hände auf einmal verschwunden. Ich zittere am ganzen Körper, und es dauert einen gehörigen Moment, bis ich kapiere, was um mich herum geschieht.

Ein großer Schatten hat uns erreicht und den Typen mit schierer Kraft von mir weggezerrt. Im nächsten Moment prallt der Typ rücklings gegen den Baumstamm neben mir. Er stöhnt vor

Schmerz. Ich stoße einen erschrockenen Schrei aus und reiße den Kopf zu dem Menschen herum, der mir gerade so gewaltsam zur Hilfe eilt.

Mir wird schwindlig.

Cans Blick fährt mit wachsendem Entsetzen über mich hinweg. Er registriert meinen hochgerutschten Pulli, meine brennenden Augen und die grenzenlose Panik auf meinem Gesicht. Und was auch immer er sieht, scheint etwas tief in seinem Innern anzufachen. Ich sehe förmlich, wie es in seiner Brust brennt, ihn zerreißt und seine Augen zum Lodern bringt. Ich schlucke heftig.

Denn auf einmal sehe ich, wovor Vani, Cassidy und das Pärchen sich gefürchtet haben.

Can wirbelt zu dem Typen herum und verpasst ihm einen Kinnhaken, der boxtechnisch gesehen überhaupt keinen Sinn ergibt, seinen Bizeps aber sexy wölbt. Zwei Sekunden später bricht er dem Typen die Nase. Dieser brüllt. Blut spritzt durch die Luft.

Mit offenem Mund stehe ich da. Ich kann mich nicht von diesem Anblick lösen, dieser unbändigen Kraft, den pulsierenden Adern an Cans Armen, diesem rasenden, gefährlichen Funkeln in seinen Augen ... Ich beiße mir auf die Unterlippe und fühle mich von einer unwirklichen Magie umspielt. Meine Panik von zuvor ist fast vergessen. Bis zu diesem Moment habe ich nicht gewusst, dass Kämpfe eine solche Wirkung auf mich haben können. Can muss ein Zauberer sein.

Und ich muss wirklich betrunken sein.

Der Typ wird von Can gegen den Baumstamm gepinnt. «Ein Wunder, dass du mir nichts abbeißt», stöhnt der Typ und gibt einen erstickten Laut von sich, als Can ihn anknurrt und den Unterarm fester gegen seinen Hals drückt.

«Mach, dass du davonkommst!», zischt er so hasserfüllt, dass sich bei mir die Härchen im Nacken sträuben. Er verpasst dem anderen einen letzten Schlag, bevor er ihn loslässt.

«D-du Psycho!», stößt der Typ hervor und sucht panisch und hinkend das Weite.

Can schaut ihm nach. Dann fährt er zu mir herum.

Im ersten Moment erschrecke ich, denn der Kampf hat etwas Wildes auf seinem Gesicht zurückgelassen. Ich halte mein schmerzendes Handgelenk fest und erbebe.

Woher wusste er, wo ich bin und dass ich so dringend seine Hilfe brauche? Auf einmal kommt es mir vor, als lebten wir nach einem Drehbuch, und das Schicksal ist der Autor. Ich bin mir sicher, dass absolut niemand mit dieser Wende gerechnet hat.

Can muss merken, wie sehr sein wilder Anblick mich einschüchtert, denn die Aggressivität weicht mit einem Mal aus seinen Zügen. Er tritt zu mir heran. Eigentlich erwarte ich eine

Zurechtweisung, denn ich erinnere mich an seine Warnung von früher.

Stattdessen hebt er seine Hand an meine Wange und berührt mich sanft. «Hey», sagt er besorgt. «Geht es dir gut?»

Es gelingt mir nicht, zu antworten. Mein Atem geht schnell und stoßweise. Die kalte Nachtluft findet zusammen mit seinem erdigen Duft einen Weg in meine Lunge.

Und da bricht die Magie endgültig ein.

Ich erinnere mich daran, wie ich den Alkohol aus dem roten Becher getrunken habe.

Ich erinnere mich daran, wie ich Can und Beverley zusammen gesehen habe, seine Hände auf ihrem Körper, seine Lippen an ihren, und wie ich danach tanzen und alles um mich herum vergesse wollte.

Ich erinnere mich daran, wie ich hierhergekommen bin, und warum ich jetzt allein mit Can zwischen diesen Bäumen stehe.

Ein Schauer erfasst mich. Oh, Gott. Meine Augen füllen sich mit Tränen, und meine Beine geben nach. *Oh, Gott! Oh, Gott! Oh, Gott!* Ich schluchze auf.

Can fängt mich auf, bevor ich auf dem Boden lande. «Allie!», ruft er dramatisch und zieht mich fest an seine starke Brust. Ich weine und klammere mich an seinem Bizeps fest.

Can streicht mir übers Haar, presst seine Wange sanft gegen meine Stirn. «Ist gut, Allie. Ist ja gut. Ich bringe dich nach Hause, okay?»

Ich weiß nicht, ob ich nicke. Er schlingt seinen Arm um meine Kniekehlen und hebt meinen zitternden Körper an. Mein Kopf fällt gegen seine Brust. Behutsam trägt er mich davon. Eine Stimme raunt mir zu, dass andere mich vor diesem Mann gewarnt haben, und für einen kurzen Moment erinnere ich mich an den Jähzorn, der in seinen Augen geglüht hat. Ich sollte mich nicht von Can tragen lassen, und ich weiß, dass ich eigentlich Angst haben müsste.

Aber das habe ich nicht.

Diese harte Brust an meiner Wange fühlt sich nicht gefährlich an, vielmehr wie ein Fels in der Brandung. Benommen – zu benommen, um zu wissen, ob ich das wirklich tue – hebe ich meine Hand und fahre mit vibrierenden Fingerkuppen über die Erhebung seines Schlüsselbeins. Can entfährt ein Keuchen, das mir durch Mark und Bein geht. Er zieht mich näher an sich, und ich spüre seinen Herzschlag dicht an meinem. Seiner ist fast so schnell wie meiner und doch irgendwie ... beruhigend.

Auf einmal fühle ich mich sicher. Ich murmle etwas, an das ich mich in der nächsten Sekunde nicht mehr erinnere. Can vergräbt seine Lippen in meinem Haar und verspricht mir, auf mich aufzupassen. Ich glaube ihm.

Dann werde ich bewusstlos.

05

Ich erwache zu Vogelgezwitscher. In meinem Kopf hört es sich allerdings mehr wie ein frisierter Presslufthammer an. Ich stöhne und will mich von der Seite auf den Rücken wälzen.

Meine Schulter stößt gegen eine andere Schulter.

Ich erstarre.

Um meinen Oberkörper liegt ein Arm, schwer und muskulös. Zwischen meinen Beinen spüre ich ein fremdes Bein, und an meinem Po ... Ich halte die Luft an.

Oh. Mein. Gott.

Das hat jetzt wirklich keiner kommen sehen.

Ich schlucke leer und versuche, über meine Schulter nach hinten zu blicken, ohne mich allzu fest zu bewegen. Der Versuch schlägt fehl, denn der Arm zieht mich sogleich in eine engere Umarmung.

Cans Erektion drängt sich fester an mich. Meine Augen werden riesengroß, mindestens genauso groß wie das Ding, das sich gegen meinen Hintern drängt. Wenn das überhaupt möglich ist.

Wieder frage ich mich, in was für einem Film ich gelandet bin, dass ich von einer unerwarteten Szene in die nächste geschleudert werde.

Ach du dickes Ei.

Ist das ... normal? Muss ich Can wecken und das Ganze beenden? Andererseits fühlt es sich ... gut an. Nein, nicht nur gut. Mehr als gut. Wahnsinnig gut. Wie in einem meiner Bücher.

Zwischen meinen Beinen kribbelt es verräterisch. Ich presse meine Oberschenkel gegeneinander und befeuchte meine Lippen mit der Zungenspitze. Ich bin eigentlich echt unerfahren und züchtig, aber in diesem muskulösen Arm und mit diesem Ständer an meinem Rücken verliere ich einen Teil von mir selbst. Aus diesem Stoff müssen Träume gemacht sein. Und etwa tausend Bücher. Mein Kater ist wie von Zauberhand verschwunden.

Ich schaue zur Wanduhr neben dem Fenster. Warte ab. Dreißig Sekunden. Beiße mir auf die Unterlippe. Vierzig Sekunden. Vorsichtig drücke ich meine Hüfte zurück.

Can stöhnt. Seine Hand rutscht zu meinem Hüftknochen hinab. Er hält mich an Ort und Stelle fest. Ich beiße fest die Zähne zusammen, weil ich nicht ebenfalls aufstöhnen will. Aber der Versuch schlägt fehl.

Can wacht auf. Seine Atmung setzt aus.

Ich bin ebenfalls ganz still geworden. Das Herz donnert wie verrückt in meiner Brust, ich presse die Lider aufeinander.

Nach einem Augenblick, der sich wie die Ewigkeit anfühlt, nimmt Can seine Hand von meiner Hüfte und bewegt sich von mir weg. Der

Druck gegen meinen Körper verschwindet. Kälte erfasst mich, wo mich zuvor Wärme erfüllt hat.

Ich traue mich, mich zu ihm herumzudrehen, und öffne zaghaft mein linkes Auge. Can sitzt mit dem Rücken zu mir auf der Bettkante und fährt sich mit beiden Händen durchs zerzauste dunkle Haar. Das schwarze T-Shirt spannt sich über seinen Rücken. Ich muss mich zusammenreißen, um nicht eine Hand zwischen seine Schulterblätter zu legen. Ich vermisse die Wärme seines Körpers, obwohl sie mir nie gehört hat.

Die Erkenntnis überwältigt mich.

Aus dem Nichts erinnere ich mich daran, wie er mit Beverley herumgeknutscht hat. Hitze kriecht mir ins Gesicht, und das Blut dröhnt in meinen Ohren. Oh weh, bin ich jetzt ein Flittchen? Habe ich Can gerade zum Betrügen verleitet? Ist überhaupt etwas geschehen, wofür wir uns schämen müssen? Moment einmal ... Warum ist er überhaupt hier? Was ist passiert?

Abrupt richte ich mich auf.

Can schielt über die Schulter. Ein müdes Lächeln umspielt seine Lippen. «Guten Morgen, Goofy.» Seine Augen schimmern im Tageslicht. Er beobachtet mich. Sein Lächeln wird zögerlich. «Wie ... wie lange bist du schon wach?», fragt er vorsichtig.

«Ich bin eben erst aufgewacht», lüge ich und blinzle die Enttäuschung weg, als er vor Erleichterung die Schultern fallen lässt.

Autsch. Diese Reaktion tut mehr weh als erwartet. Der Moment von vorhin wird bedeutungslos wie ein «Hi, wie geht's?» am Starbucks-Tresen. Can will offenbar nicht, dass ich mich daran erinnere, wie ich in seinem Arm gelegen bin und wie erregt er meinetwegen war. Vielleicht schämt er sich sogar dafür. Vielleicht findet er mich gar nicht attraktiv und hat bloß Druck auf der Leitung.

Bei dem Gedanken, dass mich jemand wie Can überhaupt anziehend finden könnte, muss ich beinah humorlos auflachen. Zum Teufel, das wird nie geschehen, Allie. Er hat Beverley, und neben ihr bist du nichts weiter als eine unerfahrene, kleine Kunststudentin.

«Wie geht es dir?» Sein sorgenvoller Tonfall reißt mich aus meinem Selbstmitleid.

Ich blinzle ihn an und versuche, seiner Frage Sinn zu verleihen. Er mustert mich mit angespannt aufeinandergepressten Lippen. Seine Kiefermuskeln treten hervor. «Bitte, sag mir, wie es dir geht, Allie Andrews.»

Meinen vollständigen Namen aus seinem Mund zu hören, durchzuckt mich erneut mit einer seltsamen Mischung aus Freude und Wehmut.

Ich fasse mir an den Kopf. Meine Haare sind ein Chaos. Erst jetzt fällt mir auf, dass ich immer noch die Kleider vom letzten Abend trage. Wahrscheinlich trage ich auch noch das Makeup vom letzten Abend. Oder was davon übriggeblieben ist.

Ich stöhne innerlich. Ich sehe bestimmt ganz scheußlich aus! Kein Wunder, dass er nicht zu seinem Ständer stehen will!

Ich wende mich von Can ab und schaue aus dem Fenster. «Mein Kopf dreht sich. Ansonsten fühle ich mich gut», versichere ich ihm kleinlaut, aber das besänftigt ihn nicht.

Die Matratze wackelt, als er das Gewicht in meine Richtung verlagert. Kurz hoffe ich, er könnte mich berühren, aber der Kontakt bleibt aus. «Allie, du hast etwas verdammt Verstörendes erlebt. Geht es dir wirklich gut?», bohrt er erneut.

Zögernd schiele ich in seine Richtung. Er hat seine Augen verengt. Oh Mann, wie schön sie sind. Mein Bauch zieht sich zusammen.

Natürlich weiß ich, worüber er sprechen möchte, schließlich wurde ich vor wenigen Stunden von einem Typen in den Wald geschleppt. Was mir widerfahren ist, ist unbestritten schrecklich. Aber wenn ich ehrlich bin, stand ich in dem Moment ziemlich neben mir. Die Erinnerung hallt hohl in mir nach, als wäre das alles nicht mir, sondern irgendjemand anderem zugestoßen. Das ist wahrscheinlich gut so. Man sollte eine Geschichte wie meine nicht mit posttraumatischen Störungen ausbremsen. Oder zumindest mit keinen, die sich nicht durch die Anwesenheit eines erregten Mannes wie Can vertreiben ließe. Vielleicht stimmen die Dinge, die man so liest, und Sex – oder Fast-Sex – hat eine heilende, ja, fast magische, lebensverändernde Wirkung. Alles lässt sich meistern, wenn sich der richtige Penis in der richtigen Größe gegen den eigenen Po schmiegt. Zumindest in meinem Kopf scheinen nur noch die guten Erinnerungen an gestern zu existieren. Die schlechten sind wie weggezaubert. Ein Hoch auf den Zauberstab.

Ich schaue Can in das besorgte Gesicht und muss mich zusammenreißen, um mich nicht in diese warmen, starken Arme zurückzuwerfen, die mich gestern Abend sosehr beschützt haben. Im Gegensatz zu allem anderen ist mir das nämlich kristallklar in Erinnerung geblieben.

Ich verspreche Can trotzdem, dass ich den Typen anzeigen werde (was vermutlich nie geschehen wird, weil nicht länger handlungsrelevant), und er entspannt sich. Im nächsten Moment lächelt er sogar. Wieder fühle ich diese Wärme und dieses irre Gefühl von Geborgenheit in mir aufflammen. Ich wünschte mir bloß, Can würde auch so für mich fühlen.

Die Trauer knallt wie ein Brett gegen meinen Kopf zurück. Auf einmal wird es mir im Zimmer zu eng.

Ich muss hier raus.

Ich springe so abrupt auf, dass mir schwarz vor Augen wird. Sofort ist Can an meiner Seite und hält mich fest. Sein Atem streift meine

Wange. Er riecht nach frischer Pfefferminze. Ich taumle.

Himmel, er riecht sogar am Morgen gut.

«Wenn es okay ist, gehe ich mal duschen», stammle ich und fühle alles in mir erweichen, als ich sein warmes Lächeln auffange.

«Natürlich ist es das. Ich kann dir helfen. Beim dich ins Badezimmer bringen, nicht beim Duschen», sagt er schnell, als er merkt, wie seine Worte klingen.

Mein Blick rutscht unweigerlich zu der Beule in seiner Hose. Can versucht gar nicht mehr, sie zu verstecken, allerdings wäre das bei seiner Größe vermutlich auch ein Ding der Unmöglichkeit.

Mein Puls erhöht sich und sendet ein rhythmisches Kribbeln durch meinen Körper. Ich nicke wortlos, weil ich meiner Stimme nicht traue. Kurz darauf hat Can abermals seine starken Arme um mich geschlungen und mich ins Badezimmer getragen.

Dort stellt er mich behutsam ab. Einen Moment lang bleibt er zögernd hinter mir stehen. Gut möglich, dass er merkt, wie weich meine Knie geworden sind.

Verlegen kratzt er sich am Hinterkopf. «Also dann ... lass ich dich mal duschen.»

«Okay», sage ich mit belegter Stimme. Er begegnet meinem Blick im Spiegel, während er die Tür hinter sich zuzieht. Seine verschiedenfarbigen Augen schimmern.

Dann bin ich allein im Bad.

Ich stoße die Luft langsam zwischen den Zähnen durch. Eingehend betrachte ich mich im Spiegel. Meine Wimperntusche ist verschmiert, aber da ich so wenig aufgetragen habe, hält sich der Schaden in Grenzen.

Gedankenverloren fahre ich einer schwarzen Linie entlang, die sich kaum sichtbar auf meiner Wange abzeichnet, und von einer Träne des Vorabends herrühren muss.

Ich frage mich, was geschehen wäre, hätte Can das Badezimmer nicht verlassen. Wieder überkommt mich ein Zittern, von dem ich nicht weiß, was ich damit anfangen soll. Die Dinge, die Can in mir auslöst, überfordern mich.

Ich beschließe, die Sache zu vergessen, und steige in die Dusche. Doch noch während ich mich einseife, wandern meine Gedanken zurück zu Can. Ich stelle mir vor, wie seine Hände über meinen Körper streichen, wie sie meine Brüste umschließen, tiefer fahren und ... Ich presse die Lippen aufeinander, um nicht aufzustöhnen.

Dann reiße ich die Augen auf. Starre gegen die blauen Fliesen. Lasse das Wasser über meinen Kopf rieseln. Höre mein Herz wie verrückt in der Brust hämmern.

Und dann stöhne ich wirklich. Aber nicht vor Erregung, sondern vor Frustration. Woher kommen diese verfluchten Gedanken? Verärgert drehe ich das Wasser auf «kalt».

06

Ich weiß nicht, wie lange ich in der Dusche stehe, doch es fühlt sich wie eine Ewigkeit an. Die meiste Zeit lasse ich das Wasser eiskalt über mich hinwegrieseln. Obwohl ich irgendwann eine Gänsehaut kriege, kann ich das Hitzegefühl nicht aus meinem Körper schwemmen.

Als ich das Badezimmer schließlich verlasse, fluche ich mürrisch vor mich hin.

«Na, na, na. So sprechen kleine Pokémon-Mädchen aber nicht!»

Vor Schreck lasse ich fast das Badetuch um meinen Körper fallen.

Can sitzt in meinem Wohnzimmer. Ich bin wie vom Donner gerührt. Dass er immer noch da ist, überrascht und überfordert mich zu gleichen Teilen. Beunruhigt mustere ich seinen breiten Rücken, den er mir zudreht. Er sitzt am kleinen Schreibtisch und ... ich erschauere.

Scheiße, er studiert meine Zeichnungen.

Meine große, graue Mappe liegt offen vor ihm. Er selbst wippt auf dem Drehstuhl herum, zieht ein Bild nach dem anderen hervor, knabbert gedankenverloren an seinem Daumennagel und legt die Bilder danach wieder achtsam in die Mappe zurück.

Als er hört, wie ich nach Luft schnappe, dreht er erst nur flüchtig den Kopf. Als er sieht, dass ich nur ein Badetuch trage, wirbelt er mit seinem ganzen Körper herum.

Mit halbgeöffnetem Mund mustert er mich. Während er das tut, saugt er langsam seine Unterlippe zwischen die Zähne und scheint mit seinen Gedanken plötzlich woanders zu sein.

Ich erstarre noch mehr. Normalerweise hätte ich mich zu Tode geschämt und wäre in mein Zimmer gerannt, um mir etwas anzuziehen. Aber Cans Blick löst etwas tief in mir aus. Es fühlt sich gut an – *ich* fühle mich gut an.

Blut rauscht in meinen Ohren. «Was ... was machst du noch hier?», flüstere ich kaum hörbar.

Der Klang meiner Stimme reißt ihn in die Gegenwart zurück. Mit einem Räuspern gibt er seine Unterlippe frei. «Ich, ah, wollte sichergehen, dass es dir gutgeht ... Ich habe diese Mappe gesehen. Sind das deine Zeichnungen?»

Nervös senke ich meine Lider. Mit dem Fuß male ich Kreise auf den Teppich. «Ja.»

«Sie sind wunderschön.»

Mein Kopf schießt in die Höhe zurück. «Wirklich?»

Can nickt langsam und ernst. Er hebt eines der Bilder zwischen uns in die Luft. Es ist das Aquarell eines Aliens. Mein Dad und ich lieben Aliens, darum heiße ich Allie. Allie *AN*-drews.

«Dein Stil hat etwas Kindliches. Er fasziniert mich», gibt Can unumwunden zu und weiß vermutlich gar nicht, wie viel mir das bedeutet.

Doch gleichzeitig zerstört es mich auch.

Meine kaputte Hand beginnt zu pochen. Wieder ziehe ich das Kinn zur Brust und balle eine Faust.

Can sieht es. Er runzelt die Stirn. «Habe ich etwas Falsches gesagt?»

«Nein, nein, hast du nicht, es ist nur ...», sage ich schnell, stocke aber so abrupt, dass Can die Lüge erkennt. Als er auf die Beine kommt, weiche ich eingeschüchtert vor ihm zurück.

Heiliger Strohsack, er ist so groß. Und so, so unglaublich schön und trainiert und perfekt. Ich schwanke zwischen Angst und einem Gefühl, das ein aufregendes Prickeln zwischen meinen Beinen hinterlässt.

Can macht einen zögerlichen Schritt auf mich zu – so zögerlich, dass ich ihn kaum wiedererkenne. Wo ist der Kerl hin, der normalerweise so unheimlich wirkt, sich ständig über mich lustig macht und mich Goofy nennt?

Ich suche den fiesen Blödmann im blauen und im grünen Auge – und finde ihn im blauen. Aber ich finde auch noch so viel mehr darin. Und was ich sehe, gibt mir Mut. Vielleicht ist Can doch nicht so übel.

Wer hätte das gedacht?

Mein Herz schlägt plötzlich schneller. Noch mehr Mut nistet sich ein. «Ich bin wegen eines

Stipendiums hier. Daher weiß ich, dass ich gut bin, selbst wenn ich es ständig herabspiele und mich gern als Versagerin darstelle. So kriegt man mehr Komplimente», beginne ich und fühle, wie ein Kloß in meinem Hals anschwillt. Vergebens schlucke ich dagegen an. «Aber dann hatte ich einen Unfall.»

«Einen Unfall?», murmelt Can, und ich nicke.

Tränen kitzeln in meinen Augen. «Ich … ich habe mit meinem Vater ganz oldschool Nintendo Wii gespielt. Dieses … dieses Tennisspiel.» Meine Stimme wird brüchig. «Mein Dad hatte Matchball, und ich wollte in Extremis eine Rückhand Longline schlagen. Dabei bin ich mit dem Handrücken gegen die Vase mit den achtzehn Rosen gestoßen. Seither sind mein Mittelhandknochen und eine Sehne hinüber.» Ich wische mir eine Träne von der Wange. Wann habe ich angefangen zu weinen? «Es war an meinem achtzehnten Geburtstag.»

Cans Augen schimmern voller Mitgefühl. «Oh, Allie. Das tut mir so leid.»

Ich nicke und wische mir noch mehr Tränen weg. Auf einmal kullern sie mir unaufhörlich über die Wangen. «Jedenfalls hat sich meine Hand nie ganz davon erholt. Seither fürchte ich mich davor, wieder einen Stift oder einen Pinsel in die Hand zu nehmen. Ich habe Angst, dass ich nicht mehr so gut bin wie früher und das Studium hier nicht schaffe. Dass ich es nicht *verdiene*, hier zu sein. Im ersten Semester werden wir nur theoretische Vorlesungen und Seminare haben, aber schon ab nächstem Jahr werde ich nicht mehr verheimlichen können, was geschehen ist und dass ich vielleicht ...» Ich breche ab und ringe nach Worten. «Ich weiß, dass ich mich bald der Frage stellen muss, ob ich überhaupt noch zeichnen kann. Oder ob ich meinem Traum von einem Studium hier für immer begraben muss. Davor fürchte ich mich noch mehr als vor dem Monster unter meinem Bett.»

Für einen kurzen Moment sieht es aus, als wolle Can ins Schlafzimmer gehen, um nachzuschauen. Dann streckt er den Arm nach mir aus, hält aber auch hier auf halbem Weg inne. «Allie.» Fast sieht es aus, als wolle er mich in den Arm nehmen. Doch er zögert.

Schließlich lässt er den Arm wieder fallen.

Ich klammere mich an meinem Badetuch fest und betrachte meine Füße, die aussehen wie frisch manikürt, obwohl ich mich nie mit solchen Dingen aufhalte. Ich habe echtes Glück mit meinem Körper, auch wenn ich ihn nie jemandem zeige. Doch nun tropft mir eine Träne auf den großen Zeh. Was nützen schöne Füße, wenn die Hand kaputt ist?

«Allie.» Cans raue Stimme nimmt mich für sich ein. Ich hebe den Kopf, und da wird mir klar, dass ich ihm alles von mir zeigen würde, nicht nur meine schönen Seiten, auch die schlechten. Meine Hand, zum Beispiel. Oder die winzige Delle an meinem Po.

Ich weiß nicht, woran es liegt, aber der Ausdruck in Cans Blick verändert sich mit einem Mal. Etwas Dunkles, Verlangendes tritt an die Stelle, wo zuvor Mitgefühl war. Ich spüre deutlich, dass er mir die Sorgen nehmen will – und auf einmal wird mir auch klar, *wie* er sie mir am liebsten nehmen würde. Unweigerlich schiele ich wieder in seinen Schritt und halte die Luft an.

Yep, er will mich definitiv ablenken.

Das erinnert mich an etwas.

Kälte umhüllt mich. Ich bohre meine Fingernägel in das obere Ende des Badetuchs, das um mein Dekolletee liegt. «Can, wir müssen über das reden, was heute Morgen zwischen uns geschehen ist», flüstere ich.

Can zuckt zusammen. Er steht plötzlich stocksteif da. «Was zwischen uns?», fragt er heiser.

«Du weißt was», entgegne ich und zögere. Dann senke ich die Stimme. «Ich war wach, Can. Ich habe es gespürt. Ich habe alles gespürt. Dich.» Ich kralle meine Zehen in den Teppich, während ich versuche, wenigstens ein Stück meiner Beherrschung zu bewahren. Aber ich kann plötzlich an nichts anderes mehr denken als an Cans Körper, der sich so gut an meinem eigenen angefühlt hat. Wir passen wie zwei Puzzleteile zusammen, so perfekt, dass ich es nicht länger ignorieren kann. Mein Herz flattert, wenn ich ihn nur anschaue. Hashtag #canallie – oder never change a winning team, wie Sam sagen würde.

Can scheint es ähnlich zu gehen, zumindest glaube ich das. Er saugt geräuschvoll die Luft in die Lunge, wobei sich sein Brustkorb schwerfällig dehnt. An seinem Hals tritt eine Sehne hervor, in seinem Blick verdunkelt sich etwas. Es wirkt hungrig und erfasst mich wie tausend kleine, prickelnde Stromstöße. Ich benetze meine Lippen und beobachte, wie Can plötzlich jede einzelner meiner Bewegungen mit der Konzentration eines Achtsamkeitcoaches verfolgt. Meinem Mund schenkt er besonders viel Aufmerksamkeit.

Erinnerungen an seine leidenschaftlichen Küsse mit Beverley werden wach, und mein Innerstes beginnt zu kribbeln. Es hilft wenig, dass ich im nächsten Moment wieder dorthin schaue, wo sein Körper jeweils ein faszinierendes Eigenleben entwickelt. Und ja, er ist zweifelsfrei scharf auf mich. Heiliger Bimbam!

Mein Blut fließt plötzlich schneller. Am liebsten würde ich ihn mit meinen Gedanken dazu bringen, den ersten Schritt zu tun. Ich will, dass er all das tut, was er seinem Blick zufolge mit mir machen will. Aber dann denke ich an mich selbst, die sich nur aus Romanen zusammenreimen kann, was das sein könnte, und einen Atemzug später bekomme ich es mit der Angst zu tun. Könnte ich Can überhaupt gerecht werden? Kann mein kleiner Körper ihm geben, wonach er sich sehnt?

Ein Zittern durchfährt mich. Nahezu unmerklich trete ich einen Schritt zurück.

Und da ändert sich alles.

Die Überraschung, ja, selbst die Erregung, weicht aus Cans Körper wie Luft aus einem löcherigen Ballon. An ihre Stelle tritt eine unerwartete Härte – aber nicht die Härte, die ich kurz zuvor so interessant fand. Can wirkt plötzlich kalt und distanziert. Ich erschrecke.

Als er endlich den Mund aufmacht, wünschte ich mir, er hätte es nicht getan. «Ich weiß nicht, wovon du redest. Es ist nichts geschehen.» Seine Stimme ist heiser vor Verlangen – und voller Lügen. Damit trifft er mich an der empfindlichsten Stelle, die mein Körper hergibt. Seine Fürsorge von vorher ist vergessen, die aufgeladene Stimmung zwischen uns verbrannt. Das kann ich nicht auf mir sitzenlassen.

Ich trete einen energischen Schritt auf ihn zu. «Du weißt genau, wovon ich spreche», sage ich schroff. «Und wir müssen es auf den Tisch bringen, denn», meine Wimpern zucken, «du hast eine Freundin.»

«Eine Freundin?» Can runzelt die Stirn.

«Ja, Beverley. Ich habe euch gestern Abend gesehen.»

An seinem Kinn zuckt ein Muskel. Im nächsten Moment schüttelt er den Kopf. Ein kaltes Lachen rumpelt in seinem Brustkorb. «Beverley ist nicht meine Freundin, Goofy. Aber das ist, was ich tue. Ich nehme mir, was ich will, und wenn ich es *nicht* mehr will, dann lasse ich es liegen. Wenn du glaubst, dass etwas zwischen dir und mir geschehen ist oder dass da jemals mehr sein wird, dann solltest du noch einmal scharf nachdenken.»

«Was vorhin scharf war, warst ja wohl du!», werfe ich ihm ungestüm an den Kopf, aber er lacht bloß wieder.

«Süße, wenn dir das schon zu viel war, solltest du zurück auf die Grundschule.»

Mein Mund klappt auf. «Tut mir ja herzlich leid, dass ich nicht der Mensch bin, der mit allen und jedem ins Bett steigt. Ich habe sehr wohl Ansprüche!»

«Das hat gestern anders ausgesehen.»

Ich schmeiße ein Sofakissen nach ihm.

Er fängt es auf und legt es auf den nächsten Stuhl. «Ich meine es ernst, Allie: Wieso hast du überhaupt Alkohol getrunken und dich von diesem Typen mitnehmen lassen? Wieso hast du nicht auf mich gehört?»

«Ganz einfach: Weil du ein Arschloch bist.»

«Ein Arschloch? Ich habe dich gerettet!» Er verwirft die Hände.

«Ja, und dann hast du mir deinen Schwanz in den Rücken gedrückt, und jetzt tust du so, als wäre nichts geschehen!»

«ES IST JA AUCH NICHTS GESCHEHEN!»

«Du solltest jetzt gehen», sage ich abrupt und bereue diese Worte so schnell, wie ich sie ausgesprochen habe.

Can starrt mich an. Sein Kiefer mahlt.

Dann weicht die Wut aus seinem Körper. Er lässt die Schultern fallen. «Wie du willst, Goofy», brummt er nach einem Moment des Schweigens. Mit gesenktem Kopf packt er seine Schuhe neben dem Eingang, reißt die Wohnungstür auf und knallt sie lautstark hinter sich zu. Er macht sich einfach davon, ohne weiteres Wort, ohne einen weiteren Blick.

Aber mit meinem Herzen.

07

Ich habe mir gerade eine bequeme, enge Yo-gapants und einen XL-Pulli mit einem «Attack on Titan»-Motiv angezogen, als Vani in unser Schlafzimmer platzt.

«Can war bei dir!», bricht es aus ihr heraus. Sie klingt sauer. Ups.

Ich erstarre, noch während ich den Pulli über meiner Hüfte zurechtzupfe. Meine Finger streifen die Stelle, an der Can mich wenige Stunden zuvor gepackt und ganz fest an sich gezogen hat. Widersprüchliche Gefühle suchen mich heim.

«Woher weißt du, dass er hier war?», frage ich lauernd.

Vanis Augen sprühen Funken. «Will aus der Nachbarswohnung hat euch gestern Abend heimkommen sehen. *Zusammen.* Can blieb über Nacht, nicht wahr? Lüg mich nicht an, Allie!»

Ich knirsche mit den Zähnen. Wer ist dieser Will, und wie kann ich ihn umbringen?

«Can hat dafür gesorgt, dass ich sicher nach Hause gekommen bin. Ich glaube, jemand hat mir etwas ins Getränk gemischt. Es ging mir schlecht», erkläre ich ehrlich.

Vani kneift argwöhnisch die Augen zusammen. «Bist du sicher, dass es nicht Can selbst war, der dir was untergemischt hat?»

«Ja, bin ich.» Ich stöhne. «Wieso seid ihr ihm gegenüber nur so skeptisch?»

«Weil Skepsis mehr als angebracht ist», entgegnet meine Mitbewohnerin, ohne Licht ins Dunkel zu bringen. Sie trägt immer noch das Fransenkleid von gestern Abend. Im Grunde genommen sieht sie so frisch aus, als hätte sie sich eben erst für die Party gestylt. Das macht mich echt neidisch.

Schnippisch verschränke ich die Arme vor der Brust. «Wieso erzählst du mir nicht einfach, was Sache ist?»

«Wann hast du heute deine erste Vorlesung?»

«Um elf. Lenk nicht vom Thema ab! Was hat Can getan? Kennst du ihn von früher?»

Vani stößt ein Seufzen aus. Sie lässt sich auf ihr Bett fallen. Ihr langer Zopf hüpft über die Schulter. «Er studiert wie ich im dritten Semester Kunstgeschichte. Ich kenne ich nicht persönlich, aber er hat ...» Sie wackelt mit dem Mund und scheint nach den richtigen Worten zu suchen. «Er hat einen gewissen Ruf», räumt sie ein.

Ihre Enthüllung lässt mich die Augen verdrehen. «Er ist also ein Frauenheld, okay. *Boo-ho.*» Ich wedle pathetisch mit den Händen, bevor ich sie in die Hüfte stemme und meine Freundin mit hochgezogenen Brauen taxiere. «Hältst du mich für so bescheuert, Vani? Zwischen uns ist nichts passiert.»

«Ja, aber du wünschst dir, dass etwas passiert wäre, nicht wahr?»

Ich beiße mir auf die Zunge. Vani blitzt mich wissend an. Gütiger Himmel, wem mache ich hier eigentlich etwas vor?

Ich verstumme, und Vani seufzt wieder. «Hör mal, es geht nicht um seinen Ruf bei Frauen. Zumindest nicht nur. Du musst wissen, dass man sich auch noch andere Dinge über ihn erzählt.»

«Was für Dinge?»

«Ungute Dinge. Dinge, die ‹Renn, so schnell du noch kannst› schreien.»

Ich brumme. «Nun sag schon, Vani.»

Sie hält inne, um mich anzuschauen. Also eigentlich studiert sie mich eher. Als müsste sie sich vergewissern, dass ich die Wahrheit ertrage.

Ich brumme wieder. «Vani.»

«Okay, okay.» Geschlagen hebt sie die Hände. «Ich weiß nicht, ob alles wahr ist. Aber wenn ich ehrlich bin, kann ich mir bei ihm einiges vorstellen.» Die Art, wie sie *ihm* betont, erinnert mich an jemanden, der vom Teufel spricht. «Can stammt aus Oxville. Sein Vater ist der Dekan. Man erzählt sich, dass Can nur deswegen einen Studienplatz ergattert hat. Keine andere Uni und kein anderes College wollte ihn. Auch bei uns steht er angeblich mit einem Fuß schon wieder draußen.»

«Du meinst, er könnte rausgeschmissen werden? Wieso?»

«Weil er *bad news* ist. Er wurde schon mehrfach beim Sex in Unterrichtszimmern erwischt.»

Ich verziehe den Mund. «Nun, das ist nicht *bad*, sondern eher blöd.»

«Einmal mit einer Professorin.»

«Okay, sehr blöd.»

Vanis Blick wird vorwurfsvoll. «Nimm mich bitte ernst, Allie.»

Unschuldig zucke ich mit den Achseln. «Das tue ich! Aber wenn ich ehrlich bin, habe ich etwas mehr erwartet als ein paar Sexgeschichten. Klar, macht das aus ihm keinen Traummann. Aber auch keinen Axtmörder.»

«Was sagst du, wenn er in den Tod eines Oxville-Studenten verwickelt ist?»

Ich stocke.

Vani kichert. «Okay, das war gelogen.»

Zornig funkle ich sie an.

«Aber das bedeutet immer noch nicht, dass er ein guter Umgang ist», beharrt sie. «Er muss ein ziemlich langes Strafregister aus seiner Zeit vor der Uni haben. Alte Schulfreunde bezeichnen ihn als schwierig, aggressiv und narzisstisch veranlagt. Und das ist immer noch nicht alles.» Sie verlagert das Gewicht von einer Pobacke auf die andere. «Du weißt wahrscheinlich, dass er bei den Oxville Cows Football spielt. Tatsächlich war Football aber nie seine erste Wahl. Er spielte Basketball, hat jedoch eine lebenslange Sperre kassiert, weil ...» Sie zögert. Ich recke erwartungsvoll das Kinn. Sie windet sich unter meinem Blick. «Na ja, also er hat auf der High-School einem Gegenspieler einen Teil von dessen

Ohr abgebissen. Es gibt Videobeweise, aber sie sind ziemlich verschwommen. Die Handyqualität war früher einfach scheiße.»

Einen Moment sitze ich da und blinzle. Im nächsten presse ich die Lippen aufeinander, um nicht zu prusten. «Ein Teil des Ohrs», wiederhole ich flapsig. «Bist du sicher, dass du noch von Can redest und nicht von einem Zombie, Mike Tyson oder so?»

«Das ist nicht witzig, Allie!», wirft Vani mir empört vor. «Dachtest du, Can sei sein echter Name? Weit gefehlt!» Sie lacht kalt auf. «Den haben sie ihm auf der High-School verpasst. Es ist die Abkürzung für *Cannibal*. Kapierst du jetzt, warum du dich von ihm fernhalten solltest? Der Typ ist nicht sauber.»

«Woher weißt du, dass die Geschichten wahr sind?»

«Ich sagte doch, dass es Videobeweise gibt. Als ich hörte, dass ich mit ihm studiere, wurde ich neugierig genug, um mich über ihn schlauzumachen. Ich lüge dich nicht an, Allie. Can hat einem Gegenspieler das Ohr abgebissen, so schräg das klingt. Es gibt sogar einige, die behaupten, er habe es hinuntergeschluckt. Andere sagen, er habe es nach Hause genommen und vor dem Verzehr gebraten.»

«Ew», entfährt es mir, und allmählich vergeht mir das Lachen doch. Vani seufzt, während ich meine Unterlippe zwischen die Zähne ziehe und versuche, das Erfahrene zu verarbeiten.

Sollte die Geschichte wahr sein, dann könnte ich zumindest verstehen, wieso die anderen Can für einen Psychopathen halten. Andererseits ist die High-School, na ja, die High-School. Macht in dieser Zeit nicht jeder etwas, das er später bereut? Ich will daran glauben, dass es eine vernünftige Erklärung gibt. Die gibt es schließlich immer. Tyler aus «Bloomfield Nights» hielten auch alle für einen schlechten Umgang, bis Skye ihm auf den Zahn fühlte.

Hm, Zahn. *Zähne.* Kurz stelle ich mir vor, die von Can auf meiner Haut zu spüren. Mein Bauch zieht sich zusammen. Es fühlt sich nur teilweise gut an.

Bruchstückhafte Erinnerungen an die Schlägerei von gestern Abend kehren zurück. Einen Atemzug später erinnere ich mich an den Bluterguss an Beverleys Hals, der mehr wie eine Bisswunde denn ein Knutschfleck daherkam.

Dann denke ich wieder an das warme Funkeln in Cans Augen, seine fürsorgliche Art und seinen beeindruckenden Ständer.

Ich weiß nicht, wem ich glauben soll.

«Wie heißt Can richtig?», frage ich, als ob ich darin die Wahrheit finden könnte.

«Finn», antwortet Vani.

«Finn ...» Ich wiederhole den Namen ein paarmal und versuche, ihn mit Cans Gesicht abzugleichen. Es passt. Sehr gut sogar. Ich muss unweigerlich lächeln.

Vani sieht es. Sie neigt den Kopf. «Du glaubst mir nicht, oder?»

Das Lächeln auf meinen Lippen erstirbt. Stattdessen erinnere ich mich an meinen Streit mit Can. Kälte umhüllt mich. «Ich denke, man darf Menschen nicht verurteilen, solange man ihre Seite der Geschichte nicht kennt», beginne ich diplomatisch.

Vani stöhnt. «Ich glaube es nicht!»

«*Aber*», mein Zeigefinger schnellt in die Höhe, «ich werde Cans Geschichte nie erfahren. Wir haben uns gestritten.»

«Wieso? Wollte er dir die Nase abbeißen?»

«Ich lach mich tot.»

Vani gluckst böse, während ich ins Schwanken gerate. Ich würde ihr gerne ausführlicher erzählen, was vorgefallen ist. Allerdings bezweifle ich, dass sie Details zu Cans Ausstattung hören möchte.

Nervös fahre ich mir mit der Hand über den Kopf. Mein Finger verfängt sich in einer Strähne. Geistesabwesend zwirble ich sie auf, bis sie in die Haut einschneidet und das Blut im vordersten Glied kappt. Der Finger beginnt zu kribbeln. Ich löse die Strähne wieder und fühle nach, wie das Blut in die Gefäße zurückpumpt. Ob sich Liebe manchmal auch so anfühlt? Ein bisschen beengend und energieraubend, aber dennoch kribbelnd und pulsierend?

Mein Blick fällt auf mein Lieblingskleid, das seit gestern im Wäschekorb liegt. «Wir hatten

Streit, weil er gestern mit seinen dreckigen Schuhen auf mein Kleid getreten ist», erkläre ich schließlich.

Vani kneift die Augen zusammen. «Er hat dir nach Hause geholfen, und du bist sauer, weil er auf dein Kleid getreten ist?»

«Es ist mein Lieblingskleid.» Ich zucke unschuldig mit den Achseln, aber meine Freundin mustert mich weiterhin, als wäre ich nicht ganz hundert. Am Ende gibt sie trotzdem nach.

Mit einem Brummen streift sie sich die Schuhe von den Füßen, steht auf und streckt sich durch. Ein Knochen knackt in ihrem Rücken. Das kurze Kleid rutscht ihr bis zu den Hüften hoch. Ohne Scham zieht sie es sich über den Kopf und wirft es auf den Boden. Darunter trägt sie weiße Spitzenunterwäsche. Ich mustere verstohlen ihre Rundungen und vergleiche sie mit meinen eigenen. Es ist, als würde man eine saftige Birne mit einer schrumpeligen Karotte vergleichen. Zumindest in meinen Augen.

«Ich geh duschen», verkündet Vani und verschwindet mit schwingenden Hüften. Ich begutachte das wackelnde Fleisch an ihrem Po und wünschte mir, dasselbe Selbstbewusstsein zu besitzen.

Gleichzeitig wird mir klar, dass ich eben erst halbnackt und ohne falsche Hemmungen vor Can gestanden bin. Sein Blick hat mir deutlich zu spüren gegeben, dass ich eine gute Figur mache – und habe.

Ob er das auch von Vani denken würde? Wie würden wir uns im direkten Vergleich schlagen? Wie hätte er mich heute Morgen angesehen, wäre Beverley dabei gewesen?

Wieder denke ich an ihren Kuss. Nach einer Weile stelle ich mir vor, wie ich an Beverleys Stelle rutsche. Ich male mir aus, wie Can meinen Mund verlässt und eine gleißende Spur von Küssen über meine Haut zieht.

Ich stelle mir vor, wie er mich ins Ohr beißt.

In der Dusche springt das Wasser an. Eine Sekunde später höre ich Vani aufkreischen. «Verflucht, Allie! Duschst du immer so kalt?»

«Sorry!», rufe ich und lasse mich mit einem frustrierten Stöhnen aufs Bett fallen. Mit beiden Händen fahre ich mir übers Gesicht. Diese kalte Dusche könnte ich jetzt auch gebrauchen.

08

Gegen Mittag mache ich mich auf den Weg in meine nächste Vorlesung. Das fällt mir schwerer, als ich es zugeben mag, denn an den gestrigen Sonnentag reiht sich sogleich der nächste. Fast könne man meinen, Frühherbst sei in Oxville nur ein anderes Wort für Hochsommer. Was hätte ich dafür gegeben, diesen Tag irgendwo draußen zu verbringen!

Ich trage ein flatterndes weißes Oberteil mit einem kleinen, seitlichen Animal-Crossing-Print, eine hellblaue Jeans und ausgelatschte Sneakers. Das T-Shirt steckt im Bund meiner Hose. Ich glaube, das lässt mich etwas dicker aussehen, aber ich ändere es trotzdem nicht. Mein Sam sagt nämlich immer, dass wahre Schönheit von innen kommt. Er ist so weise!

Vielleicht liegt es auch an Cans Blick vom Morgen, dass ich heute mutiger bin. Ich stolziere sogar durch den Haupteingang. Dort werde ich Teil des Geschwaders aus Studentinnen und Studenten, und für einen Sekundenbruchteil fühle ich mich im Unileben angekommen.

Dann fällt mir auf, wie mich alle mustern. Mädchen schauen abschätzig, und die Augen der Jungs ... Nun, sie erinnern mich an Can.

Ein Gefühl von Unsicherheit kriecht meinen Rücken hinauf und nistet sich in meinem Nacken ein. Ich muss bis über beide Ohren erröten. Was ist los? Ist etwas falsch mit mir?

Da ich eine halbe Stunde zu früh dran bin, beschließe ich, auf der Mädchentoilette nach dem Rechten zu sehen.

Dort schlage ich mir erschrocken die Hände vor den Mund: Mein T-Shirt entpuppt sich als verdammt durchsichtig.

Und natürlich trage ich ausgerechnet heute einen knalligen, bordeauxroten BH.

Meine Tante hat mir diesen zusammen mit einem passenden Spitzenhöschen zu meinem neunzehnten Geburtstag geschenkt. Sie sagte zu mir, ich solle die Kombi tragen, wann immer ich mich besonders gut fühlen möchte, und das habe ich getan. Nach dem Anblick von Vanis Wahnsinnskörper heute Morgen habe ich nämlich dringend einen Egoboost gebraucht. Ich habe jedoch nicht geplant, dass das andere mitkriegen.

Die Zeit reicht nicht aus, um ins Zimmer zurückzukehren und mich umzuziehen. Ich muss wohl oder übel so zur Vorlesung. Wie peinlich!

Mit eingezogenem und garantiert hochrotem Kopf mache ich mich auf den Weg zum Vorlesungssaal. Wegen des Toilettenabstechers bin ich nun als Letzte da und muss in der vordersten Reihe Platz nehmen.

Ich setze mich neben einen Typen mit blonden Surferhaaren und grünen Augen. Er lächelt freundlich, als ich mich zu ihm setze.

«Hi, ich bin Will», stellt er sich vor und streckt mir die Hand hin. Seine Stimme ist angenehm tief. Ich frage mich unweigerlich, ob er mit mir oder mit meinem roten BH spricht. Aber tatsächlich schaut er mir tief in die Augen. Seine funkeln wie zwei Smaragde im Sonnenlicht.

Genau wie das Rechte von Can.

Mein Herz zieht sich schmerzhaft zusammen.

Mit einem angestrengten Lächeln erwidere ich Wills Händedruck. «Ich bin Allie.»

«Oh, du bist Allie!» Ein Ausdruck des Wiedererkennens huscht über sein Gesicht.

Ich werde argwöhnisch. Hastig ziehe ich meine Hand zurück. «Ah, kennen wir uns?»

«Ja – nein. Also, *nein.*» Will lacht ein süßes Grübchenlächeln und fährt sich mit der Hand durchs Haar. «Du bist Vanis neue Mitbewohnerin. Ich bin euer Nachbar. Will Green.»

«Will Green», wiederhole ich und versuche, den Namen einer Erinnerung zuzuordnen. Diese finde ich prompt. Mein Mund klappt auf. «Du hast mich bei Vani verpfiffen! Du hast ihr gesagt, dass Can bei mir war!», platzt es wütend aus mir heraus.

Will zieht ein Gesicht, als hätte er in eine saure Zitrone gebissen. «Ähm, sorry?» Es klingt nicht wirklich wie eine Entschuldigung. Ich starre ihn finster an. Er lässt die Schultern hängen. «Tut mir leid, *Als* – ich darf dich doch Als nennen, oder?»

«Nein.»

Er seufzt. «Ich kam gestern Abend etwa zur selben Zeit nach Hause wie du und *er*.» Mir fällt auf, wie bewusst er Cans Namen ausspart. «Im ersten Moment dachte ich mir nichts dabei. Es ist schließlich dein eigener Entscheid, an wessen Bettpfosten du die nächste Kerbe sein willst. Aber heute Morgen, als ich zum Joggen aufgebrochen bin, ist er ziemlich wütend aus eurem Zimmer gestapft. Wenig später bin ich Vani begegnet und habe ihr davon erzählt. Ich habe ihr aber nur gesagt, dass sie vielleicht mal nach dir sehen sollte. Can hat nicht gerade den besten Ruf. Nun schau mich nicht so finster an, Als! Ich bin keine Petze, ehrlich», setzt er verdrießlich nach, weil ich immer noch ganz düster dreinblicke. Aber Will klingt ehrlich. Außerdem ist sein Zahnpastalächeln sympathisch.

Ich gebe nach und nicke. Mein neuer Nachbar entspannt sich. Im nächsten Moment stupst er mich amüsiert in die Seite. «Da habe ich ja glatt nochmals Glück gehabt, was? Mit den Nachbarn sollte man es sich nicht verscherzen.» Beim letzten Satz rutscht sein Augenmerk in die Richtung meines BHs. Er errötet, ich vermutlich auch, und dann schauen wir beide nach vorne und reden kein einziges Wort mehr miteinander. Ein Hoch auf die Kommunikation zwischen Jungs und Mädels.

Der Dozent ist ein verschlafener Mittfünfziger, der uns in die Grundlagen der Kunstgeschichte einführt. Es ist ein Basismodul, das wir erfolgreich bestehen müssen, um für das zweite Semester zugelassen zu werden. Abgeschlossen wird es mit einer zweiteiligen Prüfung, bestehend aus einer mündlichen Abfrage und einem Referat, das wir zu zweit halten müssen. Im zweiten Semester werden wir dann mit derselben Person unsere erste praktische Arbeit gestalten.

Die Vorstellung treibt mir den Schweiß auf die Stirn. Ich habe nicht gewusst, dass wir schon im zweiten Semester selbst zeichnen müssen. Das ist ein halbes Jahr früher als erwartet.

«Wollen wir eine Gruppe bilden?», fragt mich Will, als die Stunde vorbei ist. Ich stecke mein Handy weg, das wieder nur einen verpassten Anruf von meinem Dad und zwölf Nachrichten von Sam anzeigt. Auf Wills Frage hin beginnt meine rechte Hand zu zittern.

Will missversteht mein Schweigen. Er zieht eine Schnute. «Oder bist du immer noch sauer, weil ich Vani von dir und Can erzählt habe?»

«Was? – Nein, nein!», versichere ich schnell und ringe um ein versöhnliches Lächeln. Angesichts von Wills sympathischen smaragdgrünen Augen fällt mir das überraschend leicht. «Ich bilde gern eine Gruppe mit dir», sage ich endlich, und Will strahlt wie die Sonne an einem Sommernachmittag.

Wir tauschen Nummern. Mir fällt auf, dass dies das erste Mal ist, dass ich die Nummer eines fremden Mannes auf meinem Smartphone speichere. Das ist irgendwie total aufregend. Die Uni ist wirklich eine Lebensschule!

«Wann ist deine nächste Stunde?», erkundigt er sich, während er sein Handy zurück in die Gesäßtasche steckt.

«Erst um drei», antworte ich gähnend.

«Wenn du magst, können wir unseren Pakt mit einem Kaffee besiegeln. Ich kenne auf dem Campus niemanden außer dich, Vani und meinen Mitbewohner Jeff. Aber Jeff schläft immer noch seinen Rausch von gestern aus. Bitte unterhalte mich!» Er gibt ein theatralisches Jammern von sich.

Ich lache und rufe: «Oh, ich liebe Kaffee!» Will lacht mit, und auf einmal fühle ich mich wohl. Vielleicht ist die Petze von nebenan ja doch nicht so übel.

Gemeinsam verlassen wir den Vorlesungssaal und schlendern aus dem Hauptgebäude. Ich halte mir die Umhängetasche vor die Brust, um meinen roten BH von der Außenwelt abzuschirmen. Will erzählt einen Flachwitz, während wir die große Treppe hinuntersteigen. Ich kichere ausgelassen. Die Sonne scheint uns warm ins Gesicht und blendet mich ein wenig. So ein schöner Tag!

Das Hauptgebäude ist von einer großen Wiese umgeben. Ein breiter, geteerter Gehweg führt einerseits zu den Wohngebäuden und andererseits zum Uni-Café. Will und ich schlagen den Weg zum Uni-Café ein.

«Also, zwischen Can und dir ...», beginnt er unverfänglich. «Läuft da wirklich nichts?»

Trotz der Erwähnung von Cans Namen muss ich lächeln. «Ich dachte, du kennst nur mich, Vani und Jeff? Was ist mit Can?»

Eine verlegene Röte tritt auf sein Gesicht. Mir fällt auf, wie markant dieses ist. Er hat Sommersprossen. Anders als bei mir sehen sie bei ihm süß aus. «Ich bin dank eines Football-Stipendiums hier», erklärt er. «Zurzeit bin ich aber nur der Ersatzquarterback. Can ist unser Tight End. Ich habe selten einen athletischeren Typen gesehen.»

Das kann ich mir gut vorstellen. Mir wird warm. «Kennst du ihn gut?»

Er schüttelt den Kopf. «Wir haben erst ein paar wenige Male zusammengespielt. Und wenn ich dann mal auf dem Feld stehe, sehe ich eigentlich nur seinen Arsch.» Er lacht, und die Wärme in mir dehnt sich aus. Ich spiele ernsthaft mit dem Gedanken, mich fürs Footballteam zu bewerben.

«Was machst du neben dem Studium? Bist du Cheerleaderin?»

«Cheerleaderin?», quäke ich erschrocken. «Wie kommst du denn darauf!»

Er lächelt entwaffnend. «Na ja, du siehst aus, als könntest du Cheerleaderin sein.»

Die Vorstellung amüsiert mich. «Hast du deine Brille verlegt? Nein, ich bin keine Cheerleaderin und auch sonst total unsportlich. Wenn ich einen Meter renne, bin ich nachher ein Fall fürs Beatmungsgerät. Ich lese lieber und zocke Games.»

«Das sieht man dir gar nicht an. Was für Games?»

«Uh, viele ... Dead by Daylight, WoW, Hitman, Rust, GTA, Call of Duty, Zelda, Fallout, Pokémon, Need For Speed und Battlefield. Manchmal auch die alten Mario-Games.»

«Fallout mag ich auch!», ruft Will.

«Ist nicht wahr!», rufe ich zurück, und wir strahlen uns an.

«Allie Andrews – schon wieder nicht am Lernen?», mischt sich eine neue Stimme ein, tief, mysteriös und leicht spöttisch.

Will und ich wirbeln mit der Perfektion zweier Synchronschwimmer herum. Wir befinden uns erst auf der Weggabelung zum Uni-Café, aber dieses ist schon zu sehen.

Und wie es scheint, ist auch Can zu sehen.

Sein Anblick treibt meinen Puls in die Höhe.

Er hat sich nach unserem Streit vom Morgen ebenfalls umgezogen. Das weiße T-Shirt mit der Blume und dem Totenkopf verpasst ihm eine verruchte Note. Er wirkt angespannt. Seine Armmuskulatur tritt deutlich hervor. Vielleicht tut sie das aber immer, weil er so verdammt sexy und trainiert ist.

Seine Augen sind zu zwei münzgroßen Schlitzen verengt. Aus diesen nimmt er Will ins Visier, der sich plötzlich sehr für den untersten Knopf seines Jeanshemds interessiert. Die beiden sind gleich groß, trotzdem scheint Can Will geistig um einen Meter zu überragen.

«Ich muss mit Allie reden», verkündet er. Sein harscher Tonfall kribbelt in meinem Nacken nach.

Will gehorcht wie ein dressiertes Hündchen. «Äh, klar», stammelt er und sieht mich an. «Ruf mich bitte an, wenn etwas ist, okay?»

Can hebt eine Braue. Will zieht den Kopf ein und verschwindet. Ich kann mich nicht von ihm verabschieden, denn Can zieht bereits meine ganze Aufmerksamkeit auf sich.

Can runzelt die Stirn. «Du sollst ihn anrufen? Hat er deine Nummer?»

«Geht dich das etwas an?», schnappe ich, weil ich bereits mit einer hollywoodreifen Eifersuchtsszene rechne.

«Nein. Ich bin nur neugierig», entgegnet Can aber bloß, was mir den Wind aus den Segeln nimmt. Das entlockt ihm ein hämisches Grinsen. «Der angriffslustige Goofy ist zurück, ja? Den habe ich vermisst.»

Ich presse meinen Mund zusammen. «Was willst du, Can? Hast du nach heute Morgen nicht genug?»

«Ich habe noch lange nicht genug.»

Seine Worte kribbeln in meinen Adern nach. Ich halte die Luft an, als er einen Schritt auf mich zukommt.

Das hämische Grinsen verschwindet aus seinem Gesicht. «Ehrlich gesagt, wollte ich mich bei dir entschuldigen. Was ich heute Morgen gesagt habe, war nicht fair.»

«War es nicht», bestätige ich, während mein Herz zu rasen beginnt.

Also will er doch, dass ich mich erinnere. Mannometer.

Erwartungsvoll schaue ich zu ihm hoch. Ein Bartschatten zeichnet sich an seinem Kinn ab. Dieses wirkt noch markanter als üblich und betont seine breiten Lippen, die er nun verdrießlich aufeinanderpresst. «Es tut mir wirklich leid, Allie. Ich bin einfach nicht gut in diesen Dingen.»

«In welchen Dingen?»

«Na, in den Neben-jemandem-liegen-ohne-Sex-zu-haben-Dingen. Ich hätte gestern nicht bei dir bleiben sollen. Aber du hast mich darum gebeten, und ...»

«*Mo*-Moment mal.» Ich blinzle ungläubig und runzle die Stirn. «Ich habe dich darum gebeten, dass du bei mir bleibst?»

«Also, eigentlich war es mehr ein Anflehen und Betteln.»

«Du lügst doch.»

«Du hast dich an meinem Bein festgeklammert und wolltest nicht allein in deinem Bett schlafen.» Er zuckt mit den Achseln. Mein Kopf wird heiß. Vielleicht werde ich auch rot, denn auf einmal muss er grinsen. «Ist dir das peinlich?»

Ich stammle, ohne eine Antwort hinzubekommen.

«Es muss dir nicht peinlich sein, Allie Andrews.» Sein Lächeln wird wärmer. «Um bei der Wahrheit zu bleiben, war es sogar ziemlich süß.»

«Süß.» Meine Schultern sacken tiefer. Süß ist die kleine Schwester von *Nett.* Auf einmal ringe ich um meine Würde. «Bist du sicher, dass du dich bei mir entschuldigen musst? Vielleicht müsste es eher umgekehrt sein. Vor allem, wenn ich mich an dein Bein geklammert habe. Und dich in mein Bett gezwungen habe.»

«Dein Bett ist wirklich unbequem», gibt er zu, was auch nicht das ist, was ich hören möchte.

Doch dann ergänzt er leise: «Aber dich in meinem Arm halten, war sehr bequem.»

Und die Welt um mich steht abermals still.

Der Wind frischt auf. Strähnen lösen sich aus meinem hohen Dutt und fallen mir ins Gesicht. Can streicht sie mir hinters Ohr zurück. Seine Fingerknöchel streifen meine Wange. Ich glaube zeitgleich zu erfrieren und in Flammen aufzugehen. Überfordert klammere ich mich an meine Umhängetasche, die ich immer noch fest gegen meine Brust drücke. «Ich will es wiedergutmachen. Ich habe ein Geschenk für dich», sagt Can.

«Ein Geschenk?»

Er nickt. «Es ist aber nicht hier. Ich habe es in meinem Auto vor dem Campus.»

«Wieso hast du es nicht hier?»

«Weil ich es gestern gekauft und dann vergessen habe. Schätze, du musst jetzt mitkommen.»

«Du klingst wie ein Entführer, der kleine Kinder mit Süßigkeiten lockt.»

Er lacht und legt den Arm um mich. «Was für ein Glück, dass du kein Kind mehr bist.»

Die unerwartete Berührung jagt einen Stromstoß durch meinen Körper. Can hält mich locker genug, dass ich ihn ohne Anstrengung wegdrücken könnte. Aber ich kann mich nicht dazu durchringen. Ich spüre seinen warmen Oberkörper dicht an meinem. Mein Arm wird gegen seine harte seitliche Bauchmuskulatur gedrängt. Diese zuckt spürbar, als er wieder lacht und unvermittelt stehenbleibt. «Oder hast du Angst vor mir?»

«Angst?» Ich lache eine Spur zu schrill und staune über mich selbst, als ich sage: «Gehen wir.»

Cans nächstes Lächeln kocht mich weich. Sein Arm schließt sich enger um meine Schulter, als wir gemeinsam vom Campus auf den Parkplatz schlendern. Hätte Pennywise dieses Lächeln, wäre ich vermutlich feierlich in einen Abflussschacht geklettert.

Can fährt einen roten Sportwagen. Ich kenne mich nicht mit Autos aus, merke aber sofort, dass das Ding neu und verdammt teuer sein muss. Der Lack fängt das Sonnenlicht ein und gibt es in verheißungsvollen Strahlen an die Welt zurück.

Genauso verhält es sich, wenn man Can ein Lächeln schenkt.

Ich kann mich nicht daran erinnern, jemals so angesehen worden zu sein, wie er mich anschaut. Es stellt unbeschreibliche Dinge in meinem Körper an.

Beim Auto angekommen, nimmt er seinen Arm von meiner Schulter und öffnet die Fahrertür. Er bückt sich tief, um etwas vom Beifahrersitz zu klauben. Verstohlen mustere ich seinen Hintern.

Erneut denke ich darüber nach, dem Footballteam beizutreten.

Ich verdränge die Vorstellung, als er sich wieder aufrichtet und mir einen eckigen Gegenstand, eingewickelt in eine Papiertüte, hinstreckt. «Voila: Mein Entschuldigungsgeschenk.»

Mit pulsierenden Wangen stelle ich meine Umhängetasche auf den Boden und nehme die Überraschung entgegen. «Dir ist bewusst, dass du dich für heute entschuldigst mit etwas, das du gestern schon gekauft hast», erinnere ich ihn.

«Ich bin eben ein Hellseher», erwidert er achselzuckend. Ich lache und ziehe den Gegenstand heraus.

Das Lachen erstirbt auf meinen Lippen.

Meine Augen werden groß.

Can neigt den Kopf. «Gefällt es dir nicht?»

«Ist es ... das ist ...», japse ich und hebe den Kopf.

«Das ist die Sonderausgabe deines Sexromans, die ich zerstört habe. Du warst so aufgewühlt, dass ich mir dachte, du ...»

Ich falle ihm um den Hals. Can unterbricht sich selbst. Zwei Sekunden verstreichen.

Dann schließt er vorsichtig seine Arme um mich.

Mein Kopf wird gegen seine Brust gedrängt. Die Wärme seines Körpers umhüllt mich wie ein summendes Energiefeld. Ich nehme seinen erdigen Geruch war, spüre seinen heftigen Herzschlag und verliere mich im Gefühl seiner harten Muskulatur an meiner Wange.

Da dämmert mir, was ich getan habe.

Erschrocken reiße ich die Augen auf. Ich glaub, mein Schwein pfeift! Bin ich gerade allen Ernstes wie ein kleines Kind in Cans Arme gehüpft?

Abrupt stoße ich mich von ihm weg und drücke das neue Buch so fest gegen meine Brust, als könnte es mich wie eine Barriere vor der nächsten Dummheit bewahren. Mein Blick ist überall, nur nicht auf Can. Die Röte muss mir bis über den Kopf hinausschießen. «Danke. Ich, ah, ich freue mich sehr», nuschle ich unter mehrfachem Räuspern.

«Das sehe ich.» Can grinst schamlos, woraufhin ich garantiert noch röter werde. Wie unangenehm und peinlich!

Er legt den Kopf in den Nacken und betrachtet die dekorativen Schäfchenwolken, die über den blauen Himmel ziehen. «Ich habe heute Nachmittag frei und wollte zum See – nicht zum Campus-See. Da gibt es einen anderen gleich um die Ecke.»

«Okay.»

«Du kannst mitkommen, wenn du magst.»

«Wie bitte?» Überrascht schaue ich ihn an.

Er lächelt. «Es sei denn, du willst nicht.»

Ha. Sieht man mir nicht an, dass ich ihm bis ans Ende der Welt folgen möchte? Auweia! Ich klammere mich an meinem Buch fest, während ich nicke. Meine Kehle ist wie ausgetrocknet, mein Herz schlägt Purzelbäume.

Als ich zu ihm ins Auto steige, denke ich gerademal eine Sekunde lang an Vanis Bedenken und Wills Bettpfostengeschichte.

Can beugt sich über mich, um den Sicherheitsgurt um mich festzuzurren.

Seine Augen glühen. «Gut aufpassen, Süße», raunt er, und fast klingt es, als würde er mich nicht nur vor der Fahrt warnen. Mein Unterleib beginnt zu kribbeln.

09

Cans Sportwagen entpuppt sich als Cabrio. Noch während wir vom Parkplatz der Oxville University rollen, lässt er das Dach herunter. Ich schließe die Augen, als mich die frische Herbstbrise erfasst.

Als ich sie das nächste Mal öffne, grinst Can mich von der Seite an. «Festhalten, Goofy.»

Ich will etwas Überhebliches erwidern, doch da gibt er Gas. Ich werde in den Sitz hineingedrückt und schreie erschrocken auf. Can neben mir lacht. Ich glaube nicht, dass ich ihn jemals so ausgelassen gesehen habe.

Er dreht die Musik auf, und es dauert einen Moment, bis ich den Song erkenne.

And they say that a hero can save us
I'm not gonna stand here and wait
I'll hold on to the wings of the eagles
Watch as we all fly away

«Ist das Nickelback?», frage ich.

Ein stolzes Glühen tritt in seine Augen. «Nur der Sänger. Das ist mein Lieblingssong. Ich habe mir eine Zeile davon auf die Brust tätowiert. Ein zweites Tattoo trage ich am Schienbein.» Er klopft sich mit der Handfläche auf die Brust. Ich nicke wissend, denn zumindest den einen Schriftzug habe ich bereits bei unserem allerersten Treffen entdecken dürfen.

Wie schnell die Zeit vergeht, realisiere ich. Aber das ist wohl immer so, wenn man sich nicht mit unnötigen Füllern aufhält.

Verstohlen mustere ich Can von der Seite. Seine Augen glänzen im Sonnenlicht, und der Fahrtwind spielt mit seinen dunklen Haaren. Ein Gefühl von Wärme erfasst mich, wenn ich ihn so sehe. Wer hätte gedacht, dass sich hinter dieser taffen Fassade so eine feinfühlige Person verbirgt. Sich die Lyrics eines Rocksongs zu tätowieren, ist nicht nur krass, sondern auch unendlich tiefgründig. Es sagt so viel über Can aus, dass wir im Grunde genommen gar keine lange Kennenlernphase brauchen.

Je länger wir unterwegs sind, desto mehr ertappe ich mein Herz dabei, wie es sich auf Cans Seite schlägt.

«Was für ein Tattoo hast du auf deinem Schienbein?», frage ich nach einer Weile.

Sein Blick verkommt zur größten Sünde seit der Erfindung von Schokolade. «Das musst du schon selber herausfinden, Goofy.»

Can hat nicht gelogen, der See befindet sich tatsächlich gleich um die Ecke der Universität. In weniger als dreißig Minuten haben wir ihn erreicht.

Der See wird von einem breiten Schilfgürtel umrahmt. Es gibt einen kleinen aufgeschütteten Strandabschnitt mit einem Steg. Ich höre Wasservögel und den Wind, der in den Blättern der umliegenden Bäume rauscht.

Wir sind allein.

Can schaltet den Motor aus. Schnell und voller Vorfreude springt er aus dem Wagen. Ich folge seinem Beispiel eher wie eine alte Oma, denn meine Knie sind mittlerweile puddingweich. Im ersten Moment bin ich etwas traurig, dass die schöne Autofahrt schon vorbei ist. Im nächsten vergesse ich meine Trauer, weil Can sein T-Shirt auszieht und auf den Fahrersitz wirft. Ich brauche eine Sekunde, um mich von diesem Anblick zu erholen. Also, eigentlich erhole ich mich gar nicht. Nie mehr. Wie könnte ich auch?

Sein Körper ist noch schöner als in meiner Erinnerung. Er ist trainiert, aber nicht aufgepumpt. Die Linien seiner harten Muskeln wirken so makellos, als wären sie gezeichnet, und lassen mich eins ums andere Mal leerschlucken. Allein seine Arme sehen aus, als könnte man sich bis in alle Ewigkeiten darin verlieren, und dieser Bauch ... In meinem eigenen kribbelt es. Ich weiß nicht, ob ich jemals so viel Perfektion in einem einzigen Menschen vereint gesehen habe. In meinen Träumen vielleicht.

«Du bist wunderschön», bricht es aus mir heraus, und ich kapiere erst, was ich gesagt habe, als Can ein überraschtes Lachen entfährt.

«Uh, danke?» Seine weißen Zähne strahlen im Sonnenlicht, als er verschmitzt den Mund verzieht. «Wusste ich's doch, dass dir gefällt, was du siehst.»

Ich stehe augenblicklich in Flammen, was allerdings nur teilweise aus Verlegenheit geschieht, denn ich kann mich wirklich nicht an Cans Körper sattsehen. Würde jemand einen Langspielfilm aus den Regungen seiner Muskulatur zusammenschneiden, würde ich mir eine große Tüte Popcorn kaufen und mir das Spektakel in Endlosschleife auf der Großleinwand anschauen.

Beschämt kralle ich meine Finger in den Stoff meiner Jeans, obwohl ich sie plötzlich viel lieber *in ihn* krallen würde.

Ich erschrecke. Menschenskinder, denke ich das wirklich?

«Du solltest dich auch ausziehen. Obwohl du in diesem formlosen Oversized-T-Shirt wirklich unglaublich heiß aussiehst», unterbricht Can meine Gedankenflut. Erst glaube ich, er scherzt. Dann merke ich, dass seine Stimme auf einmal rauer als üblich klingt. Sexy.

So schnell das Blut in meinem Kopf war, so schnell schießt es mir nun in die Beine. Und andere Stellen. «Wieso muss ich mich ausziehen?», stottere ich.

Er umrundet das Auto und kommt achselzuckend vor mir zum Stehen. Wieder umhüllt mich sein Duft. Unauffällig suche ich am Auto Halt. «Da ist ein See. Wir sind allein, und es ist verdammt heiß», sagt er. Yep, das ist es definitiv.

«Es ist Herbst», wende ich heiser ein.

«Frühherbst. Eher Spätsommer.»

Mein Hirn rattert. Allmählich weiß ich echt nicht mehr, wo ich noch hinschauen soll – wo ich meinen Kopf abkühlen kann. Sehe ich geradeaus, starre ich auf Cans breite Brust mit dem Tattoo. Hebe ich den Kopf an, rauben mir seine markanten Züge und die verschiedenfarbigen Augen den Verstand. Und lasse ich den Blick durch die Umgebung schweifen, wird mir klar, dass Can mit allem, was er bisher gesagt hat, recht hat: Wir sind allein, und ja, es ist verdammt heiß.

Ich zucke zusammen, als er eine Hand an mein Kinn legt. Die Berührung elektrisiert mich. Und es wird nicht besser: Er hebt meinen Kopf so weit an, dass ich ihm in seine funkelnden Augen sehen muss. Okay, so kann man mein Dilemma auch lösen.

Can schaut mich eindringlich an. Meine Knie verhalten sich wie Spaghetti im Kochtopf. «Hör mal, du musst dich weder ausziehen noch mit mir ins Wasser kommen. Bleib an der Sonne, wenn du dich hier wohlerfühlst. Ich zwinge dich nicht, okay? Allerdings musst du dich nicht vor mir verstecken: Ich habe ohnehin schon alles gesehen.»

«Wann? Gestern Nacht?», frage ich erschrocken, was ihm einen beleidigten Ausdruck aufs Gesicht jagt.

Abrupt zieht er seine Hand zurück. «Spinnst du? Ich bin kein Perversling, Goofy. Ich rede von deinem T-Shirt. Das ist so durchsichtig, da kannst du geradeso gut ohne herumlaufen.» Er starrt mir unverhohlen auf die Brust, wo mein roter BH für alle Welt sichtbar durch das T-Shirt drückt. Mir entfährt ein erstickter Schrei.

Oh, nein! Wie konnte ich nur mein T-Shirt vergessen!

Ich bin so peinlich berührt, dass ich mir die Hände vors Gesicht schlage. Gleichzeitig versuche ich, mit den Ellbogen zu verdecken, was Can ohnehin schon lange gesehen hat. Das wiederum fällt mir schwer, weil ich meine Brüste durch die Bewegung eher zusammendrücke als verbergen kann. Das sieht bestimmt scheiße und absolut unattraktiv aus! Ich unverbesserlicher Tollpatsch!

Can fasst nach meinen Handgelenken. Ich vergesse meine Verlegenheit und reiße die Augen auf. Dass ich sie zugemacht habe, fällt mir erst jetzt auf. Nun bin ich froh, dass sie wieder offen sind, denn was ich in Cans Gesicht sehe ... haut mich um. Zum Glück ist mein Speichelfluss normal, sonst könnte man direkt zwischen unseren Füßen ein neues Strandbad eröffnen.

Langsam zieht Can meine Hände von meinem Oberkörper weg und folgt der Bewegung mit zuckenden, größer werdenden Pupillen. Es ist, als wolle er jeden Zentimeter von mir studieren, in sich aufnehmen und für immer erinnern. Ein Kribbeln durchzieht meinen Bauch und wandert zusammen mit seinem Blick tiefer. Can schluckt benommen. Die Zeit verstreicht plötzlich langsamer, und sein Blick wird so intensiv, dass ich alles um uns herum vergesse. Befangen sauge ich meine Unterlippe ein. Sein Blick schießt umgehend zu meinem Mund zurück. Ich vergesse zu atmen. Schließlich schaut er mir wieder in die Augen.

Und dann schaut er plötzlich ganz weg.

Er lässt meine Handgelenke los und fährt sich über das Gesicht. «Über, ah, überleg's dir, ja?», sagt er und macht sich so abrupt in Richtung See davon, dass ich überfordert zurückbleibe und mich frage, ob ich das gerade wirklich erlebt habe oder ob ich mir nur eine Fanfiction in meinem Kopf zusammenspinne.

Can schaut nicht zurück, aber er weiß garantiert, dass ich ihn beobachte. Wieder kralle ich mich an meiner eigenen Jeans fest.

Nein, das kann keine Fanfiction sein. Es ist das Leben in seiner durchtrainiertesten Form. Das echte, wahrhaftige, supertolle Leben. Mein Leben? Kann mich mal jemand kneifen?

Can erreicht den See. Ein nervöses Prickeln durchfährt mich, als er sich kurz zu mir umdreht. Dann öffnet er seine Hose, zieht sie in einer Selbstverständlichkeit aus und verschwindet mit einem Sprung im Wasser. Ich brauche eine halbe Ewigkeit und meinen ganzen Mut, um mich auf wackeligen Beinen an jenen Ort zu begeben, wo Can seine Jeans zurückgelassen hat. Aus der Gesäßtasche ist ein Kondom gerutscht. Meine Wangen fangen Feuer. Ich wende den Blick so schnell ab, als könnte mich der bloße Anblick schwängern – wobei mir die Ironie dieses Gedankengangs durchaus bewusst ist.

Can entfernt sich in schnellen, kräftigen Zügen vom Ufer. Unruhig schaue ich ihm nach und dann an mir selbst herab. Mein Körper und ich führen immer noch eine Hassliebe. Ich habe mich nie wohlgefühlt darin, aber als Can mich vorher angesehen hat ... Es hat mir Mut verliehen – einen Mut, wie ich ihn in neunzehn Jahren nie erfahren habe. Wenn er mich noch einmal so ansieht, kann ich wahrscheinlich Berge versetzen. In Unterwäsche schwimmen gehen, sollte da eigentlich keine große Sache sein, oder?

Can kehrt soeben ans Ufer zurück, als ich mir ein Herz fasse und aus meinen Sneakers schlüpfe. Er erreicht kniehohes Wasser, während ich zum Knopf meiner Jeans gelange. Und er bleibt wie angewurzelt stehen, als ihm klar wird, dass ich im Begriff bin mich auszuziehen.

Und wieder ist da dieser Blick.

Und wie erwartet wächst mein Mut.

Ich sehe, wie er benommen schluckt, als ich meine langen Beine aus der Hose befreie, und spüre förmlich, wie sein Herz zu rasen beginnt, als ich den Saum meines T-Shirts hebe. Ich kann von Glück sprechen, dass mein Körper von Natur aus nahezu unbehaart ist, sonst wäre dieser Moment vermutlich nicht so schön. Denn in diesem Augenblick, ich schwöre es, erkenne ich, was Begehren ist. Ich gefalle Can, und er macht keinen Hehl mehr daraus. Potztausend.

Er beobachtet mich immer noch aus sicherer Distanz, aber ich sehe, wie schwer es ihm fällt, an Ort und Stelle zu bleiben. Ihn so verblüfft zu sehen, löst ein triumphierendes Kribbeln in mir aus, denn es gibt mir die Gewissheit, dass er schon am Morgen so für mich empfunden hat.

Zwanzig Herzschläge lang stehen wir einfach da, beide in Unterwäsche, er vom kalten Wasser durchnässt, ich von der warmen Herbstsonne geküsst.

Schließlich komme ich in Bewegung, immerhin habe ich mich zum Schwimmen ausgezogen. Mein Puls geht umso schneller, je näher ich Can komme. Aber ich lasse mir Zeit, Cans Blick leitet mich regelrecht dazu an. Vielmehr unbewusst denn bewusst wiege ich meine Hüfte bei jedem Schritt. Ich hätte nie gedacht, dass mich jemand sexy findet, aber Cans Reaktion bringt die Schmetterlinge in meinem Bauch zum Tanzen – und mich ebenfalls. Ich will an ihm vorbei ins Wasser waten.

Sein Arm schießt vor und hält mich wie eine Barriere zurück. Meine Wimpern flattern, als ich seinen nassen Unterarm an meinem erhitzten Bauch spüre. «Du solltest da nicht rein, Goofy. Ich habe die Kälte unterschätzt. Da kriegst du Frostbeulen», sagt er besorgt.

Nahezu automatisch starre ich dorthin, wo ich mir sicher bin, eine *echte* Beule zu sehen. Das Prickeln in meinem Körper wird fast unerträglich. Auf einmal fällt es mir schwer, mich auf Cans Gesicht zurückzubesinnen. «Das hättest du mir sagen können, bevor ich mich ausgezogen habe», beschwere ich mich halbherzig.

Er grinst schief. «Schuldig im Sinne der Anklage. Aber ich muss sagen, es hat sich gelohnt. Dein T-Shirt hat nicht zu viel versprochen.»

Ich boxe ihn in die Seite, was ihn zum Lachen und meine Fingerkuppen zum Vibrieren bringt, denn seine Muskulatur ist genauso hart, wie sie aussieht. Himmel, dieser Mann hat einen Bauch, hart wie Beton. Mir wird ganz schwummrig.

Grinsend fängt er meine Hand in der Luft auf und drückt sie sich flach gegen die Brust.

Himmel, zum Zweiten.

«Fühlst du das, Goofy? Ich bin halb durchfroren. Ein Fluss aus den Bergen muss dafür sorgen, dass der See nicht mehr richtig warm wird. Das Wasser ist wirklich kalt – eiskalt!»

«Fast so kalt wie dein Herz», entgegne ich boshaft, was ihm erneut ein Lachen entlockt. Dabei hält er immer noch meine Hand fest, und ich spüre den Laut tief in seinem Brustkorb nach. Ich will mitlachen, allerdings ringe ich mehr nach Luft, denn wenn ich ehrlich bin, ist jetzt rein gar nichts mehr kalt. Cans Körper verströmt eine Hitze, die augenblicklich auf mich überspringt.

Verstohlen mustere ich die Wassertropfen, die aus seinen wilden, dunklen Haaren tropfen und einen Weg über seine harte Kieferkontur finden, als er den Kopf zum Sportwagen wendet.

Als er wieder zu mir schaut, wende ich ertappt den Blick ab. «Mir ist etwas aufgefallen», verkündet er.

«Ah, ja?» Meine Wangen glühen.

«Mhm.» Bei dem tiefen Brummen aus seiner Kehle wird mir ganz anders. «Ich habe mein Badetuch vergessen.»

Meine Nerven schwanken wie Betrunkene an Bord der Titanic. «Oh.»

Er grinst. «Ja, oh. Weißt du, was das bedeutet?»

«Ich weiß nicht, ob ich das wissen will.» Noch mehr Verunsicherung erfasst mich, und mein Herz macht einen Satz, als Cans Grinsen eine teuflische Note annimmt.

«Es heißt, dass du mich wärmen musst.» Er springt so unvermittelt vor, dass ich um ein Haar das Gleichgewicht verliere. Ich kreische hysterisch und renne vor ihm weg. Er hetzt mir lachend hinterher.

Schließlich sehe ich keinen anderen Ausweg, als mich ins Wasser zu retten. «Allie!», ruft er mir nach, aber ich lache nur, weil ich unseren Kampf dadurch gewinne. Hinter mir höre ich ihn leise fluchen, es klingt allerdings nicht zornig.

Nun gibt es kein Zurück mehr.

Ich laufe bis zu den Knien ins Wasser hinein. Der erste Kontakt raubt mir fast die Luft. Ich unterdrücke einen Schrei, wate aber mutig weiter.

Can holt auf. Ich bin auf einmal verbissen darauf, zuerst im Wasser zu sein. Tapfer beiße ich die Zähne zusammen und beschleunige meine Schritte. Als ich genug tief im Wasser stehe, tauche ich ab. Himmel, Arsch und Wolkenbruch!

Das Wasser ist so kalt, dass es mich wie tausend Nadelstiche durchlöchert. Ich halte es keine Sekunde unten aus. «Oh, mein Gott – ist das kalt!», kreische ich, sobald ich die Wasseroberfläche durchbrochen habe.

Can erreicht mich lachend. «Das sagte ich dir doch.»

Ich zapple wie ein Hund mit allen Vieren. «I-i-ich m-m-m-muss raus.»

«Soll ich dir helfen?» Grübchen treten auf seine Wangen, als er verschmitzt grinst. Ich quittiere seine Frage mit einem genervten Blick, soweit ich halberfroren dazu imstande bin, und beeile mich, ans Ufer zurück zu gelangen.

Ich steige aus dem Wasser und hüpfe zitternd von einem Fuß auf den anderen. Die Kälte bleibt in meinen Knochen sitzen. Ich springe zum

Cabrio, um nachzusehen, ob wenigstens die Motorhaube von der Sonne gewärmt wurde. Fehlanzeige.

Can verlässt den See ebenfalls. Seine Schultern zucken, allerdings nicht vor Kälte, sondern weil er sich über meinen Wärmetanz amüsiert. Seine Lippen sind blau, davon abgesehen scheint ihm die Kälte überhaupt nichts auszumachen. «Brauchst du ein Badetuch?», grinst er hämisch.

«D-d-du ha-hast ja k-k-k-keins!», werfe ich ihm schlotternd vor, und er lacht erneut.

«Nein. Aber ich habe etwas Besseres.»

«U-u-nd w-w-was?»

«Das hier.» Er schlingt seine Arme um mich und drückt mich fest an sich.

Ich stocke.

Seine Hände finden einen Weg an meinen Rücken und fahren der Wirbelsäule entlang hoch und runter im Versuch, mich aufzuwärmen. Und tatsächlich: Schon nach wenigen Sekunde spüre ich, wie viel Wärme sein Körper selbst nach dem Sprung ins kalte Wasser abgibt.

Ich verliere mich in seiner Umarmung. Mein Zittern nimmt ab, Wärme überkommt mich, seine Wärme.

Ich spüre seine Lippen an meiner Schläfe. «Besser?», murmelt er. Das Gefühl seiner Nähe fließt wie prickelnder Champagner durch meinen Körper. Augenblicklich kriege ich wieder eine Gänsehaut, aber diesmal ist mir nicht kalt.

Im Gegenteil. Denn auf einmal spüre ich etwas Hartes zwischen uns.

Hui.

Ich reiße die Augen auf, zögere, beiße mir auf die Unterlippe. Ist es ...?

Can schmiegt sich fester an mich. Ich weiß nicht, wie bewusst er das tut, aber spätestens da besteht kein Zweifel mehr. Ich verlerne, wie Atmen geht. Wie erstarrt stehe ich da.

Can regt sich ebenfalls nicht mehr, weshalb ich mich wundere, ob ihm aufgefallen ist, was *da unten* bei ihm los ist. Um es zu testen, lasse ich meine Finger langsam über sein Schlüsselbein, hin zu seinem Arm wandern. Seine Muskulatur verspannt sich unter der flüchtigen Berührung. Im nächsten Moment gleitet seine Hand an mein Kreuz, um uns näherzubringen. Sein Ständer ist nunmehr deutlich zu spüren. Es macht mir ein wenig Angst, aber vor allen Dingen macht es mich neugierig. Und ... anderes.

Mein Puls geht plötzlich viel zu schnell. Meine ganze Aufmerksamkeit gilt dem, was sich da zwischen uns abspielt. Wenn ich ehrlich bin, weiß ich nicht so genau, was ich jetzt tun soll. Ich weiß nur, dass ich gerne etwas tun *würde*. Denn Can ist da und hält mich fest. Wie oft wird das noch geschehen? Man muss die Feste feiern, wie sie fallen, oder?

Ein Prickeln erfasst mich. Es entspringt meinem Herzen und findet einen Weg zwischen meine Beine. Das Gefühl beschleunigt meinen

Puls, und ich spüre, wie auch Cans Herzschlag plötzlich anzieht. In meinem Kopf zerschmilzt alles zu einem Brei, und das Rauschen in meinen Ohren schwillt an.

Can streichelt meinen Rücken, während ich noch immer die harte Muskulatur an seinem Arm erkunde. Unsere Berührungen sind züchtig, aber was sich in unseren Köpfen abspielt ... Ich weiß nicht, was in dem Moment Besitz von mir ergreift, aber es fühlt sich gut an; zu gut, um es zu unterbrechen. Ich kann und will an nichts mehr denken. Nur noch an Can, an mich und an unsere Körper, die so nah beieinanderstehen.

Und an sein Sixpack, weil ay caramba.

Cans Hände werden offensiver. Sie ziehen immer größere Kreise, erkunden meinen Körper, fahren erst ganz nach oben und dann ganz nach unten, wo sie den Ansatz meines roten Höschens finden. Kurz hält er inne – vielleicht, weil ich schon wieder die Luft anhalte. Dann schiebt er seine Hände unter den feuchten Stoff und umfasst meinen Po. Meine Atmung setzt mit einem Zischen wieder ein.

Ich kann mein Gesicht nicht länger an seiner Brust verbergen. Meine Blutkörperchen spielen verrückt, als ich den Kopf anhebe, um ihn anzusehen.

Der Ausdruck in seinen Augen durchfährt mich wie ein Feuersturm. Er sagt nichts, aber das muss er auch nicht. Es gibt Momente im Leben, da werden Worte überflüssig. Ich weiche nicht zurück, als er seinen Kopf zu mir senkt. Sein Blick sucht meinen, als würde er darin nach etwas suchen. Und anscheinend findet er es, denn er seufzt in einer seltsamen Mischung aus Lust, Ungeduld und Erleichterung auf. «Scheiße, was soll's.» Er packt mein Gesicht und presst seine kalten Lippen auf meine.

Der erste Kontakt raubt mir fast den Verstand. Can lässt seine Lippen fordernd über meine fahren. Ich erschauere in seinen Armen, und aus seiner Kehle dringt ein leiser, kehliger Laut. Er verlagert sein Gewicht, zieht mit seinen Zähnen an meiner Unterlippe und öffnet so meinen Mund. Ich lasse alles willenlos mit mir geschehen. Es ist, als betäube mich die bloße Berührung seines gewölbten Bizepses; als flöße er mir eine Droge ein, die mich mit einem Mal und ungeachtet meines Wesens und meines Erfahrungshorizontes nach *mehr* verlangen lässt.

Ich stehe komplett neben mir und irgendwie doch nicht, denn so hat mich noch nie jemand geküsst. Andererseits bin ich in meinem Leben erst dreimal geküsst worden, zweimal beim Flaschendrehen und einmal von dem Typen, der mich in dreißig Sekunden entjungfert hat.

Cans Zunge gleitet in meinen Mund, und als seine Spitze meine berührt, ist es, als würde das Kribbeln in meinem Körper explodieren. Wie ferngesteuert öffne ich meinen Mund etwas mehr. Das ist alles, was Can braucht.

Eine Hand wandert zu meinem Hinterkopf und verfängt sich in meinem Haar, zieht es leicht zurück und hebt so meinen Kopf etwas mehr. Ich werde unwillentlich auf die Zehenspitzen gezogen. Sein Kuss wird drängender, fordernder. Seine andere Hand knetet meinen Po. Ein ersticktes, lustvolles Stöhnen entweicht mir, bevor ich es zurückhalten kann. Can fängt es mit seinem Mund ein. So romantisch.

Ich spüre, wie seine Erektion an meinem Bauch härter wird. Er drängt mich nach hinten, bis ich gegen das Cabrio stoße. Ohne den Kuss zu unterbrechen, hebt er mich auf die Motorhaube. Ich schließe meine Beine so selbstverständlich um seine Hüfte, als wäre ich für diesen Augenblick geboren worden, und ziehe ihn an mich. Sein Unterleib wird gegen meinen gepresst. Wir stöhnen beide. Es fühlt sich so richtig an, dass ich nicht mehr denken kann. Mein Verstand schaltet auf grenzenlose Lust um, und irgendwo in meinem Kopf höre ich eine Off-Stimme raunen: *That escalated quickly.* Aber mal ehrlich: Dafür sind wir doch alle hier?

«Allie», knurrt Can und küsst mich tiefer. Seine Hand streift den Rand meines Spitzen-BHs, zieht ihn etwas zur Seite und umfasst meine nackte Brust. Ich keuche auf. Mein ganzer Körper steht in Flammen. Wieder habe ich das Gefühl, komplett neben mir zu stehen. Wer hat meinen Körper in Besitz genommen?

Can bahnt sich mit heißen Küssen einen Weg über meinen Hals, gleitet mit der Zunge über meine Kehle. Ich werfe den Kopf in den Nacken. «Mehr.» Ich weiß nicht, ob ich das sage oder nur denke, aber Can scheint zu verstehen.

Als er mit seinem Mund meine Brust erreicht und die Spitze zwischen seine Zähne nimmt, entfährt mir ein heißer, lustvoller Schrei. Auch Can stöhnt auf. «Oh, Gott. *Mehr.*» Ist das meine Stimme? Was geschieht mit mir! Hilfe!

Oder doch nicht Hilfe?

Er beginnt, eine kreisende Bewegung mit seiner Hüfte zu machen, erst langsam, dann immer schneller und mit immer größerem Druck. Seine Boxershorts und mein Höschen sind im Weg, trotzdem spüre ich ihn deutlich. Sein Tun treibt mich in den Wahnsinn. Ich vergrabe meine Hände fester in seinem Haar, ziehe ihn zu mir hoch und küsse ihn mit mehr Leidenschaft denn Raffinesse. Zwischen meinen Beinen baut sich ein hungriges Pochen auf. Mein Unterleib zuckt unkontrolliert gegen seine Härte, und sein lustvolles Keuchen lässt mich nicht nur Sterne sehen, sondern gibt mir auch die Gewissheit, dass ich etwas richtig mache. Wieder hebe ich mein Gesäß. Can stöhnt erneut, sein ganzer Körper erzittert.

«Ich …», keuche ich und klammere mich an ihm fest. Für eine Bruchteilsekunde hebt Can seinen Kopf, damit sich unsere Blicke treffen. Der Ausdruck in seinen Augen reicht schon fast, damit es um mich geschehen ist. Ich ziehe ihn für einen Kuss zu mir, ohne die Lider zu senken und ohne dass wir aufhören, uns gegeneinander zu bewegen. «Mehr», hauche ich. Das ist jetzt wohl dieser *out of character* Moment.

Can entfährt eine Mischung aus Stöhnen und Fluchen. Er packt mich fester und beginnt, sich schneller zu bewegen. Ich brauche einen Moment, um den gleichen Rhythmus zu finden. Dann reiben wir uns aneinander, verschmelzen miteinander. Ich werde ganz benebelt von den Gefühlen, die plötzlich durch meinen Körper jagen. Seine Erektion drängt immer fester, immer gezielter gegen diese eine pulsierende Stelle zwischen meinen Beinen. Wieder werfe ich den Kopf in den Nacken, wieder sehe ich Sterne. Can hat die Führung längst übernommen, und ich habe sie bereitwillig an ihn abgegeben.

Als er seine Hand zwischen unsere Körper schiebt und mich gleichzeitig fest in den Hals beißt, schreie ich vor Lust – genau wie Skye in «Bloomfield Nights».

Aber dann ist plötzlich alles vorbei.

Can weicht von einer Sekunde auf die andere zurück.

Der unerwartete Entzug seiner Nähe erschüttert mich. Schwer atmend öffne ich die Augen. Es ist, als hätte mich jemand in kaltes Wasser getaucht – als wäre ich aus einem Traum erwacht.

Als wäre mein altes Ich in meinen Körper zurückgekehrt.

Und Can? Er stolpert zurück, als hätte er eine ein Verbotsschild übersehen und eine Sackgasse befahren.

Schwer schluckend nimmt er meinen Anblick in sich auf, meinen Körper, den verrutschten BH, die zerzausten Haare, den fragenden, verunsicherten Ausdruck in meinen großen Augen. Und Schreck lass nach, er scheint alles zu bereuen.

Und ich? – Ich bin völlig überfordert. Mein Herz rast weiter, auch zwischen meinen Beinen pulsiert es immer noch, allerdings fühlt es sich nicht mehr so gut an wie zuvor.

«Allie, ich …» Can stammelt. Beunruhigt fasst er sich an den Mund; jenen Mund, der mich wenige Sekunden zuvor geküsst, gebissen und in einen Strudel wildester Empfindungen gestürzt hat. Ihm ist anzusehen, wie sehr er plötzlich mit seinen Gefühlen ringt. *Ich sehe ihm an*, wie erregt er noch immer ist. Und trotzdem zieht er sich auf einmal zurück.

Angst überkommt mich. Instinktiv mache ich mich klein. «Habe ich etwas Falsches gemacht?», frage ich ängstlich.

Mein bloßer, schüchterner Anblick scheint ihn zu zerstören. «Nein, ja, ich … *Verdammt.*» Ihm entfahren noch mehr Flüche. Mit beiden Händen fährt er sich durchs feuchte Haar. Sein Bizeps wölbt sich. Ich schlucke benommen bei der Erinnerung, wie ich diesen berührt habe, und wie weitentrückt das alles plötzlich ist.

Er lässt die Hände fallen. «Es tut mir leid, Allie. Ich hätte das nicht tun sollen.» Er spricht leise, trotzdem entfalten seine Worte die Wirkung einer Bombendetonation.

«Wieso nicht?», flüstere ich.

«Du weißt warum.»

Nein, ich weiß es nicht, aber meine Stimme versagt. Ungläubig schaue ich ihn an, denn es ist wie ein Schlag ins Gesicht. Mein Herz zersplittert, zerreißt mich von innen. Wie angewurzelt sitze ich da. Dann, endlich, schließe ich langsam meine Beine. Richte meinen BH. Zupfe meinen Slip zurecht. Versuche erfolglos zu verstehen, was soeben geschehen ist.

Ebenso wenig gelingt es mir, mich nicht schäbig zu fühlen.

Can tigert vor mir auf und ab. Wieder stößt er einen Fluch aus. Als er schließlich sagt, er wolle mich nach Hause bringen, nicke ich nur, das Kinn fest gegen mein eigenes Brustbein gedrückt. Ich schäme mich, ohne zu wissen wofür.

Auf dem Rückweg hören wir keine Musik, aber das tut nichts zur Sache. In meinem Inneren ist ohnehin alles verstummt.

Was habe ich getan?

Hat er etwas getan?

10

Ich sollte Can fragen, was am See plötzlich in ihn gefahren ist. Aber ich tue es nicht. Miteinander reden, so habe ich von Skye und Tyler gelernt, tut man nie sofort, sondern erst dann, wenn es fast zu spät ist. Dann ist der Sex umso leidenschaftlicher.

Nicht, dass ich mir bei Can noch irgendwelche Hoffnungen mache.

Fakt ist: Ich traue mich nicht, den Mund aufzumachen, aus welchen Gründen auch immer. Ich traue mich nicht einmal, mich für den Ausflug oder das Buch zu bedanken, als wir den Parkplatz der Uni erreichen. Schüchtern sitze ich da und warte, bis der Motor ausgeht. Meine Knie tun weh, so fest drücke ich sie plötzlich zusammen. Can muss sich denken, dass ich die Dinge, die wir am See getan haben, bereue. Aber ich bereue gar nichts – oder ich hätte nichts bereut, würde er mich jetzt nicht mit Nichtbeachtung bestrafen.

Er kann nicht länger verleugnen, dass er mich mag, das hat unser kurzes Intermezzo deutlich gezeigt. Wieso steht er nicht einfach dazu? Kurz denke ich an Beverley, und mir wird sofort kalt. Hat er sie betrogen?

Habe ich mich selbst betrogen?

Can schaltet den Motor aus. Er öffnet den Mund und will etwas sagen, aber ich lasse es nicht dazu kommen. Ohne ihn anzusehen, steige ich aus und knalle die Tür hinter mir zu. Die neue Sonderausgabe von «Bloomfield Nights» fest an mich gedrückt, flüchte ich durch das Tor auf das Campusgelände. Heiße Tränen glitzern auf meinen Wangen und sind ein stummes Zeugnis von dem Kampf, der in meinem Herzen tobt. Für den Bruchteil einer Sekunde habe ich geglaubt zu erfahren, was Liebe ist. Jetzt weiß ich zumindest, dass sie wehtun kann.

Wieso kann sich Can vorstellen, mit jedem Mädchen auf dem Campus etwas anzufangen und *weiterzugehen* – aber mit mir nicht?

Ich denke an die Gerüchte über ihn, aber lasse nichts davon gelten. Denn ich habe wirklich geglaubt, Cans Fassade durchbrochen zu haben. Er hat mir doch sein Tattoo gezeigt.

Auf einmal fühle ich mich wie das naive Mädchen, das ich wohl bin. Mein Kopf, aber auch mein Unterleib brennen vor Scham.

Ich erreiche mein Zimmer. Vani liegt auf dem Bett. Sie schießt in die Höhe, als sie mein tränenüberströmtes Gesicht sieht, und fragt, was los sei, aber ich antworte nicht. Stattdessen stürme ich ins Badezimmer und schließe mich ein, um in meinen Tränen zu versinken. Ich bin so dumm. So unendlich dumm.

Wenigstens gäbe diese Szene etwas für eine Verfilmung her.

11

Am nächsten Morgen schwänze ich die erste Vorlesung. Es ist bereits die zweite innerhalb von drei Tagen. Aber manchmal gibt es einfach Wichtigeres als Schule, Bildung und im Leben weiterkommen.

Vani kennt mittlerweile die ganze Geschichte minus die pikanten Details, dafür bin ich dann doch zu prüde. Sie hat mir keine Vorwürfe gemacht. Das rechne ich ihr hoch an, schließlich weiß ich, wie wenig sie Can leiden kann.

Nach einer schlaflosen Nacht, in der wir hauptsächlich über mein Leben geredet haben (Vani hat ja eine Verlobte, da gibt es nichts mehr zu bereden), sitzen wir nun im Uni-Café und trinken einen Cappuccino. Dieser ist so gut, dass das Lächeln allmählich in mein Gesicht zurückkehrt.

Kaffee, Bücher und Games sind meine Rettung in allen Lebenslagen.

Unsere heutigen Cappuccinos hat Will, unser Nachbar und mein neuer Studienfreund, für uns zubereitet. Er arbeitet als Barista im Café, um sich neben dem Studium etwas dazuzuverdienen. Fast nehme ich es ihm übel, dass er hinter dem Tresen bleibt und sich nicht zu uns gesellt. Eine breite Schulter zum Anlehnen könnte ich gerade dringend gebrauchen. Vanis Schulter taugt leider nicht.

Also muss der Cappuccino genügen.

Ich reiße eine Zuckerpackung auf und lasse den gesamten Inhalt über den mit Schokolade bepuderten Milchschaum rieseln. Ein Teil davon fällt auf mein rot-weißes Sommerkleid mit den Puffärmeln. Dieses mag ich sehr, obwohl es mir nur bis knapp zu den Knien reicht, weil ich Tollpatsch es im letzten Jahr zu heiß gewaschen habe. Es fortwerfen bringe ich allerdings nicht übers Herz. Und so trage ich es weiter und hoffe, niemand schenkt meinen nackten Beinen zu viel Beachtung. Ich bin nämlich viel zu introvertiert, als dass ich mit körperlichen Vorzügen auffallen möchte.

«Ich muss es doch sagen.» Vani räuspert sich. «Scheiße, Allie, ich habe dich gewarnt! Wieso hast du dich auf Can eingelassen?»

Ich blicke grimmig von meinem Cappuccino auf. Da habe ich mich wohl zu früh gefreut, was Vanis Verständnis betrifft. «Er hat mir ein Buch geschenkt. Außerdem hat er mir echt intime Sachen über sich verraten», erzähle ich in Erinnerung an seine Tätowierungen.

«Er hat dir ein Buch geschenkt, das er am Vortag kaputtgemacht hat. Und was für intime Sachen denn – wie groß sein Schwanz ist?»

Sehr groß, denke ich, allerdings habe ich von ihm ohnehin nichts anderes erwartet. Ich meine, er spricht immer ganz dunkel und hat ein Six-pack.

Augenblicklich fühle ich eine unerträgliche Mischung aus Sehnsucht und Trauer in mir aufkommen. Meine Erinnerung an gestern ist mittlerweile noch schambehafteter. Ich mag gar nicht daran denken, wie ich mich an Can gerieben und nach *mehr* gestöhnt habe. Wir haben Dinge getan, die für mich komplettes Neuland waren. Meine Unverfrorenheit überrascht mich rückblickend sehr. So bin ich eigentlich gar nicht. Aber Cans Gegenwart scheint mich zu verändern.

Vielleicht hat er wirklich einen Zauberstab.

An seiner Seite fühle ich mich zweifellos anders. Mutig, weiblich, geliebt, gewollt, begehrt. Vielleicht ist das die Macht, die Typen wie er über Mädchen wie mich ausüben. Sie bedienen unseren Verstand wie einen Lichtschalter – ein, aus, ein, aus – und schenken uns ein Selbstbewusstsein, von dem wir uns wehrlos mitreißen lassen. Und dann entfachen sie eine Lust, aus der es keinen Ausweg mehr gibt. Himmelherrgott, es war so gut. Can weiß einiges über Lust, soviel steht fest. Ein kleiner Teil in mir betrauert, dass ich nie mehr darüber erfahren werde. Ich presse die Oberschenkel zusammen, um meiner aufflammenden Einsamkeit Einhalt zu gebieten.

Mit einem tiefen Seufzen führe ich die Kaffeetasse zu meinem Mund. Als ich sie senke, werde ich von Vani beobachtet. Blut schießt in meine

Wangen. Ich hoffe, sie hat nicht gemerkt, woran ich gedacht habe!

«Du denkst immer noch an ihn, oder?» Scharfsinnig verengt sie ihre Augen.

Mist. Ich stelle die Tasse auf den Tisch und verschränke die Arme vor der Brust.

Will wird auf mich aufmerksam. Er nickt mir zu. Ich lächle zurück. Erst dann widme ich mich wieder meiner Freundin mit den hellseherischen Fähigkeiten. «Natürlich habe ich an ihn gedacht. Das würdest du auch.»

«Darum sagte ich doch, dass du die Finger von ihm lassen sollst. Du hast Glück, dass es nur bei ein paar Küssen geblieben ist.»

Ein paar Küsse, ha. Schon wieder wird mir heiß.

«Eine Kommilitonin aus meinem Studiengang trägt seit Tagen einen Bluterguss am Hals mit sich herum», fährt Vani fort. «Das Ding heilt und heilt nicht ab. Dreimal darfst du raten, von wem das Ding ist – Can.»

«Redest du von Beverley?»

«Du kennst Beverley?» Vani blinzelt überrascht.

Ich wackle mürrisch mit dem Mund. «Jein. Sie war an meinem ersten Tag hier ziemlich fies zu mir.»

«Dann kennst du ihre wichtigste Eigenschaft», meint Vani, und wir teilen ein grimmiges Lächeln. «Jedenfalls führen Can und sie eine dieser seltsamen On-Off-Beziehungen. Ich glaube, es geht nur um Sex, aber auf eine sehr ungesunde Art, wenn du mich fragst. Es ist für jeden immer sofort ersichtlich, wenn die Sache wieder am Laufen ist. Dann taucht Beverley nämlich mit diesen heftigen Knutschflecken auf. Ehrlich, an deiner Stelle hätte mir das eine Heidenangst eingejagt.»

«Ich wusste nicht, dass der Knutschfleck von Can ist», räume ich ein.

«Einmal hat sie geblutet», ergänzt Vani so unheilvoll, dass mir ein Stöhnen entfährt.

«Ich will wirklich nicht über Cans Liebesleben reden.»

«Tun wir ja nicht. Wir reden über sein Sexleben.»

«Darüber auch nicht.» Schon gar nicht, wenn ich nicht die Hauptrolle darin spiele. Ich stöhne wieder und verberge mein Gesicht zwischen den Händen. Jetzt denke ich schon mehr an Sex als an Sternis.

«Du solltest wirklich froh sein, dass er die Sache von sich aus beendet hat. Ich glaube, der Typ hat ein Problem. Wenn Beverley eines Tages ohne Ohr auftaucht, kannst du froh sein, dass ihr nicht weitergegangen seid.»

Ich halte meine Hände so, dass ich Vani zwischen meinen Fingern hindurch anfunkeln kann. «Noch einmal: Er war nicht im Geringsten so zu mir. Und es ist mir auch egal, was er mit anderen macht. Es hat sich gut angefühlt mit ihm, richtig. Und es ärgert mich, nicht zu wissen, warum er so mir nichts, dir nichts auf Abstand gegangen ist. Ich meine … Das ist doch nicht normal, oder? Denkst du, es hat ihm plötzlich nicht mehr gefallen?»

«Das musst du nicht mich fragen, sondern ihn … wovor ich dir allerdings eindringlich abrate», betont sie mit Nachdruck, als sie meinen hoffnungsvollen Gesichtsausdruck sieht. Ihre Schultern sacken in die Tiefe. «Im Ernst, Allie. Lass dich nicht darauf ein.»

«Und wenn doch?» Schnippisch ziehe ich das Kinn hoch.

Vani nagt nachdenklich an ihrer Unterlippe. «Dann nimm wenigstens ein Pfefferspray, ein Messer oder sonst etwas mit, damit du dich verteidigen kannst.»

Ich lache humorlos auf. «Nun sei nicht bescheuert. Ich werde mich nie gegen Can verteidigen müssen.»

Vani mustert mich zweifelnd. Kurz wirft sie ihren Kopf nach links und nach rechts. Dann zieht sie etwas aus ihrer Tasche und schiebt es mir über den Tisch zu.

Es ist ein Schweizer Taschenmesser.

«Oh, mein Gott – Vani!», kreische ich so laut, dass Will den Kopf zu uns herumdreht.

Vani rollt mit den Augen. «Tue mir den Gefallen, und nimm es einfach mit.»

Natürlich nehme ich es *nicht* mit.

12

Ich muss gestehen, dass ich nicht vorgehabt habe, Can zur Rede zu stellen. Aber meine Erinnerungen geben mir keine Ruhe, und mir wird klar, dass mein Schamgefühl die Oberhand hat, solange ich nicht weiß, warum Can mich so kalt abserviert hat. Ich brauche die Gewissheit, dass er die Sache ebenso wenig bereut wie ich.

Ich beiße mir auf die Unterlippe und verfluche mich selbst.

Herrje, allmählich könnte man meinen, dass ich mich in diesen Mistkerl verliebe! Mein Körper pulsiert an allen möglichen und unmöglichen Stellen, wenn ich nur an sein Gesicht denke. Mit etwas anderem als mit Liebe lassen sich meine Ping-Pong spielenden Gefühle definitiv nicht erklären. Ich bin ja nicht blöd.

Nach unserem Besuch im Café verabschiedet sich Vani in ein Kunstseminar. Ich begleite sie zum Seminarraum und muss mich zusammenreißen, nicht in Tränen auszubrechen, als ich all die Studenten sehe, die bereits emsig bei der Arbeit sind. Sie zeichnen mit Kohle auf Staffeleien. Vani gibt mir eine Umarmung, bevor sie in eine Welt abtaucht, die sich verräterisch wie ein Traum anfühlt – mein Traum.

Meine rechte Hand tut weh. Ich balle sie, soweit es geht, und schleiche mit gesenktem Kopf weiter.

Eigentlich habe ich Will versprochen, dass wir gemeinsam die nächste Vorlesung besuchen, aber auf einmal bezweifle ich, es dort auszuhalten. Wie soll ich den theoretischen Teil des Studiums absolvieren, solange ich nicht weiß, was danach aus mir wird? Natürlich könnte ich einfach einen Stift in die Hand nehmen und diese auf die Probe stellen. Aber ich fühle mich nicht dazu bereit, noch nicht. Dafür müsste schon etwas wahnsinnig Schicksalhaftes geschehen.

Ich gehe an meinem Vorlesungssaal vorbei, ohne ihn zu betreten.

Türen schließen sich, die letzten Studenten und Dozenten verschwinden in Räumen oder um die nächste Ecke. Einen Atemzug später bin ich allein.

Geknickt sehe ich mich im Flur um. Als ich ein zitteriges Seufzen ausstoße, hallt es von den großen Säulen wider.

Das Handy summt in meiner Umhängetasche. Ich nehme es hervor und sehe, dass Will mir geschrieben hat. Er fragt, wo ich bleibe. Ich lüge, dass ich Kopfschmerzen habe, woraufhin er mir anbietet, für mich Notizen zu machen. Meine Dankbarkeit fühlt sich hohl an.

Was mache ich hier nur?

Tränen kitzeln in meinen Augenwinkeln. Mit einem harschen Atemzug reiße ich mich am

Riemen. Ich wische die Tränen weg und beschließe, mir einen freien Tag zu gönnen und das Leben zu genießen. Ist die Studienzeit nicht dafür gedacht? Entschlossen mache ich auf dem Absatz kehrt und eile zum Haupteingang zurück.

Um auf schönere Gedanken zu kommen, beginne ich, das alte Intro von Sailor Moon vor mich hinzusummen. «Sag das Zauberwort, und du hast die Macht ...»

Ich bin so in Gedanken versunken, dass ich die Person übersehe, die in dem Moment ins Hauptgebäude stürmt und mich sprichwörtlich über den Haufen rennt.

Mein Kopf knallt gegen eine harte Brust. Ich werde zurückgeschleudert und wäre schreiend auf dem Boden gelandet – hätte Can mich nicht reflexartig festgehalten und in seine Arme gezogen. Ich reiße die Augen auf. Huch, was für ein Zufall!

Drei Sekunden verstreichen, in denen wir uns schockiert ansehen. Dann lässt er mich los und räuspert sich. Ich springe verlegen von ihm weg. Mindestens zwei Meter. Damit habe ich meinen eigenen Rekord im Weitsprung aus der HighSchool gebrochen.

«Tut mir leid, ich bin spät dran, ich ...» Can unterbricht sich selbst und runzelt die Stirn. «Hast du keine Vorlesung?»

Ich öffne den Mund, ohne etwas zu sagen. Bin ich ihm Rechenschaft schuldig?

Sein Blick wird dunkel. «Allie, wieso bist du nicht im Unterricht?»

«Du bist nicht mein Aufpasser.» Ich beiße mir auf die Zunge, weil ich so weinerlich klinge. Wahrscheinlich hängen mir sogar noch Tränen in den Augenwinkeln. Ich fluche innerlich über mich selbst.

Can presst die Lippen aufeinander. «Ich weiß, dass ich nicht dein Aufpasser bin. Aber ich habe allmählich die leise Befürchtung, dass du gerade dein ganzes Leben hinschmeißt, weil du Angst vor deinen eigenen Fähigkeiten hast.»

Meine Augen werden groß. Nahezu instinktiv lasse ich meine rechte Hand hinter meinem Rücken verschwinden. Ich kann nicht fassen, wie durchschaubar ich bin. Hätte ich ihm bloß nie von meinem schlimmen Unfall erzählt!

«Es geht dich nichts an, was ich tue oder lasse. Wenn du mich also entschuldigst, ich möchte gehen.» Ich will an ihm vorbei, doch er stellt sich mir in den Weg. Noch einmal versuche ich, an ihm vorbeizukommen – ohne Erfolg.

«Can!» Empört reiße ich den Kopf zu ihm hoch.

Er begegnet meinem Blick mit einem finsteren Funkeln in den Augen. Ein ungutes Gefühl überkommt mich. Wenn er mich so anschaut, kann ich mir plötzlich vorstellen, dass alle Gerüchte über ihn wahr sind.

Angestrengt sauge ich die Luft durch die Schneidezähne. «Lass mich bitte vorbei, Can.»

Diesmal versuche ich es mit einem freundlicheren Ton, allerdings hilft auch dieser nichts.

Can studiert mich. «Du weißt, dass du dich deiner Angst früher oder später stellen musst.»

«Das werde ich auch. Aber wann ich das tue, geht dich nichts – *Can*!» Mir entfährt ein erschrockener Laut, als er mich unversehens bei der linken Hand packt und hinter sich durch den Flur schleift. Ich versuche mich dagegenzustemmen, aber er ist so unglaublich groß, stark und sexy. «Lass mich los, oder ...»

«Oder was?», unterbricht er mich so eisig, dass ich stocke.

«O-oder ich schreie?» Es klingt wie ein verunsicherter Vorschlag. Vielleicht lacht er deswegen kalt auf. Das Herz klopft mir bis zum Hals.

Can bringt mich zu einem leeren Raum am Ende des Flurs. Mit einem harschen Nicken bedeutet er mir, vor ihm einzutreten. Ich ziehe den Kopf ein, als ich dem Befehl Folge leiste, und glaube, den Boden unter den Füßen zu verlieren, als ich mich im Innern umsehe.

Wir befinden uns in einem Zeichnungsatelier. Überall stehen Staffeleien. Den Wänden entlang entdecke ich Tische, offenstehende Schränke und andere Ablageflächen, über und über mit Zeichnungsmaterial beladen. Mein Herz sackt immer tiefer. Denn auf einmal weiß ich, weshalb Can mich hergebracht hat.

Er verriegelt die Tür von innen und baut sich davor auf. Ich wirble zu ihm herum, konfrontiere ihn mit blanker Hysterie. «Lass mich sofort raus, Can!»

Er zuckt unbeeindruckt mit den Achseln. «Versuch es doch.»

Kurz zögere ich, dann stoße ich ihn mit nicht zu unterschätzender Vehemenz in die Brust. Aber Can wankt kein bisschen. Gelassen verschränkt er die Arme. «Wir können das den ganzen Tag tun, Goofy.»

«Ich kann aus dem Fenster steigen. Wir befinden uns im Erdgeschoß», drohe ich, was ihm ein spöttisches Lachen entlockt.

«Wie gut du mit Fenstern umgehen kannst, wissen wir ja bereits.»

Eine schleichende Verzweiflung macht sich in mir breit. Verbittert presse ich die Lippen aufeinander. «Wieso tust das?»

«Weil du nicht für immer vor deiner Vergangenheit davonlaufen kannst. Irgendwann musst du dich dem Unsicheren stellen.»

«Nein, ich meine: *Wieso tust du das!*» Diesmal brülle ich beinahe.

An seinem Kinn zuckt ein Muskel. Abrupt löst er seine Arme aus der Verschränkung. «Weil du mir wichtig bist, Allie Andrews», sagt er leise.

Die Wanduhr im Raum tickt plötzlich lauter. Ich starre ihn an.

«Lüg mich nicht an», flüstere ich heiser. «Ich schwöre dir, lüg mich jetzt nicht an.»

«Das tue ich nicht. Du bist mir wichtig, und darum habe ich dich hergebracht.»

«Und weil ich dir so wichtig bin, hast du dich gestern wie ein Arschloch verhalten, ja?»

Er antwortet nicht sofort. «Ja.»

Ich lache; ein hysterisches, verzweifeltes Lachen. «Du bist verrückt.»

«Vielleicht. Aber nicht so verrückt wie das Mädchen, das sich mit einem Stipendium an eine Uni schleicht, ohne zu wissen, ob sie dessen würdig ist.»

«Ich bin ...», japse ich, halte aber sofort inne. Zitternd ringe ich um Luft.

Dann atme ich aus – noch bebender.

Can hat recht, ich weiß nicht, ob ich würdig bin. Das beweist auch das Stechen, das sich postwendend in meiner Brust bemerkbar macht. Es tut so weh, dass ich mich fast krümme.

Ich wende den Kopf ab, um Can nicht länger ansehen zu müssen. Mist, ich will nicht vor ihm weinen. «Bitte, Can. Lass mich allein.»

«Wenn ich dich allein lasse, zeichnest du dann?»

«Nein.»

«Dann bleibe ich.»

«Can.» Jetzt kann ich die Tränen nicht länger zurückhalten. Zum Glück habe ich ein hübsches Heulgesicht.

Cans eiserne Fassade bricht auf. Schneller, als ich reagieren kann, ist er bei mir und umfasst mein Gesicht mit beiden Händen. Seine Finger legen sich sanft auf meine Haut, spenden mir Wärme – und ziehen mich gleichzeitig in ein tiefes schwarzes Loch. Noch mehr Tränen kullern aus meinen Augen.

Can fängt sie mit seiner Daumenkuppe auf. «Ich weiß, dass es dir schwerfällt, mir zu glauben. Aber ich will wirklich, dass es dir gutgeht. Und ja, das ist mitunter ein Grund, weshalb ich dich gestern sitzengelassen habe. Ich bin nicht der, den du gerne in mir sehen würdest, Allie. Aber nach allem, was du mir erzählt hast, kann ich nicht zulassen, dass du deine Zukunft wegwirfst. Du weißt doch gar nicht, wie es um deine Hand steht. Vielleicht ist alles in Ordnung. Vielleicht kannst du genauso gut zeichnen wie früher.»

«Und wenn nicht?» Meine Stimme bricht. «Scheiße, Can. Ich bin doch schon neunzehn. Wenn ich nicht mehr zeichnen kann, ist mein Leben vorbei. Es ist ein Drama!»

Seine Daumenkuppe malt einen Kreis um meinen Wangenknochen. «Dann lernst du es einfach wieder. Gib dir einen Ruck, Allie Andrews. Versuch es.»

«Ich ... kann nicht.»

«Und wenn wir ein Spiel daraus machen?» Er lässt mich los und macht einen Schritt zurück. «Ich war gestern nicht besonders nett zu dir», räumt er ein. Es ist absurd, wieviel mir dieses Eingeständnis gibt. Unmerklich strecke ich den Rücken durch und lausche weiter.

Can rollt auf seinen Schuhsohlen vor und zurück, als wäre ihm die Sache unangenehm. «Und weil ich ein Arschloch war, ist es nur fair, wenn ich hier auch ein bisschen leide. Darum schlage ich ein Spiel vor: Ein Strich von dir bedeutet eine Frage, die du mir stellen darfst.»

«Ich soll zeichnen und dir Fragen stellen?»

Er hebt die Schultern. «Ich sehe doch, dass dir welche auf der Zunge brennen. Also, was sagst du?»

Ertappt schiebe ich mir die besagte Zunge zwischen die Backenzähne. Can scheint mich wirklich wie ein offenes Buch zu lesen. Und, ja verdammt, dieses Angebot klingt verlockend. Ich habe eine panische Angst vor dem Zeichnen entwickelt. Aber was ist diese Panik schon im Vergleich zur Chance, einem gutaussehenden Typen Fragen stellen zu dürfen?

Ich löse meine Zunge aus ihrer Gefangenschaft zwischen meinen Zähnen. Und nicke.

Es ist, als würde eine riesige Last von Cans Schultern fallen. Stumm fordert er mich dazu auf, vor einer Staffelei Platz zu nehmen. Dann bringt er mir eine Reihe von Malutensilien. Meine Hand zittert, als ich mich für den Kohlestift entscheide. Es fällt mir schwer, ihn zwischen Daumen, Zeige- und Mittelfinger festzuhalten, wie ich es eigentlich gewohnt bin, denn mein Mittelfinger hat kaum noch Kraft. Das Herz klopft mir bis zum Hals.

Can lehnt mit verschränkten Armen gegen den Arbeitstisch vor meiner Staffelei.

Erwartungsvoll zieht er die Braue hoch. Ist das mein Stichwort? Meine Unterlippe erbebt.

Meine Hand fühlt sich kalt an, als ich sie zur Staffelei hebe. Ich mustere Cans Gesicht. Dann mache ich einen Strich. Es geht. Aber was ist schon ein einziger Strich? Eile mit Weile wäre jetzt Sams Rat für mich.

Ich schlucke. «Wieso hast du gestern aufgehört?» Meine Stimme ist kaum mehr als ein Flüstern.

Can lässt sich mit dem Antworten Zeit. «Ich war mir nicht sicher, ob es das ist, was du willst», sagt er dann.

«Ich wollte es.» Gut möglich, dass er mich gar nicht hört. Zumindest sieht er die Röte, die sich garantiert über meine Wangen legt.

Er seufzt und stützt sich zu beiden Seiten mit den Händen auf dem Pult ab. «Ich war mir nicht sicher, ob es das ist, was du wirklich willst ... von jemandem wie mir», führt er langsam aus.

«Was meinst du mit jemandem wie dir?»

«Das ist eine zweite Frage. Du schuldest mir einen Strich.»

Ich gehorche brummend.

«Ich weiß nicht, was du über mich gehört hast. Aber die Wahrscheinlichkeit ist groß, dass alles davon stimmt. Ich bin kein guter Umgang, besonders nicht für Mädchen wie dich.»

Ich bringe den nächsten Strich auf die Leinwand. «Definiere: Mädchen wie mich.»

Ein flüchtiges Lächeln huscht über seinen Mund. «Du bist ... anders. Süß, unschuldig. Aber auch verdammt attraktiv und heiß.»

Meine Wangen pulsieren bei den letzten Adjektiven. Dennoch sind es die ersten beiden, die bei mir hängenbleiben. Ich zeichne weiter, ohne dass er mich auffordern muss. «Woher willst du wissen, dass ich süß und unschuldig bin?»

Sein Lächeln wird breiter. «Allie, ich habe doch gesehen, was für Bücher du liest. Ich habe eine Schwester, die in einem Buchladen in Oxville arbeitet.»

«Was hat süß und unschuldig mit meinem Buchgeschmack zu tun?» Irgendwie fühle ich mich persönlich angegriffen.

«Vergiss nicht zu zeichnen. – Ich will niemandem zu nahetreten, aber in der Regel lesen diese Bücher doch vierzehn bis sechzehnjährige Jungfrauen und alle, die im echten Leben nicht zum Zug kommen. Das ist Pornografie für Mädchen, die sich schämen, sich echte Pornos reinzuziehen, und ihre Lust hinter einem schönen Cover und einer romantischen Buchbeschreibung verbergen müssen. Hattest du überhaupt schon Sex, Allie Andrews?»

«Deine Definition ist der reinste Bullshit! Alle lesen das! Außerdem bist du nicht an der Reihe mit Fragen», stelle ich hitzköpfig klar.

Can schnappt sich den nächstbesten Kugelschreiber und hinterlässt eine lange, blaue Linie auf dem Holz des Arbeitstischs. Erwartungsvoll zieht er die Augenbrauen hoch.

Ich schnaube und winde mich plötzlich vor Verlegenheit. «Ich hatte schon Sex», sage ich, ohne auf die erbärmlichen Details einzugehen.

Cans Mund zuckt erneut. «Aber du hast keinen Sex, nur um des Sexes Willen. Du sehnst dich nach Liebe, Geborgenheit und Zuneigung. Sag mir, dass ich lüge.» Geräuschvoll hinterlässt er einen zweiten Strich hinter dem ersten.

Ich weiche seinem Blick aus. «Du lügst nicht.»

Meine Antwort lässt ihn aufseufzen. «Siehst du, und darum wollte ich gestern nicht weitergehen.»

«Weil Sex für dich nur etwas Oberflächliches ist – und für mich nicht?», frage ich verwirrt.

«Weil ich dir nicht geben kann, was du willst», präzisiert er.

«Wieso nicht?» Allmählich zeichne ich, ohne dass er mich dazu auffordern muss. Meine Gedanken sind allerdings ganz woanders. Ich spüre Hitze in meinen Kopf steigen.

Can schaut lange aus dem Fenster, bevor er seine Aufmerksamkeit wieder auf mich richtet. «Wie gesagt: Ich habe keine Ahnung, was du über mich gehört hast. Aber eines solltest du dir unmissverständlich klarmachen: Ich führe keine Beziehungen, Allie. Ich habe keine Freundinnen, denen ich Blumen schenke und die ich auf Dates ausführe. Wenn ich mich mit Frauen treffe, dann *ficke* ich sie. Liebe war und ist nie ein Thema für mich.»

«Das glaube ich dir nicht», sage ich leise, denn meine Bookboyfriends behaupten das auch ständig, ohne es zu meinen. Ich studiere sein Gesicht, das auf einmal voller Lügen ist. Stumm schüttle ich den Kopf. «Nein, Can. Ich weiß, was ich gestern gespürt habe. Das war nichts rein Körperliches. Es war mehr – und das weißt du ebenso gut wie ich. Wieso stemmst du dich dagegen?»

«Ich will dir nicht wehtun, Allie.»

«Das tust du aber, wenn du dich vor mir zurückziehst. Merkst du nicht, wie scheißverdammt fest du mir gestern wehgetan hast?» Meine Zeichenstriche werden umso energischer, je stärker sich mein Herz verkrampft.

Can beobachtet mich betroffen. Seine Unterlippe verschwindet zwischen den Zähnen. «Ich weiß einfach nicht, ob ich das kann, Allie. Ich weiß nicht, ob ich für dich derjenige sein kann, den du willst, den ...», er stockt, «den du verdienst.»

Mein Stuhl schabt über den Boden, als ich mit einem Ruck aufstehe. Ich lasse den Kohlestift auf den Boden fallen. «Irgendwann musst du dich dem Unsicheren stellen», werfe ich ihm seine eigenen Worte an den Kopf. «Wie kannst du wissen, wie etwas sein könnte, wenn du es nicht versuchst?»

Meine Worte zeigen Wirkung. Er verstummt. Stille tritt zwischen uns, erhebt sich langsam wie eine Mauer, Stein um Stein höher.

Can atmet geräuschvoll ein. «Bist du eigentlich fertig?» Er nickt der Staffelei zu. Seine Frage klingt versöhnlich und zwingt die Mauer zwischen uns wieder in die Knie.

Er kommt auf mich zu, bevor ich antworten kann. Mein Blick fällt zeitgleich wie seiner auf die Staffelei. Bis zu dem Zeitpunkt habe ich nicht realisiert, woran ich gearbeitet habe.

Nun stockt mir der Atem.

Can keucht. «Bin ... bin ich das?» Verblüfft mustert er das Bild.

«Sieht so aus», antworte ich nicht weniger überrascht. Ich habe tatsächlich ein Portrait von ihm angefertigt.

«Du hast es geschafft, Allie», raunt er beeindruckt und bevor ich mich für mein Tun schämen kann. Sein Blick findet meinen. Stolz bricht sich funkelnd in seinen Augen. «Du hast deine Angst überwunden.»

Das Gefühl, das in mir hochsteigt, ist unbeschreiblich. Ich spüre Freude und Erleichterung – große, unendliche Erleichterung. Ich könnte die ganze Welt umarmen. Doch genau das macht mich traurig.

Denn eigentlich will ich nur jemanden umarmen.

«Eine Frage habe ich noch.» Ich bücke mich nach dem Kohlestift, um meine Initialen unter das Portrait zu setzen. Anschließend richte ich mich auf und schaue Can in die Augen. «Was läuft zwischen Beverley und dir?»

«Nichts Ernstes.»

«Wieso hat sie Bissspuren am Hals?»

«Das sind zwei Fragen», bemerkt er lächelnd. Ich setze einen bedeutungslosen Strich unter meine Initialen. Sein Lächeln wird breiter, doch es wirkt ausdruckslos. «Weil sie das mag.»

«Wenn ich dir sage, was ich mag, tust du es dann auch?»

Sein Lächeln erstirbt. Er schluckt hart. «Allie», sagt er verhalten und schaut weg.

Ich greife nach seinen Handgelenken und zwinge ihn, mich wieder anzusehen. Seine Pupillen weiten und verdunkeln sich augenblicklich, als sie auf meine treffen.

Und da sehe ich, wie sehr er mit sich kämpft. Ich sehe, wie sehr er versucht, seine Gefühle zurückzuhalten, aus Angst mich zu verletzen. Es mag sein, dass er bis anhin kein guter Umgang war. Aber würde ein schlechter Umgang jetzt, in exakt diesem Moment, sosehr zögern?

Seine Verunsicherung wird zu meinem Antrieb. Ich trete näher. Er schwankt betroffen, gefriert zu Eis. «Allie», sagt er wieder, warnend und vorsichtig, aber mit steigendem Verlangen. Ich lasse meine Hand an seinen Oberarm wandern. Und da schwappt es einfach wieder über mich. Dieses Verlangen, dieser Mut. Als wäre Cans harter Muskel ein Sparschäler, der meine Schüchternheit abpellt.

«Allie, du solltest wirklich nicht …»

«Küss mich, Can», unterbreche ich ihn und schaue ihm eindringlich in die Augen, erst in das smaragdgrüne, dann in das blaue. «Küss mich … *Finn*.»

Ein Gemisch aus Überraschung und Überforderung macht sich über seine Züge her, und diesmal schluckt er so heftig, dass meine Aufmerksamkeit unweigerlich auf seinen Adamsapfel und die Sehnen an seinem Hals fällt. Ich gehe auf die Zehenspitzen und fahre die Linien mit bebenden Lippen nach.

Can entfährt ein hungriger Laut. Ich kriege eine Gänsehaut, doch das Geräusch macht mich noch mutiger. Ich denke nicht mehr nach, als ich meine Zunge über seinen Adamsapfel gleiten lasse.

Can packt mich postwendend bei der Taille. Seine Finger bohren sich in mein Fleisch. Er scheint nicht zu wissen, ob er mich wegstoßen oder an sich heranziehen soll. Ich mache ihm die Entscheidung leicht, indem ich ihm sanft in den Hals beiße. Can kämpft gegen ein Stöhnen.

Ein zufriedenes Lächeln stiehlt sich in meinen Mund. «Siehst du», hauche ich. «Ich bin nicht so unschuldig, wie ich wirke», oder wie ich selbst dachte oder es zu meinem Charakter passt, «und ich kann auch beißen. Und wenn du nicht endlich deinen Arsch bewegst und mich zurückküsst, beiße ich dich *richtig*.»

Ein nervöses, heiseres Lachen dringt seine Kehle hoch. «Du willst härter zubeißen? Süße, das klingt verlockend. Aber ich glaube nicht, dass du das kannst.» Mit diesen Worten zieht er meinen Kopf in den Nacken und küsst mich. Aber nicht sofort auf den Mund.

Ich erbebe vor Ungeduld, als ich seine Lippen erst auf meinen Wangen und dann der Linie meines Kinns entlang wandern spüre. Mein Herzschlag dehnt sich aus, überschlägt sich und stolpert. Als er mich flüchtig zurückbeißt, stockt mir den Atem. Sein spöttisches Lachen legt sich über meine Haut. Ich schlinge meine Arme um seinen Nacken und zwinge seinen Mund an meinen. Und als sich sein heißer Atem endlich über meine Lippen legt, erwacht alles in mir zum Leben.

Denn mit einem Mal weiß ich, wohin das alles führt – mit Can und mir. Noch nicht zum Sex, das schreibt ein ungeschriebenes Gesetz vor. Aber alles andere? Hey ho, let's go.

Can küsst mich, und mir vergeht das Denken. Sein Kuss ist anders als jener am See, langsamer und irgendwie bedeutungsvoller. Als wolle er etwas Neues ausprobieren.

Seine Lippen streifen sanft über meine, liebkosen sie. Ich öffne leicht den Mund, und sofort findet seine Zunge meine.

Reflexartig pressen wir uns aneinander. Ich vergrabe meine Hände in seinem Haar und ziehe daran. Cans Brust dehnt sich gegen meine aus; wo seine hart ist, ist meine weich. So ein glücklicher Zufall.

Ihm entfährt ein hungriges Knurren, und mir wird bewusst, wie sehr er sich zusammenreißt, um mich nicht mit seiner Lust zu überfallen. Seine Hände zittern, während er sie über meine Seiten hinab zu meinem Po gleiten lässt. Er hebt mich mit einem Ruck hoch und setzt mich auf den Arbeitstisch. Ein Gefühl sagt mir, dass er das nicht zum ersten Mal tut, aber das stört mich nicht. Übung macht den Meister.

Unser Kuss wird tiefer. Ich vergesse alles um mich herum und schlinge meine Beine um seinen Torso. Augenblicklich spüre ich ihn heiß und pulsierend zwischen uns. Diesmal erschrecke ich nicht, denn ich habe auf dieses Gefühl gewartet und kann mein Stöhnen nicht länger zurückhalten.

Vieles fühlt sich an wie gestern – und doch scheint alles anders. Denn trotz dieser unstillbaren Leidenschaft, die plötzlich zwischen uns aufkommt, ist jede Berührung voller Bedeutung. Alles ist tiefer, irgendwie vertrauter.

Für einen kurzen Moment unterbrechen wir unseren Kuss, um uns anzusehen. Sein Blick ist verschleiert und hungrig. So verdammt hungrig.

«Allie», haucht er. Seine Lippen sind gerötet von unseren Küssen. Ich fahre mit meiner Zunge der Wölbung entlang und entlocke ihm ein heiseres Stöhnen. «Allie.» Seine Stimme wird energisch. Er nimmt meine Hände aus seinem Haar und hält sie fest. «Allie, hör mir zu. Ich kann das nicht. Du hast etwas Besseres verdient als mich.»

Überrascht studiere ich sein Gesicht. So was habe ich ja noch nie gehört.

Ich nehme seine männlichen Züge in mir auf, verharre bei seinen verunsicherten Augen. Dann löse ich eine Hand aus seinem Griff und legte sie auf seine Wange. Die bloße Berührung sorgt dafür, dass er zwischen meinen Beinen härter wird.

Er schluckt. «Allie.» Sein Tonfall wird warnend. Mein Bauch kribbelt.

Ich lehne vor, um ihm einen Kuss auf die Wange zu geben. «Ich will niemand anderes, Can», flüstere ich und bin erstaunt über meine Unverfrorenheit, als ich ihn durch meine von Natur aus langen Wimpern anschaue und ergänze: «Ich will dich, Can. Nur dich.»

Einen Moment lang blinzelt er mich voller Unglauben an. Weil mir sein Zögern zu lange geht, unterstreiche ich meine Worte mit einem Kuss. «Hör auf zu kämpfen», flehe ich und verenge den Klammergriff meiner Beine.

Sein Unterleib wird stärker gegen meinen gepresst. Can stöhnt vor Lust – und verliert seinen Kampf. Ab da ist es, als hätte er sich nie zurückhalten wollen. Na endlich. Ich dachte schon, das geht nie vorwärts!

Sein Verlangen schwappt wie eine Welle über mich. Er verkommt zu meiner Droge, ebenso wie ich längst zu seiner geworden bin. Unsere Küsse werden wild, unsere Berührungen unkontrolliert.

Wieder glaube ich, meinen eigenen Körper zu verlassen und einer anderen, mutigeren, unverfrorenen Allie Andrews Platz zu machen – weil wie scheiße wären solche Momente, wenn ich verklemmt bliebe?

Can küsst mich wie ein Ausgehungerter. Er knabbert an meiner Unterlippe, beißt hinein und treibt seinen Unterleib auf einmal rhythmisch gegen meinen. Ich klammere mich mit Händen und Füßen an ihm fest, erwidere die Bewegung und höre, wie sein Atem dadurch schneller wird. Seine Hände sind überall, in meinem Haar, an meinen Brüsten.

Mutig lasse ich meine Finger über seinen harten Oberkörper wandern, bis ich beim Saum seines T-Shirts ankomme. Als ich seine erhitzte Haut berühre, durchfährt ihn ein lustvolles Zucken. Ich ziehe an seinem Shirt, bis er es sich von selbst über den breiten Oberkörper und seinen Kopf zieht. Achtlos wirft er es zu Boden. Schwer atmend schauen wir uns an. Dann sind seine Hände und seine Lippen wieder auf mir.

«Ich will dich spüren, Allie.» Er öffnet den Reißverschluss meines Kleides und zieht es mir bis auf die Hüfte herunter. Seine Hände schieben sich unter meinen BH. Im nächsten Moment folgt er mit seinem Mund. Ich drücke mein Kreuz durch und schließe die Augen. Immer stärker wird das Bedürfnis in mir, ihn überall auf und *in* mir zu spüren.

In mir? Hui, jetzt aber.

«Du bist so schön, Allie. So verflucht schön.» Seine Hand wandert immer tiefer und erreicht das Ende meines Sommerkleides, das bereits weit nach oben gerutscht ist. Er findet die Innenseite meines Oberschenkels. Das Pochen zwischen meinen Beinen wird unerträglich.

«Can», keuche ich.

Seine Hand erkundet jeden Zentimeter, und wo sie mich berührt, hinterlässt sie eine prickelnde Spur. Ich ringe um Luft, küsse ihn wilder als zuvor, und als er endlich, *endlich* mein Höschen erreicht und an dieser einen Stelle ankommt, wimmere ich vor Lust. Can stößt meinen Namen wie einen Fluch aus und scheint für einen kurzen Moment zu zögern. Fast befürchte ich, er könnte seine Hand wie tags zuvor zurückziehen, also greife ich danach und halte ihn fest. Ich weiß nicht, was er daraufhin in meinem Gesicht sieht, aber der ungestillte Hunger in seinem eigenen verwandelt meine Atmung in ein flaches Keuchen.

Er beginnt, mit seinem Daumen kreisende Bewegungen zu machen. Die Berührung durchzuckt mich wie ein Feuerwerk. Stöhnend drücke ich mich seiner Hand entgegen, unfähig, etwas anderes zu tun. Can intensiviert den Druck, küsst mich wieder, überall, wild und unentwegt. Mir kommen Laute über die Lippen, wie ich sie noch nie von mir gegeben habe. Ich habe nicht gewusst, dass ich so empfinden kann!

Can zieht mein Höschen auf die Seite. Ich kann nicht anders, als meine Finger in seine Schultern zu krallen, als er mich da unten berührt.

«Shit.» Can zieht scharf die Luft ein. «Du bist so feucht, Allie!» Ein Wimmern ist alles, was ich als Antwort von mir geben kann – aber was hätte ich schon sagen sollen? Dass ich diesen Spruch fast erwartet habe, weil er von Typen wie ihm in Settings wie diesen immer kommt?

Gut möglich, dass ich mich später für unser Tun schämen werde, aber in diesem Moment kann ich nicht mehr klar denken. Alles, was ich will, ist, dass Can weitermacht und nie mehr aufhört.

Und das tut er auch nicht.

Ich drücke mich seiner Hand entgegen, und sein Finger gleitet in mich hinein. Erst einer. Dann zwei. Wir stöhnen beide. «Fuck», flucht Can. «So eng!» Er zieht seine Finger wieder zurück, nur um sie dann noch tiefer in mich hineingleiten zu lassen. Ich winde mich, während sich tief in mir drin etwas aufbaut.

Mein Verstand setzt aus. Es gibt nur noch Can und mich und das, was seine Hand zwischen uns mit mir macht. Can stöhnt mittlerweile genauso heftig wie ich. Ich lasse alle meine Hemmungen fallen und reite seine Hand, bis ich es nicht mehr aushalte.

«Komm für mich, Allie», knurrt Can und trifft mich an einer besonders empfindlichen Stelle. Die Welt um mich explodiert. Ich gelange zum Höhepunkt. Can erstickt meinen hemmungslosen Schrei mit einem leidenschaftlichen Kuss.

Mein Körper zuckt angesichts der Sensation, die er hinterlassen hat. Schwer atmend komme ich zu mir. Can hält mich fest, während die Nachbeben noch eine gefühlte Ewigkeit lang über mich hinwegrollen.

Und noch während ich mich erhole, beginnt er abermals, mich mit sanften Küssen zu bedecken. Er findet meinen Mund, schiebt seine Zunge hinein. Gleichzeitig drängt er seinen Körper zwischen meine Beine zurück.

Ach du grüne Neune, es geht schon weiter?

Klopf. Klopf.

«Wer ist da drin! Wieso, zum Teufel, ist diese Tür abgeschlossen? Ich brauche meine Zeichnungsmappe, es ist dringend!»

Can und ich gefrieren zu Eis. Sein Mund liegt dicht an meinem.

«Shit», murrt er. Ich fühle seine Zähne und zucke angesichts der neuen Lustwelle, die mich überrollt.

Widerwillig, aber mit erstaunlicher Geschwindigkeit lösen wir uns voneinander. Ich fühle mich gut und schlecht, befriedigt und hungrig zugleich. Benommen richte ich mein Kleid und meine Haare, während Can sein T-Shirt anzieht und den Schritt kontrolliert. Dann geht er zur Tür und öffnet sie.

Davor steht ein Student mit hochgebundenen blonden Hipsterhaaren. Er trägt ein geflecktes Footballjersey und wirkt erst gestresst – und dann überrascht, als er Can sieht. «Can, was machst ...» Sein Blick landet auf mir. Abrupt schaut er zu Can zurück. Seine linke Augenbraue schießt in die Höhe. «Im Ernst, Can? Schon wieder?»

Cans Rückenmuskulatur verkrampft sich unter seinem T-Shirt. «Wir haben gezeichnet», knurrt er so kalt, dass es mich mit einem Schrecken durchfährt. Er wird doch nicht schon wieder alles verleugnen?

«Allie.» Beim Klang meines Namens zucke ich zusammen. «Allie, bitte pack deine Leinwand, damit wir gehen können», sagt Can.

«O-okay», hasple ich, greife nach seinem Portrait und schleiche mit hochrotem Kopf an dem Studenten vorbei, der uns gestört hat. Zwischen meinen Beinen pulsiert es immer noch. Dasselbe Pochen macht sich nun aber auch in meinen Schläfen bemerkbar. Erstaunlich, dass beides – Lust und Scham – demselben Herzen entspringen können.

Dass ebendieses Herz Can gehört, erkenne ich, als ich zu ihm in den Flur hinaustrete.

Denn er hat auf mich gewartet.

Also verleugnet er seine Gefühle nicht länger.

Wo ist der Champagner?

Ein verlegener Ausdruck umspielt seine harten Züge. Er lässt die Arme neben seinem Körper baumeln und sieht dabei zum Niederknien süß aus. «Das war Henry. Er spielt in meinem Team. Ich kann ihn nicht leiden.» Er stockt und wird ernst. «Ich hoffe, du denkst jetzt nicht, dass ich jede in dieses Zimmer mitnehme.» Ich will vehement den Kopf schütteln, aber sein Seufzen unterbricht mich. «Okay, also, eigentlich schon, aber ...» Er bricht ab und flucht. Unbeholfen schaut er auf mich herab. Seine Unsicherheit ist so greifbar, als wäre sie meine eigene. «Verdammt, ich will es wirklich richtig machen, Allie. Mit dir. Aber ich weiß nicht, wie das geht. Ich weiß nicht, wie man so etwas richtig macht.» Seine Worte steigen mir wie Alkohol in den Kopf. Sie klingen so perfekt, dass man meinen könnte, eine liebestrunkene, realitätsfremde Frau hätte sie ihm in den Mund gelegt.

Nervös zupfe ich am Saum meines kurzen Kleids herum und höre nicht damit auf, als Cans Augen dorthin zucken und sofort wieder ganz dunkel werden. Sein Adamsapfel tanzt unter einer heftigen Schluckbewegung. Seine Reaktion erfüllt mich mit Mut.

Es gelingt mir, seine Verunsicherung mit Fassung zu parieren. «Ich weiß auch nicht, wie das geht», gebe ich zu. «Aber was du da drin gemacht hast ... Can, das hat noch nie jemand mit mir gemacht.»

Seine Augen werden erst klein und dann erschrocken groß. «Shit, Allie, wenn ich zu weit ...»

«Ich glaube, wir wissen beide, dass du nicht zu weit gegangen bist», unterbreche ich ihn mit garantiert hochrotem Kopf, denn mein Stöhnen und mein Schrei müssen Bände gesprochen haben. Ich kann kaum glauben, dass er mir diese Geräusche mit einer einzigen Hand entlockt hat. Unweigerlich schiele ich in die Richtung seines Schritts. Und schlucke. Sakrament!

Mein eigenes Verlangen überfordert mich plötzlich sosehr, dass ich nichts anderes tun kann, als peinlich berührt die Knie zusammenzudrücken, zu Boden blicken und mir eine Strähne meines zerzausten Haares hinters Ohr klemmen.

Can entfährt ein gedrungener Laut. «Scheiße, Allie. Du bist so süß. So unglaublich süß.» Er schließt zu mir auf und nimmt mein Gesicht in die Hände. «Ich habe dich einfach nicht verdient», raunt er ergriffen.

Ich hebe das Kinn. «Doch, Finn. Das hast du.»

«Allie.» Seine Augen schimmern.

Der Gong zur Pause lässt uns zusammenzucken. Türen springen auf, Studenten strömen aus den Räumen.

Can lässt mich los. Einen Moment lang beobachtet er den Tumult. Dann schaut er wieder zu mir. «Was hast du heute noch vor?»

Blut schießt in meine Wangen. Ich hätte Uni, eigentlich. Aber kommt es auf eine geschwänzte Vorlesung mehr oder weniger an? «Gar nichts», antworte ich.

«*Meh*, falsche Antwort.» Er umschlingt mich von hinten. Sein Mund findet mein Ohr. «Ich habe nicht gefragt, was du heute noch trägst, sondern was du heute noch vorhast.»

Seine Worte schießen wie Lava durch mich hindurch. Aus großen Augen schaue ich zu ihm hoch, wobei mein Blick garantiert unschuldiger wirkt als die Gedanken, die im nächsten Moment wie prickelnde, kleine Blitze durch meinen Kopf jagen. Donnerlittchen, wir werden doch nicht etwa ...

«Was hältst du von einem kleinen Ausflug?», unterbricht er meine wirbelnden Gedanken, und mein Körper schreit schon *Ja!*, bevor ich weiß, was er eigentlich mit mir vorhat. Aber so ist das nun einmal mit Instalove: Man vertraut sich blind.

Arm in Arm schlendern wir durch die Masse von Menschen Richtung Ausgang. Viele starren uns an, in der Regel erst Can und dann mich. Can hält mich im Arm, als wäre es das Selbstverständlichste auf Erden. An jeder Ecke vernehme ich Getuschel. Es klingt nicht freundlich.

Can senkt seinen Kopf zu mir. «Schüchtert dich das ein?»

Ich lausche den Stimmen, die wie Giftschlangen auf mich zukriechen. Obwohl ich mich anstrenge, verstehe ich nur einzelne Worte. Sie sind nicht nett, aber zum Glück ist es mir längst egal, was diese Stimmen über mich erzählen.

Für mich zählt nur noch eine Stimme.

Ich hebe eine Hand an Cans Bauch. Langsam und bestimmt schüttle ich den Kopf. «Nein. Nein, tut es nicht. Es schüchtert mich nicht ein.» Nichts kann ein Mädchen einschüchtern, wenn ein Sixpack zum Anfassen da ist.

Can zieht mich für einen kurzen Kuss zu sich. Dann treten wir hinaus in eine Welt, die auf einmal viel heller, schöner und fröhlicher auf mich wirkt.

Einzig drei dunkle Wolken trüben das Bild. Eine befindet sich weit entfernt am Horizont, begleitet von leisem Donnern. Die anderen beiden kreuzen meinen Weg in Form zweier gutaussehender Menschen.

Die eine Wolke ist Beverley. Unglauben, gepaart mit blankem Entsetzen bricht über ihre perfekten Züge herein, als sie Can und mich zusammen sieht. Sie greift sich an den Hals, wo das letzte Zeugnis, dass Can einst ihr gehörte, allmählich verblasst.

Die andere dunkle Wolke ist Will. Er wirkt ähnlich überrascht wie Beverley. Mit offenem Mund starrt er Can und mich an. Can scheint der Ersatzquarterback nicht aufzufallen. Ich hingegen kann meinen Blick plötzlich nicht mehr von Wills tiefgrünen Augen nehmen. Mein Nachbar wirkt ernüchtert, ja, fast enttäuscht.

«Darum warst du nicht in der Vorlesung», nuschelt er leise, als wir auf Augenhöhe sind. Ich zucke entschuldigend mit den Achseln und hoffe, dass er mir morgen trotzdem wieder einen Cappuccino spendiert.

Beverley überholt uns von rechts und stürmt mit wehenden Haaren vorbei. Can beachtet nur mich.

13

Nervös klammere ich mich an meinen eigenen Knien fest. So aufgeregt war ich zuletzt vor der Peter-Pan-Aufführung auf der High-School. Ich spielte ein Wölkchen und hätte mich vor Angst fast eingenässt.

Ich muss zugeben, dass ich mir weder am See noch im Zeichnungsatelier Gedanken darüber gemacht habe, was sich zwischen Can und mir körperlich entwickeln könnte. Bei beiden Malen sind die Gefühle so schnell über uns geschwappt, dass es kein Vor und Zurück mehr gegeben hat.

Jetzt sieht die Sache anders aus.

Jetzt sitze ich da und habe Zeit, um nachzudenken. Meine Gedanken rasen so schnell, als wollten sie in achtzig Sekunden um die Welt.

Ich befinde mich auf dem Beifahrersitz von Cans rotem Sportwagen, und wir entfernen uns in hoher Geschwindigkeit von der Oxville University. Wir haben nicht darüber geredet, was als nächstes geschieht, aber eigentlich braucht es keine Worte mehr.

Denn wir fahren zu Can.

Auf einmal fühle ich mich wie die Fast-Jungfrau, die ich mit meinen dreißig Sekunden Sexerfahrung bin. Und immer wieder schiele ich zu Can und wundere mich, warum er mich überhaupt toll findet. Dass ich die Antwort auf diese Frage womöglich eher bei mir selbst finde, ist mir bewusst. Allerdings wage ich es nicht, mich selbst im Seitenspiegel zu begutachten – nicht, solange der Fahrtwind meine Haare aufwirbelt und mich aussehen lässt, als hätte ich in eine Steckdose gefasst. Vielleicht steht Can ja auf innere Werte. Das muss es sein. Innere Werte habe ich viele, das beweist die Vielzahl von unterschiedlichen Avataren, mit denen ich in meinen Games unterwegs bin.

Während der Fahrt erzählt Can bereitwillig aus seinem Leben. Einige Dinge weiß ich schon von Vani, aber ich höre trotzdem zu, denn ich liebe seine Stimme. Er könnte mir Mathe erklären, und ich würde trotzdem wie Wachs in der Sonne zu einem kleinen Klümpchen schmelzen. Denn eins und eins gibt zwei.

Can ist der Sohn des Dekans und wohnt deshalb nicht auf dem Campus. Seinen Eltern gehört ein Anwesen nahe des Oxville Forest, einem Naherholungsgebiet, das für seine imposanten, riesigen, großartigen Bäume bekannt ist. Can wohnt allein im Poolhaus. Nach dem Studium möchte er nach New York ziehen. Seine Pläne bringen mich zum Lächeln. New York steht auch schon lange auf meiner Wunschliste. Wir haben so viel gemeinsam.

«Und was erzählst du aus deinem Leben, Allie Andrews?», fragt Can, während er auf die

Bremse geht. Zwei Atemzüge später halten wir an. Ich zucke unwillkürlich zusammen und schaue aus dem Auto.

Und zucke auf ein Neues.

Mein Hirn rattert. «Das ist nicht dein Zuhause, oder?»

«Nein, ist es nicht.» Aufmerksam studiert er meine nächste Reaktion, während ich wie angewurzelt dasitze und nach draußen schaue.

Wir sind in Oxville City; ich erkenne die Stadt von meiner Anreise wieder. Dad und ich haben uns fürchterlich verfahren, obwohl Oxville kaum größer als das Handschuhfach von Cans Cabrio ist. Laut Google wohnen hier gerade einmal zweihunderttausend Menschen. Die Stadt ist alt, die Straßen sind gepflastert und die Häuser teilweise aus dem zwanzigsten Jahrhundert.

Wir befinden uns auf dem kleinen Parkplatz vor einem mehrstöckigen Häuschen mit Veranda. Das Erdgeschoß besteht aus großen Fensterfronten. Dahinter erkenne ich ein kleines Café und … ich halte die Luft an. Meine Beklemmung verpufft.

Da sind Bücher. Endlos viele Bücher.

Ich wirble zu Can herum, auf dessen Gesicht ein breites Grinsen auftaucht. Dann schaue ich zurück zu den Büchern. Und wieder zu Can. Er grinst immer noch. Ich blinzle langsam und ungläubig. Sind wir gegen einen Baum gerast und gestorben, und ich habe es nicht mitbekommen?

Wenn ich mir Cans Grübchen so ansehe, kann ich mir durchaus vorstellen, dass ich in seiner Gegenwart meinen eigenen Tod verpassen könnte. Seine Haare sind verwuschelter sonst. Der Ausdruck auf seinem Gesicht erinnert mich an den Frühling und fröhlich summende Bienen. Wow.

Er räuspert sich. «Versteh mich nicht falsch, Goofy: Am liebsten würde ich mich jetzt sofort auf dich stürzen.» In meinem Nacken kribbelt es. «Aber seit wir losgefahren sind, bist du total angespannt. Da dachte ich, ein kleiner Zwischenstopp könnte nicht schaden.» Er schiebt das Kinn zur Fensterfront. «Das ist die Buchhandlung, in der meine Schwester arbeitet. Sie haben ein Café mit den besten Cupcakes, die du je gegessen hast. Es geht mir nicht nur um Sex, Allie. Es geht mir um dich.» Bei den letzten beiden Sätzen schaut er mir so tief in die Augen, dass sein Blick ganz sicher hinten wieder aus meinem Kopf austreten muss. Verschiedenste Gefühle purzeln in meinem Innern durcheinander. Ich bin ganz perplex. Sixpack hin oder her: So viel Tiefe hätte ich Can gar nicht zugetraut.

«Ich ... mag Cupcakes», stottere ich, weil mir nichts Besser einfällt, und spüre gleichzeitig, wie die Anspannung tatsächlich von mir abfällt. Angenehm flatternde Schmetterlinge treten an ihre Stelle und bringen meinen Bauch zum Kribbeln. Cans verschiedenfarbige Augen schimmern verheißungsvoll. Mir fällt auf, wie dunkel, voll und lang seine Wimpern sind. Sie berühren beinah seine Wangenknochen. Aber nur beinah; wer will schon einen Typen mit Fake Lashes?

«Also, was ist – wollen wir?», fordert er mich auf, und ich kann nur nicken, weil seine Einfühlsamkeit mich so sprachlos macht. Vielleicht sind es aber auch seine schönen Wimpern.

Wir steigen aus. Can öffnet die Tür zur Buchhandlung für mich. Sie stößt gegen ein Glöckchen und macht klingelnd auf uns aufmerksam. Augenblicklich kommt eine korpulente, ältere Frau mit grauer Dauerwellenfrisur auf uns zugeeilt. Ihre großen Brüste wippen unter einem blauen Blümchenkleid. Ihr Gesicht ist voll und die Wangen so rosig, als hätte sie ein Glas Wein getrunken. Auf ihrer Stupsnase entdecke ich eine kleine Nickelbrille. Diese Frau sieht aus wie jemand, den ich für eine Nette-Tante-Figur in einem Film engagieren würde. Ich kichere in mich hinein. Voll das Klischee!

«Finn! Sag bloß, du wirst zum Bücherwurm!», ruft sie und fasst sich lachend an die üppige Brust.

Can kratzt sich verlegen am Hinterkopf. «Das ist Trudy. Ihr gehört der Laden», sagt er zu mir, und dann zu Trudy: «Das ist Allie. Sie studiert auch an der Oxville University.»

«Allie, was für ein schöner Name!» Trudy strahlt, und ich strahle zurück. «Mein Hund heißt auch so!», plappert sie weiter.

Mein Lächeln verkrampft, während ihres auf ihren aufgedunsenen Wangen festgetackert scheint.

Sie schaut zu Can. «Hast du ‹Bloomfield Nights› schon ausgelesen? – Er hat es eben erst gekauft», raunt sie mir mit einem verschwörerischen Augenzwinkern zu, ehe sie ein tiefes Seufzen von sich gibt. «Es ist eine wundervolle Liebesgeschichte, nicht wahr? Ich habe sosehr mit Skye mitgelitten! Unfassbar, was ihr zugestoßen ist. Ich bin richtig froh, dass sie Tyler gefunden hat, auch wenn seine Vergangenheit auch nicht leicht war! Nächste Woche erscheinen übrigens ‹Bloomfield Mornings› und ‹Bloomfield Afternoons› – zeitgleich! Dem Verlag kann es nicht mehr schnell genug gehen! Hashtag *Skyler*!» Sie kichert und klingt wie eine Opernsängerin mit Schluckauf.

«Mhm», macht Can und errötet tatsächlich. Er wippt auf den Schuhsohlen herum. Seine Arme wackeln mit. «Eigentlich sind wir nur für Kaffee und Cupcakes hier. – Du magst doch Kaffee?» Er schielt fragend auf mich herab. Ich blinzle zurück. Ist das ein Scherz? Ich liebe Kaffee! Ich muss nichts erwidern, denn Can scheint die Antwort auf meinem Gesicht zu sehen. Er grinst verschmitzt und zwickt mich in den Arm.

Trudy klatscht so laut in die Hände, dass wir zusammenzucken. «Das klingt nach einer hervorragenden Idee! Setzt euch schon mal an einen

Tisch. Ich schicke gleich jemanden zu euch. Deine Schwester arbeitet heute nicht.»

«Ich weiß», erwidert Can und klingt erleichtert. Augenblicklich frage ich mich, was für ein Verhältnis er zu seiner Familie hat. Im nächsten Moment verpufft meine Neugierde, denn Can berührt mich am Rücken und fordert mich dazu auf, ins Café weiterzugehen. Dieser Aufforderung komme ich nur zu gerne nach – das Café erreicht man nämlich nur durch das Betreten der Buchabteilung. Könnte ein Mensch an einer Überdosis Endorphine sterben, würde ich jetzt sofort tot umfallen.

Gibt es etwas Schöneres als Buchhandlungen?

Mein Mund steht speerangelweit offen, während wir an den Regalen vorbeigehen. Das letzte Mal in einer Buchhandlung war ich vor zwei Wochen, doch es fühlt sich wie Jahre her an. Am liebsten würde ich mich hier einsperren lassen. Sähen Gefängnisse so aus, wäre ich Amerikas berüchtigtste Kriminelle.

«Du liest wirklich gern.» Cans amüsierte Stimme reißt mich aus meiner Büchertrance. Es ist keine Frage, sondern eine Feststellung. Seine Schultern zucken unter einem verkniffenen Lächeln.

Ich muss mich zusammenreißen, um nicht vor Freude zu glucksen. «Bücher sind mein halbes Leben», bekenne ich mich zu meiner Sucht, und Cans Lächeln wird unwiderstehlich.

«Sieh dich ruhig um. Wir haben Zeit.»

«Wirklich?», platzt es so begeistert aus mir heraus, dass ich mir sofort auf die Zunge beiße, denn ich klinge wie ein kleines Kind vor dem Zuckerwattestand. Aber so ist das nun einmal: Bücher sind meine süßeste Versuchung. Hach!

Can presst die Lippen aufeinander, um mich nicht auszulachen. Er tätschelt meinen Kopf, als wäre ich ein Hund. «Tob dich aus, Goofy. Hol die Büchlein. Fass!»

Mein böser Blick dauert maximal eine halbe Sekunde an. Dann mache ich mich über die Regale her.

Dreißig Minuten und vier Neuzugänge später sitzen wir an einem Tisch im Café. Wir sind die einzigen Gäste, vielleicht fühle ich mich deshalb so gut. Wer will Can schon mit anderen teilen?

Das Café ist altmodisch und sehr Englisch eingerichtet. In der Luft liegt der wohlige Duft von Büchern, Gebäck und Kaffee. Auf dem Holztisch zwischen uns stehen zwei dampfende Kaffeetassen und zwei Cupcakes – einer mit Himbeeren und einer aus Schokolade. Vor dem Fenster scheint die Sonne. Die Blätter der umliegenden Bäume sind herbstlich verfärbt und lassen sich von einem sanften Wind mitreißen; genauso, wie ich mich von Can mitreißen lasse.

Der Himbeer-Cupcake ist für mich gedacht, aber als ich seinen Schokoladentraum sehe, kann ich nicht anders und esse ihm die Hälfte weg.

Das bringt Can zum Lachen. «Bist du immer so verfressen?» Ich erröte und will etwas Vorlautes erwidern, aber da beugt er sich unvermittelt vor und hebt seine Hand an meinen Mund. «Du hast da was», murmelt er heiser. Mit der Daumenkuppe wischt er einen Krümel von meiner Unterlippe.

Die Zeit vergeht plötzlich langsamer. Im Radio singt jemand «*Kiss me*». Die Wanduhr tickt im selben Rhythmus.

Ich bewege mich nicht mehr. Stattdessen verliere ich mich in Cans funkelnden Augen. Heute zieht mich das Grüne stärker an als das Blaue. Es passt zu seinem erdigen Duft, der mich wie so oft umhüllt und ganz benommen macht.

Als er mit dem Daumen meiner Unterlippe entlangfährt, kriege ich überall eine Gänsehaut. «Du hast meine Frage von zuvor noch nicht beantwortet», sagt er.

«Welche ... welche Frage?» Ich traue mich weder richtig zu atmen noch meinen Mund zu öffnen. Cans Daumen liegt jetzt *genau* auf der Spalte zwischen meinen Lippen, und ich will ihn nicht versehentlich abbeißen und verschlucken.

Hier liegen die Überreste von Allie Andrews – das Mädchen, das Finn «Cannibal» Harlow den Finger abgebissen hat.

Das Funkeln in Cans Augen scheint stärker zu werden. Es liegt an ihrem Anblick, dass meine Wangen weiterbrennen, selbst als er die Hand wieder senkt und ich wieder normal atmen könnte – mit Betonung auf *könnte*.

Er bricht ein Stück meines Himbeer-Cupcakes ab und steckt es sich in den Mund. «Ich habe dich nach deinem Leben gefragt.»

«Was ist mit meinem Leben?» Ich bin noch immer ganz benommen von seiner Berührung.

Er lächelt, als wüsste er das. «Woher kommst du, was hast du vorher gemacht? Wer bist du, Allie Andrews? Erzähl mir alles über dich.»

«Alles über mich», wiederhole ich. Meine Benommenheit verfliegt. Im nächsten Moment sitze ich kerzengerade da und spüre, wie sich mein Bauch zusammenzieht.

Meine Kehle brennt. Ich versuche, das Gefühl mit einem Schluck Kaffee zu vertreiben, aber es gelingt mir nicht. Scheibenkleister. Wie ist es nur möglich, so schnell von einer Gefühlslage in die nächste zu kippen?

Can neigt den Kopf. «Es sei denn, du willst direkt zum Sex übergehen.»

«Was? Nein – *Nein*! Also, ich meine, natürlich will ich irgendwann … also, ich, ah …», stammle ich und breche ab, als mir klar wird, wie ich mich um Kopf und Kragen rede. Denn selbstverständlich hat Can recht: Man kann nicht direkt zum Sex übergehen. Erst braucht es ein Gespräch. Tyler und Skye haben auch zuerst über Skyes Pferde geredet, ehe Tyler sich von ihr hat reiten lassen. Ohne Fleiß kein Preis.

Ich räuspere mich hektisch. Meine Ohren brennen. Ich klemme eine Haarsträhne dahinter zurück. Es würde mich nicht verwundern, wenn meine Verlegenheit *neonrot* durch meine Sommersprossen hindurch nach außen leuchtet. Vielleicht kneift Can deshalb seine Augen so stark zusammen. Vielleicht blende ich ihn.

«Ich rede nicht gern über mich», gebe ich kleinlaut zu.

«Ist das so? Hätte ich nicht gedacht.» Can klingt spöttisch, aber sein Lächeln ist warm. Es beruhigt mich ein wenig.

Ich atme tief ein und aus. «Normalerweise brauche ich eine Ewigkeit, bis ich anderen Menschen vertraue und mich ihnen gegenüber öffne. Aber bei dir ist das anders.»

«Ich bin halt etwas Besonderes.» Er grinst überheblich, doch sein Hohn verpufft, als ich den Blick senke und kaum hörbar murmle: «Ja, das bist du.» Denn, sapperlot, das ist er zweifellos. Ich habe wirklich noch nie einen Typen mit so einem stahlharten Body außerhalb von «Riverdale» gesehen. Es ist, als hätte irgendjemand in Griechenland eine alte Götterstatue ausgegraben und ihr Cans Seele eingehaucht. Diese Seele ist natürlich auch super.

Meine Ohren werden noch heißer, als ich daran denke, wie ich ihn *berührt* habe – und er mich. Die Erinnerung löst ein nahezu schambehaftetes Pochen zwischen meinen Beinen aus. Aus dem Nichts frage ich mich, wie sich

Autorinnen und Autoren fühlen müssen, wenn sie so etwas schreiben. Im Ernst, ich könnte das nie. Huh. Iek. Hilfe.

Nervös nage ich an meiner Unterlippe. «Ich stamme aus Blueforest. Das ist ein winziges Dorf oben im Norden», beginne ich kaum hörbar. «Bis ich nach Oxville kam, wohnte ich bei meinem Vater. Er ist Wissenschaftler und sucht nach Leben im All. Meine Mutter ist», ich zögere, «tot.»

Das ist eine Lüge, aber Can nickt und fragt nicht nach. Stattdessen legt er seine Hand auf meine. Dadurch merke ich, wie ich beim Reden unbewusst nach dem letzten Schokokrümel auf seinem Teller gegriffen habe. Nun, da ich es sehe, knurrt mein Magen, und ich frage mich, wie doof es wäre, wenn ich Cans Hand jetzt wegschöbe, um den Krümel zu essen. Gott, ich liebe Schokolade. Aber noch mehr liebe ich das Gefühl von Cans Hand auf meiner.

Dass er wegen meiner Mutter nicht nachfragt, erleichtert mich. Es wäre mir unangenehm zu erzählen, dass sie meinen Vater und mich für einen sechzigjährigen Zauberer mit drei unehelichen Kindern verlassen hat. Seither tingelt sie als seine Assistentin durch die Zirkusmanegen dieser Welt und wird allabendlich zersägt. Die Kinder sind ebenfalls Artisten: Fakir, Schlangenmensch und Raubtierdompteur. Der Dompteur wurde von der Familie verstoßen, weil Tiere im Zirkus mal gar nicht mehr gehen.

Genauso verstoßen fühle ich mich von Mom. Denn sie ist nicht tot, sondern quicklebendig. Es sei denn, sie wurde mittlerweile *richtig* zersägt. Man weiß es nicht. Ich habe nie mehr etwas von ihr gehört.

Meine Brust schnürt sich zu. Ich senke den Kopf und starre betroffen auf die Tischplatte.

«Vermisst du deinen Vater?», fragt Can leise. Ich nicke, was ihn dazu bringt, mit seinem Daumen die Umrisse von meinem nachzufahren. Die Berührung löst ein Prickeln in mir aus. Gleichzeitig fällt mein Blick zurück auf den Schokokrümel.

Und prompt knurrt mir wieder der Magen.

Auf Cans Gesicht taucht ein Schmunzeln auf. «Du willst diesen letzten Krümel, oder?»

Mir entfährt ein erleichtertes Stöhnen. «Scheiße, du kannst dir nicht vorstellen, wie sehr!», bricht es aus mir heraus, und Can lacht so laut, dass Trudy im Buchladen verdutzt den Hals reckt.

Ich boxe Can gegen den Arm, aber mein Schmollen ist nur geschauspielert. Ich liebe sein tiefes, raues Lachen und bin mir sicher, nie etwas Schöneres gehört zu haben.

Mein Herz schlägt nur noch für ihn, als ich den letzten Krümel esse.

14

Eine Viertelstunde später machen wir uns auf den Weg zu Can – und meine Anspannung kehrt prompt zurück. Selbst Can wirkt nervöser als bei der Fahrt nach Oxville City. Ich nehme an, dass das an unserem letzten Gespräch liegt.

Wir haben zweifelsfrei eine neue Ebene in unserer Beziehung erreicht. Auf einmal sind wir eine Stufe höher – beziehungsweise tiefer, denn Can wirkt auf mich immer noch unergründlich wie der Ozean. Doch auf einmal glaube ich, den Meeresboden durch die mysteriöse Dunkelheit zu erblicken. Und das macht mich ganz hibbelig. Auf der einen Seite will ich alles über Can erfahren. Andererseits fürchte ich mich vor dem, was da unten auf mich lauert. Was, wenn er im Stehen pinkelt?

Wir erreichen sein Zuhause nach einer fünfzehn Minuten langen Spritztour auf einer geschwungenen Straße inmitten des Waldes. Bevor wir das Haupthaus erreichen, biegt Can noch einmal ab, um auf direktem Weg zum Poolhaus zu gelangen.

Wobei die Bezeichnung «Poolhaus» die Untertreibung des Jahres ist.

Das Ding entpuppt sich als alleinstehendes riesiges Gebäude mit eigenem Außenpool und

Whirlpool. Große Bäume wachsen ringsherum in den Himmel. Vom Elternhaus ist weit und breit keine Spur. Wir sind so allein, wie wir es nur sein können.

Can parkt das Auto auf einem mit Kies aufgeschütteten Vorplatz. Ich wiederum kann meinen Blick nicht mehr von seinem Zuhause lösen.

Eine seltsame Beklemmung umhüllt mich. Das Haus hat zwei Stockwerke. Allein die Terrasse auf der zweiten Etage ist größer als Vanis und mein Zimmer auf dem Campus.

Can bemerkt meine zurückgekehrte Anspannung. Fürsorglich legt er eine Hand auf meinen Oberschenkel. Mein Kleid ist hochgerutscht. «Willst du mit reinkommen?», fragt er sanft.

Kurz wundere ich mich, welche anderen Optionen es gäbe und ob er mich auch im Auto sitzenlassen würde. Dann vergeht mir das Denken, weil ich schon wieder in seinen schimmernden verschiedenfarbigen Augen versinke. Sie umhüllen mich mit dem Zauber des Verliebtseins.

Er ist wirklich wie der Ozean, denke ich auf einmal, und ich bin das gekenterte Schiff, das in seinen Sog gerät. Er könnte messerwetzend neben mir sitzen, und ich würde mich immer noch in seinem unglaublichen Anblick verlieren.

Ich schlucke gegen meine Befangenheit an und nicke. Can gibt mir einen Kuss, der sich in die Länge zieht. Danach steigen wir aus.

Wir begehen eine großzügige, weiß gestrichene Veranda. Der Schlüssel dreht sich geräuschvoll im Schloss der Milchglastür. Can drückt sie mit der Schulter auf und gibt mir den Vortritt. Ich zögere kurz, bevor ich an ihm vorbei in einen Wohntraum trete, der einem Hochglanzmagazin entsprungen sein könnte. Mein Mund klappt ohne mein Zutun auf.

Was ich erblicke, ist der reinste Luxus. Alles ist groß, hell und kühl. Allein auf dem weißen Sofa hätten fünfzehn Leute Platz. Davor entdecke ich einen riesigen Salontisch aus poliertem Mahagoniholz, auf welchem einige halb niedergebrannte Kerzen stehen. In einer Ecke ist ein Kamin, in einer anderen ein Flatscreen, der eher in die Kategorie Leinwand fällt.

Ein seltsamer Gefühlscocktail überkommt mich bei diesem Anblick – und meine Anspannung wird größer denn je. Can besitzt so viel, und doch scheint er nur mich zu wollen. Kann ich unerfahrenes, unschuldiges Ding ihm wirklich genügen?

«Allie.» Er hat die Tür geschlossen und sich hinter mich gestellt. Zwischen uns befinden sich gut und gerne vier Meter. Anscheinend bleibt er bewusst auf Abstand. Auf seltsame Weise beruhigt mich das.

«Ich habe dich nicht hergebracht, weil ich dich ins Bett kriegen will», redet er ernst auf mich ein. «Ich wollte mit dir herkommen, damit wir Zeit miteinander verbringen können. Allein. Aber wenn du dich nicht wohlfühlst, dann bringe ich dich jetzt sofort zurück. Okay?»

Seine Worte sind mit so viel Bedacht gewählt, dass mir fast die Tränen kommen. Ich nicke und fühle die Beklemmung von meinen Schultern fallen. Mir ist nicht aufgefallen, wie verkrampft ich plötzlich war. Etwas verlegen lockere ich meine Gelenke und lächle Can an.

Er lächelt zurück. «Möchtest du, ah ... möchtest du etwas trinken?»

Oh, wow. Ist dieser schüchterne Mann derselbe Can, der mich im Zeichnungsatelier verführt hat?

Die Unbeholfenheit in seiner Stimme entspannt mich zusätzlich und bringt mich unweigerlich zum Schmunzeln. Er scheint tatsächlich wenig Erfahrung damit zu haben, Frauen nach Hause mitzunehmen, mit denen er keinen Sex haben möchte. Oder zumindest nicht nur. Er wirkt auf einmal so überfordert, dass ich ihn am liebsten anspringen und in den Arm nehmen würde. Wüsste ich's nicht besser, könnte man meinen, er verarscht mich. Dass sich jemand wie er für jemanden wie mich interessiert, grenzt ohnehin an einen Traum, der kein Mädchen schöner träumen könnte. Nur Netflix erzählt romantischere Geschichten.

Ich reiße mich zusammen. «Hast du Cola?», frage ich. Er nickt und bringt mich in die Küche. Diese ist genauso großzügig wie der Rest des Hauses. Ich komme nicht mehr aus dem Staunen heraus.

Einen Moment lang stehen wir vor dem Backofen und trinken Cola. Die Situation ist schräg. Can räuspert sich. Als er vorschlägt, dass wir uns draußen an den zehn Meter langen Pool setzen, bin ich fast froh. Das liegt allerdings nicht an der plötzlich verhaltenen Stimmung zwischen uns. Es liegt an diesem Haus. Es schüchtert mich ein. Ein Gefühl sagt mir, dass Can sich hier auch nicht wohlfühlt. Er scheint hier nicht zu Hause, sondern *geduldet* zu sein.

Wir setzen uns an den Pool und tauchen unsere Beine ins Wasser. Can hat sich vorher in einer Selbstverständlichkeit seines T-Shirts und seiner Jeans entledigt. Nun sitzt er in seiner schwarzen Boxershorts da. Wieder erstaunt es mich, wie selbstbewusst er mit seinem Körper umgeht. Aber wer an seiner Stelle würde das nicht tun?

Der Wind frischt auf und rauscht durch die Bäume, die ringsherum in den Himmel ragen. Ein Gewitter rollt an, aber noch ist es weit entfernt – genau wie Vani, die bei Cans und meinem Anblick vermutlich einen Schreikrampf kriegen würde.

Ich starre zu den Baumkronen hoch. Der Geruch der Natur ist hier so intensiv, dass er mich richtiggehend umhaut. Der Pool ist beheizt. Das Wasser umspielt meine Haut angenehm mild. Ich denke an die Eiseskälte des Sees und lächle.

«Es muss ein Traum sein, hier zu wohnen», sage ich. Can brummt. Seine Reaktion verwirrt mich. Ich neige den Kopf. «Oder nicht?»

«Es geht so», seufzt er. «Es ist ja nicht meins.»

Nachdenklich plantsche ich mit den Füßen herum. Can stützt sich mittlerweile zu beiden Seiten seines Körpers mit den Händen ab. Die Haltung betont seinen flachen Bauch. Seine Haut ist wie von der Sonne geküsst. Er sieht gut aus – aber auch angespannt.

Sein Blick wandert geistesabwesend über das Wasser. Er scheint jeder noch so kleinen Welle folgen zu wollen, die ich mit meinen Füßen erzeuge, und sitzt so regungslos da, dass ich mich frage, wo er gedanklich gerade ist.

«Ist es bescheuert, dass ich all das am liebsten gegen eine kleine Wohnung auf dem Campus tauschen würde?», fragt er nach einer Weile.

Überrascht mustere ich ihn von der Seite. «Wieso nimmst du dir dann keine?»

Er schaut immer noch aufs Wasser. «Weil mein Vater es mir verboten hat. Meine Eltern ... sie wollen, dass ich hierbleibe. Sie wollen mich unter Kontrolle behalten.»

«Haben sie dich unter Kontrolle?»

«Was denkst du denn?» Er dreht den Kopf zu mir. Sein Lächeln ist schief, die Augen voller Sünden. «Ich bin nicht leicht zu handhaben, Allie Andrews.»

Ich sauge meine Oberlippe zwischen die Zähne. «Wieso studierst du eigentlich an der Oxville University?»

«Weil es der einfachste Weg war. Meine High-School-Zeit war ... *turbulent*. Ich hätte auf einer Eliteuni Basketball spielen sollen, aber wegen eines Wutausbruchs während eines Spiels wurde ich vom Sportverband gesperrt. Die einzige Uni, die mich dann noch wollte, war die meines Vaters. Du kannst dir vorstellen, dass das für viele rote Köpfe sorgte. Bei meiner Aufnahme lief überhaupt nichts sauber. Alle wissen das, aber niemand traut sich etwas zu sagen. Ich weiß nicht, ob sie mehr Angst vor meinem Vater oder vor mir haben. Meinem Vater ist das ohnehin egal. Aber ich spüre ihre vorwurfsvollen Blicke jeden Tag auf mich zukriechen. Ich bin erst ein Jahr hier, aber es hat noch keine Woche gegeben, in der ich nicht alles hinschmeißen wollte.»

«Was würdest du ohne Studium tun?»

«Das ist es ja.» Mit dem Fuß spritzt er frustriert Wasser in die Luft. «Ich hasse es hier, Allie. Die Leute, die Fächer. Kunst ist nicht mein Ding. Aber ohne dieses Studium hätte ich gar nichts. Ich weiß nicht, was dann aus mir werden könnte. Nichts Gutes auf jeden Fall. Also nicht, dass diese Version von mir besser ist.»

«Ich finde diese Version hervorragend.»

Sein Blick zuckt in meine Richtung. Die plötzliche Zuneigung in seinem blauen Auge trifft mich an einer ganz besonderen Stelle in meiner Brust.

Ich fasse mir ein Herz und rutsche näher zu ihm. Unsere nackten Beine berühren sich. Mit dem Kopf lehne ich an seine Schulter. «Hast du es diese Woche auch schon bereut, auf unserer Uni zu sein?»

«Ja.»

Mein Herz zieht sich zusammen.

Er schmiegt seinen Kopf gegen meinen. «Ich habe jede einzelne Sekunde bereut, in der ich ein Arschloch zu dir war. Dabei wollte ich dich von Anfang an in meiner Nähe haben.»

Mein Herz wird schlagartig wiederbelebt. «Ist das so?»

«Sehe ich aus, als würde ich lügen?»

Wieder mustere ich sein markantes Gesicht und diese wunderschönen, eindringlichen Augen. Und mir wird klar, dass er nicht lügen kann. Kein Mann, der so schön ist wie er und mit einem Wackelpudding wie mir am Pool sitzt, könnte das tun. Can ist wirklich der Traum, den ich mich nie getraut habe, fertig zu träumen.

Er berührt mich am Kinn und zieht meinen Mund zu sich. Es ist ein sanfter Kuss, mehr forschend denn gierend. Zärtlich küsst er erst meine obere und dann meine untere Lippe, teilt sie mit seiner Zunge und umspielt mich liebevoll und ohne Eile. Seine Hand wandert meinem Kinn entlang tiefer, berührt mich kaum und hinterlässt trotzdem ein Prickeln.

Langsam streicht er die Konturen meines Halses nach, bis er zu meinem Schlüsselbein gelangt. Ich kuschle mich instinktiv näher, damit er einen Arm um mich legen kann. Eine ganze Weile sitzen wir einfach da und küssen uns. Seine Arme liegen beschützend um mich. Das Donnergrollen kommt näher, aber wir haben keine Eile.

Wir bemerken nicht einmal, als die ersten Tropfen fallen, doch unser Verlangen wächst zusammen mit dem Sturm. Cans Hände werden mutiger. Ich wimmere an seine Lippen, dass er nicht aufhören soll. Doch gerade, als er mich auf seinen Schoss ziehen will, bricht der Himmel auf, und das Gewitter hat uns erreicht.

Der Regen ist so stark, dass wir binnen Sekunden komplett durchnässt sind. Blitze schießen über unsere Köpfe hinweg. Ich unterdrücke einen Schrei, der von heftigem Donnergrollen verschluckt wird.

Can springt auf die Beine. «Wir müssen dringend an unserem Timing arbeiten», ruft er gegen das Unwetter an. Er zieht mich hoch und rennt gemeinsam mit mir ins Haus zurück.

Drinnen ringe ich um Luft. Diese bleibt mir im Hals stecken, als Can unvermittelt nach meinem Gesicht fasst. Mit der Daumenkuppe fährt er über meine Unterlippe. «Die sind ja ganz blau. Ist dir kalt?», fragt er besorgt.

«Huh?» Ich blicke an mir herab und merke, dass ich tatsächlich überall eine Gänsehaut habe. Dabei ist mir gar nicht kalt, nicht wirklich jedenfalls. Nicht, wenn Can bei mir ist. Mit einem Typen wie ihm kann man echt Heizkosten sparen.

Wasserrinnsale lösen sich aus seinen Haaren und kullern über seine Stirn. Er wischt sie mit einer unwirschen Bewegung weg. «Oben in meinem Zimmer habe ich Wolldecken und trockene Kleider. Du kannst dir einen Pulli von mir ausleihen, wenn du magst.» Er greift erneut nach meiner Hand und bringt mich die Treppe hoch. Der Boden ist weiß, glatt, rutschig und sieht aus, als hätte er ein Vermögen gekostet. Wir hinterlassen eine Wasserspur. Ich muss mich konzentrieren, damit ich nicht ausrutsche.

Und tief in mir drin kommt eine Befürchtung auf, die sich ebenso gut wie beängstigend anfühlt.

Gleich betrete ich Cans Schlafzimmer, wird mir klar – und wie ich es von einem Typen wie ihm erwarte, werde ich vermutlich das allererste Mädchen sein, das dieses zu Gesicht bekommt. Bad Boys *ficken* nämlich nicht, wo sie schlafen, das liest man überall. Tyler hatte vor Skye sogar nur Sex von hinten, weil Frauen für ihn so austauschbar waren, dass er ihnen nicht ins Gesicht schauen wollte.

Aber dann kam Skye.

Und jetzt bin ich bei Can.

Es ist so romantisch.

Ich spüre förmlich, dass er mich nicht bloß für Sex hierherbringt. Wenn überhaupt, dann will er mich *lieben*. Hätten wir sonst zusammen Cupcakes gegessen, Kaffee und Cola getrunken und am Pool fast fünf Minuten lang miteinander geredet?

«Wie viele Mädchen waren schon auf deinem Zimmer?», wage ich zu fragen.

«Viele», antwortet er.

Enttäuschung klopft an. «Oh.»

«Allerdings habe ich mehrere Zimmer.» Grinsend kuschelt er sich an mich, um mir einen Kuss auf den Hals zu geben. «Das hier ist mein *echtes* Schlafzimmer – und außer mir hat nur eine einzige weitere Person Zutritt.»

«Wer?» Mein Puls zieht an.

«Meine Putzfrau.»

«Oh.»

«Und du neuerdings auch», raunt er an meinen Hals.

«Ich auch?», wiederhole ich überrascht, und mein Körper beginnt zu summen.

Also doch! Jackpot!

15

Wir kommen an einem großen Badezimmer vorbei, in welchem ein zweiter Whirlpool steht, und betreten Cans Schlafzimmer, das sich direkt unter der Dachschräge befindet. Meine Füße versinken in einem flauschigen, dunkelblauen Teppich. Es gibt riesige Fenster ohne Vorhänge, vor welchen der Sturm immer stärker wütet. Das Bett ist groß, ebenso der Schrank, der sich gegenüber der Fensterfront befindet. Außer dem Bett und dem Schrank gibt es allerdings keine weiteren Möbel. Angesichts des vielen Platzes kommt mir das verschwenderisch vor. Andererseits bestätigt das meine These, dass Can sich hier nicht zu Hause fühlt. Es sei denn, das ist sein Geschmack, und er ist der farbloseste Charakter seit Christian Grey.

Can nimmt einen schwarz-weiß gefleckten Pullover der Oxville Cows aus dem Schrank, entfaltet ihn und hält ihn prüfend zwischen uns in die Luft. «Der sollte passen», sagt er und senkt den Pullover wieder. Er will ihn mir zuwerfen – aber dann hält er inne.

Auf einmal starrt er mich an, als hätte er mich noch nie zuvor gesehen.

Ich fahre mir erschrocken übers Gesicht, weil ich befürchte, meine Wimperntusche sei vom

Regen verschmiert. Dann wird mir klar, dass Cans Aufmerksamkeit meinem Körper gilt.

Und da erkenne ich, was ihn ablenkt.

Mein dünnes, rot-weißes Kleid klebt wie eine zweite Haut an mir. Meine von der Kälte hart gewordenen Brustwarzen zeichnen sich deutlich durch den Stoff und den BH ab. Ich könnte geradeso gut nackt vor ihm stehen.

Oh, was für ein dummer Zufall!

Scham erfüllt mich, die allerdings sofort wieder verschwindet.

Can schluckt hart. Er legt den Pulli aufs Bett, ohne mich aus den Augen zu lassen. Unruhe nistet sich in meinem Bauch ein, aber es fühlt sich nicht schlecht an. Ich schwanke ein wenig, als er die Distanz zwischen uns überwindet und seine Hände auf meine Schultern legt. Wortlos studiert er mich. Er sucht nach Antworten, die meine Stimme ihm nicht geben kann, aber mein Körper sehr wohl.

Schließlich greift er um meine Schultern herum nach dem Reißverschluss meines Kleides. Regen prasselt auf das Dach, Donner grollt. Der Reißverschluss öffnet sich mit einem leisen Zurren. Das Kleid rutscht mir über die Hüfte und landet auf dem Boden. Cans Brust dehnt sich unter einem langsamen Atemzug. Auf einmal bebt er vor Verlangen. Oha, das ging schnell.

Ich befehle meinem Herzen vergeblich, dass es langsamer schlagen soll. Mein Körper kribbelt bis in die letzte Haarspitze.

«Dreh dich um», sagt Can rau. Ich gehorche. Der nächste Kontakt seiner Finger lässt mich zusammenzucken. Unwillkürlich benetze ich meine Lippen mit der Zunge und schließe die Augen. Can öffnet den Verschluss meines nassen BHs und lässt ihn zum Kleid zu meinen Füßen fallen. Er umfasst meine Brüste und zieht mich zu sich heran.

Seine harten, warmen Muskeln drängen gegen meine Schultern, und seine Erregung ist nun deutlich zu spüren. Ich kann nicht anders, als meine Wirbelsäule gegen ihn zu drücken. Der gedrungene Laut, den er daraufhin von sich gibt, lässt mich alles um mich herum vergessen.

Seine feuchten Haare kitzeln mich, als er sich vorbeugt und eine Spur von sanften, aber gieriger werdenden Küssen auf meinem Hals und meiner Schulter hinterlässt. Gleichzeitig streichelt er meine Brüste. Lust erfüllt mich.

Endlich drehe ich mich zu ihm herum. Es bedarf keiner Worte mehr.

Can nimmt mein Gesicht in die Hände, und wir küssen uns. Der Regen prasselt immer stärker auf das Dach. Wir drängen uns fester aneinander, doch schon bald ist uns das zu wenig. Er hebt mich hoch und trägt mich zu seinem großen Bett, wo er mich mit einer Hand an meinem Rücken behutsam auf die Matratze hinabsinken lässt und mit seinem Körper folgt. Seine Hüfte drückt meine Knie auseinander. Mit den Händen stützt er sich zu beiden Seiten meines

Kopfs ab. Muskeln und Adern treten an seinen Armen vor. Er sieht so wahnsinnig gut aus, dass man meinen könnte, er habe sich in Tyler und ich mich in Skye verwandelt. Es gibt keinen Unterschied mehr zwischen uns und diesen Figuren.

Doch obwohl wir uns immer inniger küssen, fällt mir auf, wie sehr er auf Distanz zu mir bleibt. Zumindest an einigen Orten ist das aber ein Ding der Unmöglichkeit, denn Can ist wirklich gut ausgestattet. Wann immer sich einer von uns ein bisschen vorbeugt, spüre ich seine Erektion deutlich an mir.

Das Gefühl seiner Härte, die plötzliche Intimität und sein hungriger Blick durchschießen mich mit prickelnder Aufregung. Ich sehe seinem bloßen Gesicht an, was er mit mir vorhat – ich *fühle* es zwischen meinen Beinen. Und obwohl mein Bauch sofort kribbelt, erwacht auch diese eine schüchterne Stelle in meinem Herzen und zieht sich krampfhaft zusammen.

Okay, vielleicht bin ich doch nicht Skye.

Ich gefriere zu Eis und verstehe die Welt nicht mehr. Da befindet sich der schönste Mann auf Erden direkt über mir und erzählt mir ohne ein einziges Wort, was er mit mir anstellen möchte – und ich erstarre?

Mein Bauch tut weh. Ich reiße die Augen auf und bin verstört. Aber es ist nicht zu verleugnen: Ich habe Angst. Angst vor Can.

Es ist ein Schock. Wir sind schon so weit gekommen und haben schon so viele Dinge miteinander getan. Wieso entscheidet sich meine Schüchternheit ausgerechnet jetzt zu einem Comeback?

Ich will Can immer noch, sehr sogar, mehr als alles auf der Welt. Nur leider wird mir nun auch bewusst, wie viel Erfahrung er hat, besonders im Gegensatz mir kleinem Ding. Himmel nochmal, meine intimsten Momente hatte ich mit Geralt of Rivia in der virtuellen Badewanne! Ich bin so ein Nerd! Darüber hinaus hatte ich nur dieses eine Mal Sex. Was darüber hinausging, erlebte ich in den letzten Tagen – mit Can.

Passen er und ich überhaupt zusammen? Wird er sich mit mir langweilen? Könnte es passieren, dass er mitten im Akt einschläft und dann schnarchend auf mir liegenbleibt? Ersticke ich dann und sterbe?

Ich denke an Beverleys Bisswunden. Mein Hals schnürt sich zu. Zum Teufel, wo ist nur meine Hemmungslosigkeit hin! Geht es hier noch um mich oder nur darum, Can einen Steilpass in die Tiefe zu geben?

«Hey.» Can küsst mich zärtlich auf die Stirn und entreißt mich meinen wirbelnden Gedanken. Er ist vorsichtig geworden, nahezu verhalten. «Allie, ist alles in Ordnung? Willst du, dass ich aufhöre? Wir müssen das nicht tun. Ich will nicht, dass du dich unwohl fühlst.»

Ich zucke zusammen. «Nein. Nein!» Dass er das denkt, erschreckt mich. Ich stütze mich auf meine Ellbogen, was zur Folge hat, dass meine Hüfte gegen seine stößt. Can beißt angespannt die Zähne aufeinander, und mein Unterleib zieht sich ebenfalls lustvoll zusammen. Zwischen meinen Beinen pulsiert es. Mein Körper weiß offenbar genau, was er will. Aber mein Kopf ist sich da nicht so sicher.

Das Atmen fällt mir plötzlich schwer. «Ich will nicht aufhören, und ich fühle mich nicht unwohl. Es ist nur ...», ich stocke und werde garantiert rot. «Ich habe doch so wenig Erfahrung, und du ... Ich weiß nicht, ob ich dir geben kann, was du von mir willst.»

Eine überraschende Milde tritt in seine Züge. Sein warmes Lächeln kocht alles in mir weich.

Mit zwei Fingern streicht er mir eine Strähne aus dem Gesicht. Seine Hand bleibt in meinem Nacken liegen. «Süße, ich will nur eines von dir: Dass du dich entspannst und genießt. Du hast es verdient zu genießen, verstehst du? Ich bin nicht so wichtig. Kein Mann ist das.»

«Bist du Feminist?», hauche ich überrascht.

«Frauen an die Macht, Baby.» Er beugt sich vor, um mir einen Kuss zu geben, und für diesen nimmt er sich viel Zeit. «Ich will dich, Allie. Mehr als du es dir vorstellen kannst. Aber vor allen Dingen will ich dich glücklich sehen.» Er teilt meine Lippen mit seiner Zunge, aber wie schon zuvor am Pool hält er sich zurück. Meine

Anspannung wird kleiner, gerade weil er seinen Körper nach wie vor ruhighält. Mir wird klar, dass er mir die Führung überlassen will. Ich soll entscheiden, ob und wann wir weitergehen. Angesichts seiner Zurückhaltung kommen mir fast die Tränen. Mit einem Mal kann ich nicht mehr verstehen, wovor ich mich eben noch gefürchtet habe.

Zaghaft schlinge ich ein Bein um ihn. Dann das andere. Als Can nicht reagiert, lege ich zusätzlich meine Hände an sein muskulöses Kreuz. Fordernd ziehe ich ihn auf mich.

Ein kehliger Laut entringt sich Can. Einen Atemzug später drückt er mich mit seinem ganzen Gewicht in die weiche Matratze hinein. Sein Unterleib drängt gegen meinen. Auf einmal spüre ich ihn ganz hart an mir. Mensch Meier.

«Can», flüstere ich. Er fängt seinen Namen mit seinem Mund auf. Bald küssen wir uns ohne Unterbruch, während er beginnt, seine Hüfte langsam vor- und zurückzubewegen. Mein Bauch beginnt zu kribbeln, und mein Verstand packt den Koffer, winkt zum Abschied und verschwindet.

Ich steige in Cans Spiel ein, ziehe mich zurück, als er es tut, und presse meine Hüfte vor, als er seinen Unterleib ebenfalls wieder nach vorne stößt. Tausend elektrische Impulse durchschießen mich, als wir uns in der Mitte treffen. Wir stöhnen beide, und die geteilte Lust bringt uns zum Lächeln. Augenblicklich wiederholen wir die Bewegung, weil wieso nicht? Mir fällt auf, wie erregend diese Langsamkeit ist. Doch gerade weil sie es ist, können wir sie nicht lange aufrechterhalten. Unsere schneller werdenden Bewegungen bringen uns bald außer Atem.

Ich lasse meine Hände über seinen Körper gleiten, finde einen Weg über die harten Muskelstränge an seinem Bauch, bis hin zum Ansatz seiner Boxershorts. Can drückt sich leicht von mir weg, ohne dass wir jemals aufhören, uns zu küssen. Meine Hand rutscht über den glatten Stoff seiner Shorts hinweg, unter der sich nunmehr deutlich eine Wölbung abzeichnet. Wie aufregend! Ich fasse genau dorthin.

Cans Körper durchläuft ein lustvolles Schauern. Ermutigt von seiner Reaktion schließe ich meine Hand fester um ihn. Er pulsiert zwischen meinen Fingern. Unbändige Lust schwelt in mir, während Can vor Verlangen zuckt.

Dann packt er meine Hand. «Nein», sagt er entschieden. Seine Augen sind leer. Er schluckt schwer, doch sein Entschluss scheint festzustehen. «Ich sagte doch, dass du dich entspannen sollst. Es geht jetzt nicht um mich.» Seine Worte kochen mich weich. Er ist so einfühlsam.

«Ich glaube nicht, dass ich mich in deiner Nähe entspannen kann», erwidere ich nervös.

«Dumm gelaufen, Goofy.» Er küsst mich grinsend in den Mundwinkel. Dann wandert er tiefer, haucht mir federleichte Küsse auf den Hals, knabbert an meinem Ohrläppchen und findet meine Brüste. Ich vergesse, was ich zuvor wollte, und lasse meinen Kopf ins Kissen zurückfallen.

«Gefällt dir das?» Hitze durchschießt mich bei seinen Worten. Er liebkost mich mit allem, was sein eigener Körper hergibt. Ich fühle seine Hände, seinen Mund, seine Zähne, seine Zunge, und mein lustvolles Stöhnen muss als Antwort reichen. Hatte ich jemals Angst? Der perfekte Can muss sie weggeküsst haben.

Da haben wir ja nochmals Glück gehabt.

Er sucht meinen Blick. Seine Augen sind jetzt dunkel, fast schwarz. Immer, *immer* werden sie so dunkel. «Wir können jederzeit aufhören. Das weißt du, oder?» Er klingt sanft, aber seine Stimme bebt vor Verlangen.

Das Herz klopft mir bis zum Hals. «Ich will nicht aufhören.»

Lächelnd beugt er sich über meine linke Brust. Ich schließe die Augen. «Weißt du, wie lange ich das schon mit dir tun will?», murmelt er.

«Wie lange?»

«Zu lange.»

«Okay.» Ich habe keine Ahnung, wieso wir noch reden, aber seine heisere Stimme treibt mich in den Wahnsinn und füllt nun einmal mehr Buchseiten als ein einmaliges Seufzen.

Er schiebt seine Hand zwischen meine Beine. Sein Daumen sucht und findet eine meiner empfindlichsten Stellen, fährt zwei-, dreimal darüber hinweg. Ich ringe zitternd um Luft.

Dann lässt er mich plötzlich los und steht auf.

Mein Verlangen verpufft. Ich reiße die Augen auf und starre verwirrt zu ihm hoch. «Was ... warum hast du aufgehört? Habe ich etwas falschgemacht?», stottere ich perplex.

«Etwas falschgemacht?» Can lacht. «Baby, du bist zu perfekt – das hast du falsch gemacht!» Er verzieht den Mund zu einem schiefen, entschuldigenden Grinsen. «Ich habe keine Kondome hier und muss erst welche holen.»

Mein Herz stolpert. «Du willst jetzt schon Sex haben?»

«Du nicht?»

«Ah ...», stammle ich.

«Ah ...», stammelt er zurück. Bedripst schauen wir uns an. Can kratzt sich am Hinterkopf. «Willst ... äh, willst du etwas anderes machen?»

Ich zögere. Ist das der Moment zuzugeben, dass ich heute noch einen Thunfisch in Animal Crossing angeln wollte?

«I-ich weiß nicht», räume ich ein – denn ich weiß wirklich nichts. Aber aus irgendeinem Grund habe ich angenommen, dass wir vor dem ersten richtigen Sex noch andere Stufen durchlaufen, und das in einer ziemlich klar vorgegebenen Reihenfolge. Erst küsst man sich, dann kommt man durch die Hand, dann durch den Mund, und dann ... Meine Ohren brennen.

So war es doch, oder? So muss es sein? Ach du liebes Lieschen, ich habe keine Ahnung! Verlegen ziehe ich den Kopf ein.

Ich weiß nicht, was Can in meine Unsicherheit hineinliest, doch seine eigene verschwindet mit einem Mal. Ein versöhnliches Lächeln zieht seine Mundwinkel auseinander und zaubert tiefe Grübchen auf seine Wangen.

Er kehrt zu mir ins Bett zurück. Seine Lippen finden meinen Hals und eine empfindliche Stelle unterhalb von meinem Ohr. «Willst du es ein bisschen in die Länge ziehen?», fragt er kehlig.

Das Kribbeln kehrt in meinen Bauch zurück. Trotzdem bleibe ich zögerlich. «Ich, äh, ich denke schon.» Weil das war's jetzt endgültig mit dem Thunfisch.

Can schiebt sich zwischen meine Beine zurück. «Also gut. Aber das dauert eine Weile», warnt er mich grinsend und küsst mich wieder auf den Mund – so lange, bis meine Unsicherheit und meine Gedanken an Animal Crossing wieder komplett verschwunden sind.

Dann rutscht er tiefer und beginnt meinen Oberkörper mit sanften Küssen zu bedecken. Seine Zunge bahnt sich eine prickelnde Spur über meinen Bauch und tiefer. Und noch tiefer. Ich blinzele überrascht.

Holla die Waldfee. Okay. Dieses «in die Länge ziehen» fühlt sich gut an.

Can umfasst meine Taille und hält mich fest. Mit der Zunge gleitet er meinem Hüftknochen entlang. «Ich weiß, dass der Vorschlag quasi von dir kam. Aber du kannst mich auch jetzt noch aufhalten», erinnert er mich.

«Ich will dich nicht aufhalten.» Für solche Erfahrungen ist die Uni schließlich da, oder?

Can nimmt meine Antwort mit einem zufriedenen Brummen zur Kenntnis. «Das ist gut. Ich will nämlich auch nicht aufhören.» Er beugt sich tief über mich und setzt einen Kuss direkt auf meine pochende Mitte. Ich keuche vor Leidenschaft. Seine Hände wandern meinen Oberschenkeln entlang. Dann verhakt er seine Finger im Bund des Höschens und zieht es hinunter. Er begleitet den Weg mit seinem Mund. Seine Zunge fährt über die Innenseite meines Oberschenkels und über mein Knie. Er küsst mich auf mein Schienbein und auf den Fußrücken. Dann ist das Höschen weg, und ich liege splitterfasernackt vor ihm.

Wieder erfasst mich Unsicherheit, denn es ist hell – und manchmal noch heller, wenn Blitze durch die Fenster scheinen. Ich bin noch nie so entblößt vor einem Mann gelegen, und es fehlt plötzlich wenig, dass ich meine Knie zusammendrücke und mich obenherum bedecke. Ich weiß, dass ich keine Beverley bin, daher fällt es mir schwer, mich Can zu zeigen.

Ich will nicht, dass er mich ablehnt.

Aber das tut er nicht. Meine Güte, das tut er wirklich nicht. Meine Augen werden groß, als

mir klar wird, dass er von meinem bloßen Anblick härter wird. Oh, wow!

Das ausgehungerte Glühen, das in seine Augen tritt, treibt eine prickelnde Gänsehaut über
meinen Körper. Can sieht mich tatsächlich an,
als wäre ich seine Haupt- und Nachspeise in einem. Mein Selbstbewusstsein kehrt zurück.

Wieder senkt er sich zu meinem Oberschenkel hinab. Seine Zunge wandert langsam der Innenseite entlang in die Höhe. Ich ramme mir die
Zähne in die Unterlippe, als ich seine für den
Bruchteil einer Sekunde auf meiner Haut spüre.
Cans Atmung ist mittlerweile ein heftiges Keuchen. Sein Herz muss am Anschlag rasen – und
mein eigenes? Himmel, das ist längst gestorben,
nur um pausenlos wiederaufzustehen.

Dann befindet sich Can plötzlich über meiner
empfindlichsten Stelle. Zischend ringt er um
Luft. «Du hältst mich immer noch nicht auf?»

«Ich ... ich halte dich nicht auf», japse ich.

Can stöhnt und drückt seinen Mund auf die
pochenden Nerven zwischen meinen Beinen.
Mein lustvolles Aufschreien wird von einem lau-
ten Donnergrollen übertönt. Meine Hüfte zuckt,
aber Can hält mich fest – und was er dann mit
mir anstellt, ist Folter, die reinste und schönste
Form von Folter. OMG. In meinem Kopf spielt
bereits «Earned it» von The Weeknd.

«So süß», stöhnt Can gegen meine Scham,
und ich wimmere.

«Oh, Gott. *Can.*»

«Ich liebe dieses Geräusch von dir. Hör bloß nicht auf», knurrt er, und ich spüre sein Lächeln. Er scheint es tatsächlich zu genießen, mich leiden zu lassen. Am liebsten würde ich ihm ein Kissen an den Kopf werfen und schreien: «Ja, wie soll ich aufhören, wenn du mich quälst!», aber stimmt ja, meine Vernunftstimme ist längst im Urlaub.

Irgendwann weiß ich nicht mehr, wo die Laute des Sturms beginnen und meine eigenen enden. «Can, bitte», flehe ich atemlos und spüre, wie er zwischen meinen Beinen grinst.

«Bitte was, Goofy?»

«Nenn ... mich nicht Goofy.»

Er lacht so spöttisch, dass ich meine Hände vor Verzweiflung und Lust ins Bettlaken kralle. Selbst sein Atem erregt mich. Und doch reicht es nicht, um die Erlösung zu finden. Ich werde halb wahnsinnig, schnappe nach Luft und versuche ihn mit meinen bloßen Gedanken dazu zu zwingen, mich endlich zu befreien.

«Weißt du, was dein Problem ist?» Seine Zunge wandert genüsslich meinem Schambein entlang. Ich winde mich. «Du hast keine Geduld.» Er lässt einen Finger in mich gleiten.

«*Can!*»

«Aber Geduld, Allie Andrews, ist das A und O. Lass dir das gesagt sein.»

Ich verhalte mich mittlerweile so hemmungslos, dass ich mich später sicher dafür schämen werde, aber meine Verlegenheit verfliegt, als mir klar wird, wie sehr ich Can damit errege. Spätestens da ist es um mich geschehen.

Ich schließe die Augen und wehre mich nicht länger gegen die süße Lust, die in meinem Innern brodelt. Etwas Unkontrolliertes, mächtiger als wir beide, bricht über uns herein. Cans Erregung wächst zusammen mit meiner an. «Lass dich fallen, Baby. Bitte, lass dich fallen», presst er hervor, und ich sehe aus dem Augenwinkel, wie er sich in den Schritt fasst.

Der Druck in meinem Körper lässt mit einem Mal nach. Ich schreie Cans Namen, als die Welt um mich herum explodiert. Ungekannte Empfindungen schießen durch meinen Körper und rauben mir die Sinne. Das Blut rauscht wild in meinen Ohren.

Can krallt sich stöhnend am Bettlaken fest, und mir wird klar, dass er ebenfalls gekommen ist. Wir kriegen beide kaum noch Luft. Einen Moment lang vergesse ich alles.

Can beugt sich keuchend vor und küsst mich auf den Oberschenkel. Ich erschauere angesichts der Lust, die mich immer noch durchzuckt. «Das ... war unglaublich», bringt er hervor, als wäre dieser explosive Höhepunkt für irgendjemanden überraschend gekommen.

Ich brauche einen Moment, um meine Stimme zu finden. «Das war wieder ein erstes Mal für mich», gebe ich mit einem verlegenen Lächeln zu. Meine Bauchdecke hebt und senkt sich heftig.

Can blickt darüber hinweg in mein Gesicht. Ein flüchtiges Grinsen umspielt seinen Mund. Heiliges Kanonenrohr, er ist so schön, so wunderschön. Wie habe ich ihn bloß verdient? Träume ich wirklich nicht?

«Für mich auch, Süße. Ich bin noch nie gekommen, bloß weil jemand meinen Namen stöhnt.»

Mein Körper summt. Ich muss wirklich träumen.

Can zwinkert mir zu. Dann verlässt das Zimmer. Im Bad springt das Wasser an.

Ich falle in die weiche Matratze zurück, bleibe liegen, starre an die Decke und versuche zu verarbeiten, was sich soeben in mir und um mich herum abgespielt hat. Der Wind heult um die Hausecken. Eine seltsame Befriedigung nistet sich in meinem Bauch ein.

«Oh gut, du liegst immer noch da.» Can kehrt ins Schlafzimmer zurück.

Ich schiele kichernd zu ihm. «Ich wüsste nicht, wohin ich gehen sollte.»

Grinsend legt er sich zu mir ins Bett zurück und zieht mich rücklings gegen seine Brust. «Ich habe schon befürchtet, ich müsse dich durchs Haus jagen und zurückholen», raunt er mir ins Ohr. Seine Stimme ist immer noch ganz dunkel vor Verlangen. Er beugt sich vor und küsst mich auf die Wange. «Ich will dich nie mehr gehen lassen, Allie Andrews.»

Liebe erfüllt mich. Ich schmiege mich mit dem Kopf in die Kuhle an seiner Schulter. Sein Arm liegt knapp unterhalb von meinen Brüsten. Die Gewissheit macht mich hibbelig. Am liebsten würde ich seine Hand packen und sie drauflegen, denn ich weiß, dass es zwischen uns noch ein bisschen weitergehen muss. Aber ich will nicht unverschämt oder gierig wirken. Das bin ich wirklich nicht, schwöre.

Einen Moment lang liegen wir schweigend da.

Dann fällt mir auf, dass seine Boxershorts immer noch feucht ist von dem Orgasmus, den ihn zuvor überrascht hat.

Ich erinnere mich daran, wie er sich selbst angefasst hat.

Und schon wieder treibt die Lust ihre Krallen in mich hinein.

Nahezu instinktiv bewege ich meine nackte Hüfte zurück. Erst einmal, dann zweimal, und dann so lange, bis kein Zweifel mehr an meinen Absichten besteht.

Can küsst mich grinsend auf die Schulter. «Allie Andrews, willst du mich umbringen?», seufzt er und schiebt seinen Unterleib nun ebenfalls vor.

Ich unterdrücke ein Keuchen; ich kann nicht glauben, dass ich schon wieder erregt bin. «Wie es aussieht, hast du mich doch nur für Sex mit zu dir nach Hause genommen.»

Er lacht heiser. «Vergiss die Cola nicht.»

Ich berühre seine Hand, die auf meiner Brust liegt. Unsere Finger verkeilen sich. «Danke, dass du dich mir vorhin geöffnet hast. Es bedeutet mir viel, dass wir so tiefe, vertraute und unglaublich lange Gespräche miteinander führen können. Das macht die Sache hier besonders», flüstere ich.

Aus seinem Lachen wird ein Lächeln; ich spüre es an meiner Schulter. Seine Lippen wandern meinen Hals hinab. Ich recke den Kopf, um ihm Platz zu machen. «Danke, dass du mir zugehört hast.»

«Ich höre dir gerne zu.»

«Ich höre dir auch gern zu.» Er hält inne. «Weißt du, was ich am liebsten höre?»

Seine Finger schließen sich um meine Brustwarze. Huh, wie neckisch!

Ich ringe um Luft, was ihn zum Grinsen bringt. «Ich liebe das Geräusch, wenn du vor Lust nicht mehr richtig atmen kannst. Weißt du, was ich auch mag?» Seine Hand rutscht zwischen meine Beine. Ich stöhne.

«Dieses Geräusch hier.»

«Can», keuche ich.

«Oder wie du meinen Namen aussprichst.»

«Can, *bitte*.»

Abrupt zieht er seine Hand zurück. Mit sanftem Druck gegen meine Schulter bringt er mich dazu, mich auf den Rücken zu drehen. Unschuldig blinzelt er mich an. «Stimmt etwas nicht, Goofy?»

In dem Moment weiß ich nicht, ob ich ihn küssen oder schlagen soll. Andererseits sind neckische Gespräche wie dieses nahezu vorprogrammiert. Meine Frage klärt sich ohnehin, als er mich küsst und seine Hand wieder tieferschiebt. Ich unterdrücke meine Lust, weil ich ihm die Genugtuung nicht gönne, noch nicht.

Stattdessen reiße ich mich von ihm los und boxe ihn gegen die Brust. «Wie würdest du eigentlich reagieren, wenn dir ständig jemand zwischen die Beine fasst, Mister?»

Er bläht die Wangen. «Keine Ahnung. Aber du kannst es ja mal ausprobieren.»

Mein Puls überschlägt sich.

Can stützt seinen Kopf auf einer Hand ab und hebt die Brauen. Seine andere Hand liegt mittlerweile auf meinem Bauch. Es ist irgendwie surreal, ihn auf mir zu spüren, ohne dass er etwas tut. Irgendwie ist es aber auch erregend. Wie scheinbar alles, was Can tut oder lässt. Selbst wenn er keine einzige Hirnzelle hätte, würde sein sexy Körper vermutlich alles wieder wettmachen. Ich platze schier vor Glück.

Can scheint mein Zögern zu missinterpretieren, denn auf einmal zieht er seine Hand zurück. «Das war ein Scherz, Allie. Du musst nicht – *oh, fuck*!», stößt er hervor, als ich ihm ganz frech in den Schritt fasse.

Can fällt stöhnend in die Matratze zurück. Ich berühre ihn nur von außen, und wenn ich ehrlich bin, tue ich nicht viel. Also eigentlich tue ich gar nichts. Trotzdem reicht es, dass er augenblicklich härter wird. Ich bin so erstaunt, dass mein Mund aufklappt – und schon wieder begegne ich diesem hungrigen Lodern in seinen Augen, das postwendend auf mich selbst übergeht. Es ist echt ein Glücksfall, dass er so leicht zu erregen ist.

Er zieht mich an seinen Mund. Meine Hand wird umso mutiger, je leidenschaftlicher seine Zunge mich bearbeitet.

Und da überkommt es mein Herz – einfach so. Es findet seinen Ursprung im Kleinen, schießt durch meine Adern und erfüllt jede einzelne meiner Zellen mit einer ungeahnten Wärme.

Ich löse mich von Cans Lippen und blicke in seine vor Lust verschleierten Augen.

Ich liebe ihn, erkenne ich. Himmel, ich liebe diesen Mistkerl. Meine Augen werden feucht.

Sein Lächeln umhüllt mich wie der gefühlvollste Kuss von allen. Immer wieder zieht er meinen geschwollenen, pulsierenden Mund an seinen. Unsere Atmung beschleunigt sich. Ich fahre mit der Zunge über seine Lippen. Er verkrallt seine Finger in meinen Haaren. «Can», keuche ich. «Can, ich will nicht mehr warten. Ich brauche dich, ich …» *Ich liebe dich, ich liebe dich, ich liebe dich.* Ich erschauere gegen seine Haut und lasse meine Hand ein letztes Mal über seine Härte gleiten. «Ich brauche dich *jetzt.*»

«Allie.» Sein Blick wird ganz leer.

Ich umfasse sein Gesicht. «Ich will dich, Can. Bitte.»

Aus ungläubigen Augen starrt er mich an. Umgehend bereue ich meinen Mut und werde rot. Ich will mich von ihm abwenden.

Er hält mich beim Arm zurück und setzt sich auf. «Bist du sicher, Allie Andrews?», fragt er wachsam. Mir ist klar, dass er nicht seinetwegen fragt. Die Erregung schießt ihm förmlich aus jeder Pore. Aber er macht sich Sorgen um mich. Er will, dass ich mich wohlfühle.

Ich schlucke hart und fühle, wie meine eigene Lust dadurch anwächst. Meine Liebe zu ihm wird von Sekunde zu Sekunde stärker. Zumindest glaube ich, dass es Liebe ist. Könnte etwas anderes so allumfassend in meinem Körper toben? «Ja, Can. Ich bin mir sicher», sage ich überwältigt.

«Ich habe dich einfach nicht verdient.» Stöhnend macht er sich wieder über mich her.

Ich weiß nicht, wie ich auf seinem Schoss lande, aber mein Unterleib zieht sich lustvoll zusammen, als ich ihn so nah und hart an mir spüre. Can ringt um Luft. «Ist das okay für dich?»

Anstelle einer Antwort lasse ich meine Hüfte kreisen. Can krallt sich stöhnend an mir fest.

Ich schließe die Augen, während er seine Arme um meine Hüfte schlingt und einen Rhythmus vorgibt. Als er merkt, wie meine Atmung dadurch schneller wird, intensiviert er die

Bewegung und drückt mich immer fester und immer gezielter in seinen Schoss. Ich spüre ihn deutlich, und zu wissen, dass ich gar nichts und er nur eine Boxershorts trägt, steigert meine Lust ins Unermessliche. Immer hemmungsloser lasse ich mich auf den Ritt ein. Druck baut sich in mir auf. «Oh, Gott – Can, ich ...» Der Höhepunkt rollt aus dem Nichts über mich. Ich stöhne und erschauere in seinem Schoss.

Can blinzelt so ungläubig, als wüsste er nicht, dass mehrere Orgasmen hintereinander Pflicht sind. Im nächsten Moment verkneift er sich ein schamloses Grinsen. Er gibt mir einen Klapps auf den Po. «Allie Andrews, du bist schon wieder gekommen – ohne mich? Nie wartest du auf mich!» Er lacht, als ich erröte. Gleichzeitig bin ich mir sicher, dass sonst keine einzige Frau auf Erden ständig mit vollem Namen angesprochen wird. Ich stöhne innerlich. Can ist einfach perfekt.

Er nimmt mein Gesicht in beide Hände und küsst mich. Mein Unterleib pulsiert wie verrückt, seiner auch. Als er sich wieder von mir löst, umspielt ein warmes Lächeln seinen Mund. «Wir ändern das jetzt, ja? Ich bin gleich wieder da.»

Er küsst mich noch einmal auf die Stirn, bevor er mich sanft von sich schiebt, aufsteht und verschwindet. Ich bleibe zurück und versuche zu verstehen, wie man nur so viel Lust in so kurzer Zeit verspüren kann.

Ich bin immer noch ganz benommen, und meine Ungeduld wächst, je länger Can auf sich warten lässt. Fast spiele ich mit dem Gedanken, mich selbst anzufassen, weil daraus garantiert ein weiterer vollkommen unnötiger sexy Moment entstehen könnte. Allerdings bin ich viel zu schüchtern für solche Experimente. Echt jetzt.

Das Warten lohnt sich ohnehin.

Als Can zurückkehrt, hält er eine Packung Kondome in der Hand. Er zieht ein paar hervor und wirft die knisternden Päckchen neben mir aufs Bett. Ich beiße mir auf die Unterlippe. Jetzt aber.

Anders als zuvor, erfasst mich keine Angst mehr, sondern grenzenlose Lust. Mein Blick saugt sich an seinem harten Bauch fest, als er sich direkt vor das Bett stellt und langsam die Boxershorts runterzieht. Im selben Moment grollt der Donner über uns, was mir zusätzliche Schauer über den Rücken jagt. Ich kann mir gut vorstellen, dass es auch Cans Anblick ist, der die Natur verrücktspielen lässt. Denn was ich sehe, ist längst nicht mehr von dieser Welt. Fast bekomme ich es ein wenig mit der Angst zu tun. Ich habe nicht viel Erfahrung mit diesen Dingen, aber wie er in mich hineinpassen soll, ist mir in dem Moment ein Rätsel, das mich ebenso erregt wie beunruhigt. Ich habe gewusst, dass er groß ist – aber so groß? Dieser Mann ist eine echte Wundertüte! Aber eine von den Teuren!

Mit klopfendem Herzen schaue ich zu, wie er eine Kondompackung aufreißt und deren Inhalt herausholt. Er nimmt sein erigiertes Glied in die Hand. Ihn dabei zu beobachten, fühlt sich intim und unglaublich heiß an. Mit einer geübten Bewegung stülpt er das Kondom über. Dann kehrt er zu mir aufs Bett zurück.

Er beugt sich über mich und drückt meine Beine leicht auseinander. Ein elektrischer Impuls durchfährt mich. Can küsst mich zärtlich und so liebevoll, dass die Schmetterlinge in meinem Bauch wie verrückt flattern. Zu wissen, dass uns nur noch diese dünne Schicht des Kondoms trennt, macht mich ganz verrückt. Er hat mich längst in der Hand, und mir wird klar, dass er sich ebenfalls komplett in meine begeben hat. Ihm ist anzusehen, wie verrückt er nach mir ist, und diese Gewissheit erobert meinen Körper mit einem Wahnsinnskribbeln. Ich kann kaum glauben, dass ich endlich hier unter ihm liege. Ausgerechnet ich!

Sein Glied streift meine Öffnung. Das Denken vergeht mir. Ich keuche und schließe die Augen – reiße sie aber sofort wieder auf, denn Can bewegt sich auf einmal immer kontrollierter gegen mich. Allerdings ohne in mich einzudringen. Meine Lust steigt ins Unermessliche, und für den Bruchteil einer Sekunde frage ich mich, ob es nicht bald mal reicht. Aber nein! Das gehört sich so. Und meine Güte, es ist ja nur die

Missionarsstellung. Von mir aus kann es noch stundenlang so weitergehen.

Unsere Zungen umkreisen sich, erst spielerisch, dann mit zunehmendem Verlangen. Ich kann nicht länger warten und hebe mein Gesäß. Can dringt unwillentlich in mich ein. Es ist vielleicht maximal ein halber Zentimeter, trotzdem durchfährt es uns beide wie ein Stromstoß. Sofort packt Can meinen Po, um meine Hüfte zu stabilisieren. Mein Unterleib wird leicht in die Höhe gehoben. Und dann, *endlich*, versinkt er langsam in mir.

Wir küssen uns, aber unsere Küsse werden andauernd von unserem Stöhnen unterbrochen. Can fühlt sich riesig in mir an. Er dehnt mich in alle Richtungen, und für einen kurzen Moment weiß ich nicht, ob sich das gut oder schlecht anfühlt. Ich verspanne mich.

Oh, nein!

Can reißt den Kopf hoch. «Geht es dir gut?» Ich sehe, wie viel Anstrengung es ihn kostet, nicht einfach wild in mich hineinzustoßen. Seine Arme zittern, Schweiß tritt auf seine Stirn. Augenblicklich fühle ich mich mickrig und schlecht. So geht es ihm mit anderen Frauen bestimmt nicht.

Meine Gedanken haben zur Folge, dass ich mich noch mehr verkrampfe. Can stöhnt, allerdings klingt es gequält – genauso gequält wie sein Gesichtsausdruck aussieht.

Mein Hals schnürt sich zu. «Es ist alles gut, es ist nur ... Du, ah, bist ziemlich groß», bringe ich peinlich berührt hervor. «Ich weiß nicht, ob ich etwas falsch mache.»

Eigentlich erwarte ich, dass Can sich nun ungeduldig oder sogar wütend zurückzieht. Doch er überrascht mich – Potztausend, er überrascht mich einfach immer wieder.

Er lässt sanfte Küsse auf meinen Hals und mein Schlüsselbein regnen. Jeder Kuss durchfährt mich mit einem Schauern. Meine Verkrampfung löst sich ein wenig. Das nutzt Can, um tiefer in mich einzudringen. Auch diesmal kann es sich nur um Millimeter handeln. Trotzdem löst jede Bewegung ein explosionsartiges Kribbeln in mir aus. Ich keuche.

Can streift meinen Mund mit seinem. «Du machst gar nichts falsch, Allie. Wir kriegen das hin, okay?» Ich senke die Lider und nicke. Er packt mich beim Kinn. «Allie.» Ruckartig hebe ich meine Augen wieder an. Seine schimmern warm. Er hebt eine Hand an meine Wange. Sanft fährt er mit der Daumenkuppe über mein Kinn. Erst da merke ich, dass ich zittere. «Lass es uns noch einmal versuchen. Und wenn es nicht klappt, probieren wir es einfach ein andermal. Mach dir keinen Druck, ja?» Wer hätte gedacht, dass man aus Sex so ein Theater machen kann.

Ich nicke bebend an seinen Mund. Can lächelt, bevor er mich wieder küsst.

Neue Lust überkommt mich und steigert sich, als er ein weiteres Stück in mich eindringt. Meine Unsicherheit wird kleiner. Can intensiviert seine Küsse, je mehr ich mich fallen lasse – und je tiefer er in mich eindringt, desto mehr fällt meine Anspannung von mir ab und macht einem anderen, schönen, neuen Druckgefühl Platz.

Dann macht Can plötzlich eine ruckartige Bewegung und dringt ganz in mich hinein. Ich stöhne. Sein Körper erschauert vor Erregung. «Fuck, Allie! Es tut mir leid, ich ... Scheiße, habe dich dir wehgetan?»

Ich klammere mich zitternd an ihm fest. «Nein, es ... Es hat sich gut angefühlt. Sehr gut sogar.»

«Wirklich?» Er klingt zweifelnd, weil er offenbar nicht weiß, dass diese Reaktion von mir normal ist. Skye ging es beim ersten Mal mit Tyler auch so.

Ich küsse ihn und schaue ihm dabei tief in die Augen. «Hör nicht auf, Can», hauche ich. «Bitte, hör nie auf.» Auch diese Aussage habe ich von Skye.

Can stöhnt lustvoll. «Ich wünschte, du könntest spüren, wie gut du dich anfühlst. Du bist so feucht und so verdammt eng!»

«Ist das gut oder schlecht?», frage ich so dämlich, dass es ihm ein zitterndes Lachen entlockt.

«Süße, du hast keine Ahnung, wie gut es ist.» Er schiebt eine Hand zwischen uns und findet meine empfindlichsten Nerven. «Und ich will, dass es sich für dich genauso gut anfühlt.» Ein Stich der Erregung durchschießt mich. Und da realisiere ich, dass er doch nicht zu groß für mich ist. Sondern verdammt perfekt.

Ich traue mich, meine Hüfte nach oben zu bewegen. Can stöhnt augenblicklich auf und wird von einem Schauern überwältigt. Das macht mich mutig. Ich lege meine Arme um seinen Hals, um meiner nächsten Bewegung mehr Druck zu verleihen, und frohlocke innerlich, weil das noch heftigere Empfindungen in Can auszulösen scheint. Also mache ich doch etwas richtig.

Noch immer stützt er sich mit einer Hand direkt neben meinem Kopf ab. Mit der anderen rutscht er nun aber an meinen Po zurück. Er hebt ihn leicht, um noch tiefer in mich einzudringen.

Diesmal stöhnen wir beide. Die Stellung wird noch intensiver, als ich mehr instinktiv denn gewollt ein Bein um ihn schlinge. Can hält mich fest, und ich werde ganz trunken vor Lust, als er sich langsam aus mir zurückzieht und sich dann wieder tief in mir versenkt. Unsere Körper erschauern im Einklang.

«Shit, Allie.»

«Ja», keuche ich und frage mich, warum Jungs in diesen Momenten immer fluchen. Wir begegnen uns mit einem hungrigen Blick, der mich Richtung Höhepunkt treibt. Wieder küssen wir uns, während Can das Spiel mit seiner Hüfte wiederholt. Und mein lieber Scholli, je länger er es tut, desto besser wird es.

Ich klammere mich an seinen Schulterblättern fest. Can hebt mich noch höher – und da geschieht es um mich. Aus dem Nichts trifft er auf eine Stelle, die mich bei jedem Stoß Sterne sehen lässt. «Ja!», entfährt es mir, und es ist gut möglich, dass ich mich einige Male wiederhole. Can hört nicht auf, in mich hineinzustoßen, und in meinem Innern baut sich ein Druck auf, immer größer, immer allesumfassender. Unsere Bewegungen werden hektisch. Wir verlieren uns in unserer Vereinigung. Das Kopfbrett stößt gegen die Wand.

«Allie», stöhnt Can, während vor dem Fenster Blitze toben. Es ist so romantisch, dass ich sofort komme.

Meine Sinne explodieren.

Wieder schreie ich seinen Namen und erzittere unter Nachbeben, als Can noch dreimal tief in mich hineinstößt und ebenfalls kommt.

Sein großer Körper landet erschöpft auf meinem. Sein Glied zuckt immer noch tief in mir, was mich umgehend mit neuer Lust erfüllt hätte, wäre ich in dieser Sekunde nicht so ausgelaugt gewesen. Ich bin so erfüllt von all diesen ungekannten Empfindungen, dass ich nicht sofort merke, wie Can sich verkrampft hat.

«Shit», murmelt er.

Ich erstarre. Das klingt nicht gut. Oh-oh. So etwas passiert normalerweise nicht. «Was ist los?», will ich wissen.

Can zieht sich zurück. Er kommt auf die Knie und schaut an sich herab. «Shit», entfährt es ihm erneut.

Ich stütze mich auf die Ellbogen. «Can, was ist los?», frage ich eindringlicher.

Er presst die Lippen aufeinander. Langsam zieht er das Kondom ab. Ich blinzle ein paar Mal. Dann verstehe ich.

Es ist kaputt. Ups.

Can fährt sich überfordert durch die Haare. «Scheiße, Allie. Es tut mir leid. Es ist geplatzt, als ich gekommen bin. Ich hätte aufgehört, wenn es früher … Aber so …» Er bricht ab und lässt die Hand fallen. Sein Blick ist bedauernd. Er fühlt sich miserabel.

Ich beobachte seine Reaktion. Diese rührt und amüsiert mich gleichermaßen. Ich presse die Lippen aufeinander, um ein Lächeln zurück-zuhalten. «Mister Can, willst du etwa sagen, dass du so potent bist, dass dein Sperma ein Kondom zum Platzen bringen kann?»

Er starrt mich an. «Das ist nicht witzig, Allie. Du hattest Sexualkunde, oder? Weißt du, wofür Kondome gedacht sind?»

«Ich nehme die Pille.» Ich kichere und sehe, wie er sich ein wenig entspannt. Dennoch bleibt er argwöhnisch. Das verstehe ich. Bei meinem Anblick wäre ich auch eher davon ausgegangen, dass Kaugummis das Einzige sind, was ich dann und wann schlucke. Aber zum Glück hat mich das Schicksal rechtzeitig auf den richtigen Pfad gebracht und mich über Verhütung nachdenken lassen.

«Aber Kondome schützen vor Geschlechtskrankheiten. Die Pille nicht», beharrt Can.

Ich hebe eine Braue. «Hast du denn eine?»

Er zögert. «Nein. Du?»

«Natürlich nicht. Also entspann dich.» Ich komme auf die Knie, um ihn zu umarmen. «Danke, Can», hauche ich.

Er schluckt. «Danke? Heißt das, du bist nicht sauer?»

«Wieso sauer? Wegen des Kondoms? Wie könnte ich jemals auf deine unglaubliche Potenz wütend sein?», necke ich ihn und kreische auf, als er mich in den Arm zieht und mit einem spielerischen Knurren seine Zähne in meinem Hals vergräbt. Ich schließe die Augen und ziehe ihn näher. Allmählich verstehe ich, warum Beverley das mag.

Wir bleiben in dieser seltsamen Position, weil unsere Lippen sofort wieder zueinanderfinden. Cans umfasst mein Gesicht, was es seiner Zunge ermöglicht, mich noch inniger zu bearbeiten. Ich stöhne leise, was ihm ein genugtuendes Brummen abgewinnt.

Irgendwann löst er sich von mir, um das kaputte Kondom zu entsorgen. Eine seltsame

Mischung aus Befriedigung und Stolz nistet sich in meinem Bauch ein.

Habe ich gerade allen Ernstes diesen Wahnsinnssex mit diesem Typen gehabt? Ich muss wie eine Sternschnuppe glühen. So etwas hätte ich mir nach unserem allerersten Treffen niemals erträumt.

16

Ich habe viel über Paare gelesen, die nicht genug voneinander kriegen; über Paare, die es so wild treiben, dass sie Lawinen auf fernen Bergspitzen auslösen oder sich mitten auf einem Schlachtfeld lieben müssen.

Aber nichts von alldem hat mich auf die Liebe vorbereitet, die ich für Can empfinde.

Es ist unnötig zu erwähnen, dass es nicht bei dem einen Mal geblieben ist. Nachdem Can aus dem Badezimmer zurückgekehrt ist, hat es keine Viertelstunde gedauert, bis wir uns wieder nahe sein mussten – nur um es dann gleich noch einmal zu tun.

Als ich danach wieder in seinem Arm liege und seinen trainierten Oberkörper mit meinen vibrierenden Fingerkuppen erkunde, fehlt wenig, dass ich ihn direkt wieder auf mich ziehe. Hab ich jemals behauptet, Can habe ein Sixpack? Weit gefehlt. Dieser Mann besitzt ein Eightpack!

Das Einzige, was uns irritiert, ist die Sache mit den Kondomen. Diese platzen einfach jedes Mal. Can hat uns sogar eine neue Packung einer anderen Marke besorgt, doch es hilft nichts. Jedes Mal, wenn er kommt, sprengt es das Ding.

Can ist die Sache verdammt unangenehm. Er beteuert immer noch pausenlos, dass ihm das normalerweise nie passiere, dass ich nichts zu befürchten habe und dass er sauber sei, dabei habe ich nie daran gezweifelt. Heidewitzka, dieser Mann hat ein Eightpack – wie könnte er da eine Geschlechtskrankheit haben?

Außerdem komme ich nicht umhin, mich als etwas ganz Besonderes zu fühlen. Can hat gesagt, dass das Kondom nur bei mir platzt. Hihi. Das muss bedeuten, dass er nur bei mir so heftig kommt. Diese Erkenntnis löst so viel Wärme und Geborgenheit in mir aus, dass ich plötzlich den Tränen nahe bin.

Ich bezweifle, dass es einen größeren Beweis für seine Zuneigung gibt.

Das Gewitter zieht vorbei. Bald prasselt der Regen gleichmäßig aufs Dach. Vor dem Fenster biegen sich die Tannen im Wind.

Meine Finger erkunden weiterhin Cans Oberkörper. Was ich erfühle, macht mich selbst jetzt noch ganz nervös. Es ist einfach nicht normal, geschweige denn realistisch, so perfekt zu sein.

Can stupst mich mit der Nase an. «Woran denkst du?»

«Daran, dass du perfekt bist», gebe ich unumwunden zu.

«Bin ich das, ja?»

Ich recke das Kinn, um ihn zu küssen, und presse anschließend meine Stirn gegen seine. «Eigentlich bist du mehr als das.»

«Mehr als perfekt?» Er lacht leise in sich hinein. «Übertreib nicht, Goofy.»

«Es ist mir ernst, Can. Du bist gutaussehend, tiefgründig – und gutaussehend.»

«Du hast zweimal gutaussehend gesagt.»

«Ich kann es auch noch ein drittes Mal sagen.» Ich hauche ihm einen Kuss auf die Wange. «Du bist gutaussehend.»

«Ich hoffe, das ist nicht meine einzige Eigenschaft.»

«Na ja …»

Er gibt mir einen Klaps.

Ich lache. «Wirklich, Can. Ich bin froh, dass du einerseits dieser irre gutaussehende Junge bist.» Ich grinse, als er den Mund verzieht. «Andererseits belastest du unsere Liebe nicht mit Problemen aus deiner Vergangenheit. Das ist schön.» Bei Tyler war das nämlich anders. Skye hatte eine Heidenarbeit, um ihn vor sich selbst zu retten – nur damit er wiederum sie retten konnte.

Can küsst mich auf die Schläfe. «Das ist lieb von dir, Allie. Aber was nicht ist, kann noch werden.»

Lächelnd bette ich meinen Kopf auf seiner Brust und zeichne weiterhin seine Bauchmuskulatur nach. Mal ehrlich, wer hätte das an meiner Stelle nicht getan?

«Ich weiß, dass du mit mir nicht so weit gehen wolltest», sage ich. «Aber ich habe mich nicht in dir getäuscht. Was zwischen uns ist, geht weit über das Körperliche hinaus. Ich habe noch nie mit einem Mann so lange Gespräche geführt wie mit dir.» Das liegt vermutlich daran, dass ich abgesehen von ihm kaum welche kenne, aber nun denn. Ich schiele zu ihm hoch. «Es kommt mir vor, als würden wir uns schon ewig kennen.»

«So kommt es mir auch vor, Goofy.» Seine Bestätigung durchschießt mich mit einem irren Kribbeln. Selbst sein Beiname für mich fühlt sich auf einmal bedeutungsvoll an.

Wieder küssen wir uns. «Sag mir, wie ich dich verdient habe», murmelt er, während er an mir knabbert.

Ich muss lächeln. «Einfach so ... Finn.»

Der Klang seines Namens löst ein Schauern in ihm aus. Seine Finger vergraben sich in meinen Haaren. Er zieht meinen Kopf in den Nacken, und unser Kuss wird tiefer. Meine Hand wandert tiefer. Can stöhnt leise. In meinem Hinterkopf höre ich bereits den Glockenschlag zur nächsten Runde, aber ich reiße mich zusammen.

«Du stehst bestimmt jeden Morgen im Fitnesscenter», sage ich stattdessen, ohne meine Berührungen zu unterbrechen. Sein Puls wird schneller, meiner auch.

Er klingt leicht außer Atem, als er antwortet: «Nicht mehr, seit ich dich kenne. Früher musste ich für meinen Körper fünf Mal pro Woche zum Krafttraining. Heute reicht dein Anblick, um in Form zu bleiben. Das ist kein Scherz. Ich weiß nicht, wie du das anstellst.»

Meine Wangen müssen vor Stolz glühen. «Aber wir machen doch auch Sport zusammen», sage ich und erschauere wohlig, als er einen hungrigen Laut von sich gibt und mich halbseitig auf seinen Körper zieht.

«Ist das so?»

«Ja.» Mein Unterleib summt. «Jetzt zum Beispiel.» Ich lasse meine Hand tiefer gleiten. Diesmal stöhnt Can unverblümt, und voller Genugtuung erkenne ich, dass er noch lange nicht genug von mir hat – genauso wie ich niemals genug von ihm kriegen werde.

Denn das ist Liebe.

Er fährt mir durchs Haar. «Zum Glück schreiben wir kein Buch. Das würde in einem Softporno enden.»

Ich kichere. «Nein, dafür ist es viel zu romantisch.»

«Wie in deinen Büchern?»

Ich nicke. Das Blut prickelt in meinen Adern. «Ich glaube, es gibt da so eine Regel. Zwei Drittel müssen Handlung sein und ein Drittel leidenschaftlicher Sex.»

Can zieht mit den Zähnen an meiner Unterlippe. «Denkst du, wir haben das Drittel schon voll?»

Ich will nachzählen, aber es misslingt mir. «Nein», hauche ich an seine Lippen, die mich unentwegt bearbeiten. «Nein, da fehlt noch was. Sehr viel sogar.»

«Was für ein Glück.»

Unser Kuss wird leidenschaftlicher. Wenige Sekunden später erkunden wir uns wieder, als wäre es unser erstes Mal. Ich lande auf seinem Schoß.

Er streicht mir eine Strähne hinters Ohr. Seine Zunge zuckt über mein Ohrläppchen. Im nächsten Moment beißt er sanft hinein. «Weißt du was? Ich bin immer noch hungrig», knurrt er leise. Herrje, als ob das jetzt für irgendjemanden eine Überraschung wäre.

Meine Haut kribbelt wie verrückt, als er weitere Bisse auf meinen Hals nachsetzt, mit jedem Mal etwas fester und verlangender. Gleichzeitig spüre ich, wie er unter mir härter wird. Mein Keuchen verwandelt sich in ein Stöhnen.

Wir brauchen kein langes Vorspiel, denn unsere Lust kennt längst keine Grenzen mehr. Darüber hinaus kann es nicht jedes Mal so ein Drama geben wie bei unserem ersten Versuch.

Can löst etwas in mir aus, dass nur er selbst wieder tilgen kann. Ein kurzer Blick genügt, damit ich meine Hüfte anhebe und er sich unter mir positioniert.

Dann lasse ich mich auf ihn sinken.

Can dehnt mich wie die Male zuvor. Mein Körper tut allmählich weh, aber noch mehr brennt er vor Verlangen.

Auch Can erzittert vor Leidenschaft. Mir wird sofort klar, dass das an dem fehlenden Kondom liegen muss. Es ist das erste Mal, dass wir von Anfang an darauf verzichten. Also eigentlich haben wir es vergessen, doch es tut für mich nichts zur Sache, nicht mehr. Ich liebe ihn. Ich vertraue ihm.

Diese Position ist ein weiteres erstes Mal für mich, was sich unglaublich aufregend anfühlt. Erst bin ich mir nicht sicher, was ich tun soll. Dann wiege ich mich langsam vor und zurück. Can stöhnt augenblicklich auf und drückt mich fest an seine Brust. Seine Zunge umspielt mich heiß und verlangend, während ich mich weiterhin in seinem Schoß wiege.

Dann packt er mich und gibt eine neue Richtung vor. Auf einmal geht es nicht mehr vor und zurück, sondern auf und ab. Die Bewegung ist viel intensiver als alles zuvor. Reflexartig klammere ich mich am Kopfende des Betts fest. Unser Rhythmus wird hektisch. Das Bett quietscht.

Es ist der Soundtrack unserer Liebe.

Sex mit Can fühlt sich diesmal anders an. Wir lassen uns weniger Zeit, alles ist schneller, hungriger, härter. Vielleicht liegt das auch an dem Drittel, das nicht ausufern darf. Zumindest wird mir klar, dass Sex auch so sein kann. Hart. Schnell. Wild.

Aus dem Nichts flackern Bilder von Cans und Beverleys wildem Kuss und Beverleys Bisswunden in mir auf. Überraschenderweise macht mich die Erinnerung nicht traurig, im Gegenteil. Sie steigert meine Lust. Denn sie gibt mir eine Vorstellung davon, wie Can im Bett sein kann.

Wer hätte das gedacht?

Ich klammere mich fest an ihn, um den Druck zwischen unseren Beinen zu erhöhen. Und es gelingt mir! Das Bett quietscht lauter. Ich werfe den Kopf in den Nacken und ringe um Luft.

«Scheiße, ja!», stöhnt Can und treibt unsere Körper immer härter gegeneinander.

Als der Höhepunkt über mich hinwegrollt, reiße ich den Mund auf und schreie mal wieder. Die Lust fährt in zuckenden Blitzen durch mich hindurch, daher merke ich nicht sofort, dass Can sich immer noch bewegt. Denn er ist noch nicht fertig mit mir. Was für eine Ausdauer!

Er umschlingt meine Taille und verlässt mich nur kurz, um mich auf den Rücken zu werfen. Als er wieder in mich eindringt und gleichzeitig seine Zähne fest in meiner Schulter vergräbt, explodiere ich erneut. «Oh, Can. Ich ...», entfährt es mir, und ich kann es kaum glauben, als sich der nächste Höhepunkt ankündigt. Diesen erreiche ich zusammen mit Can. Das letzte Drittel ist voll.

«Ich liebe dich, Allie», stöhnt Can leidenschaftlich, als er zuckend in mir kommt.

Meine Schulter pocht, mein Unterleib auch.

Mein Leben ist perfekt.

17

Can liebt mich.

Mein Herz spielt verrückt.

Es versteht sich von selbst, dass ich die ganze Nacht bei ihm bleibe. Wir verlassen das Bett nur dreimal – einmal, um zu duschen, einmal, um etwas zu essen, und einmal, um im Whirlpool zu baden und den Sternenhimmel zu bewundern. Es überrascht mich nicht, dass Can alle Sternbilder kennt, schließlich hat er sich schon früher als echter Romantiker entpuppt. Wir küssen uns unter den Augen des kleinen und des großen Bären.

Als ich am nächsten Morgen mit seinem Ständer an meinem Rücken aufwache, kann ich mein Glück abermals kaum fassen.

Ich bin kaum wach, da liebkost er bereits wieder mein Ohrläppchen und schmiegt sich so fest an mich, dass ich nicht anders kann, als ihm meinen Po entgegenzuschieben. Wir sind nackt, daher hindert Can nichts daran, in mich hineinzugleiten und mich an diesem Morgen von hinten zu nehmen. Erst danach haben wir unser Pflichtprogramm erfüllt und können zu einem gesitteteren Verhalten mit mehr Handlungsrelevanz übergehen.

Zwischen meinen Beinen brennt noch immer die Lust, als wir uns viel zu spät auf den Weg zur Uni machen. Während der Fahrt liegt Cans Hand auf meinem nackten Oberschenkel. Mein Sommerkleid ist eindeutig zu kurz. Ich beiße mir auf die Unterlippe und lasse mich vom Fahrtwind umspielen. Das Brennen in mir hält an. Es muss Liebe sein, denn es dehnt sich sogar noch aus, als wir die Uni erreichen und aus dem Auto steigen.

Als Can mich für einen innigen Kuss an sich zieht, benötige ich all meine Willenskraft, um die nächste Welle von Lust niederzuringen.

Er saugt meine Unterlippe zwischen die Zähne. «Ich habe bis fünf Uhr Seminare und danach zwei Stunden Training. Treffen wir uns um sieben beim Stadion?»

Ich nicke. Meine Lippen pulsieren vor Sehnsucht, als wir uns voneinander lösen.

Mit einem umwerfenden Lächeln macht er sich davon. Im Gegensatz zu mir geht er direkt zum Hauptgebäude. Ich habe bereits zwei weitere Vorlesungen verpasst. Die Dritte beginnt in fünf Minuten. Da sich meine Beine wie Butter anfühlen, verzichte ich auf einen Sprint und will mich stattdessen im Uni-Café mit einem Cappuccino auf den Tag einstimmen. Anschließend werde ich endlich meine nächste Vorlesung besuchen. Das nehme ich mir ganz fest vor.

Mein Unterleib schmerzt bei jedem Schritt, was ich etwas seltsam finde, mich gleichzeitig aber auch an die romantischen Stunden mit Can erinnert. Ich kichere verliebt in mich hinein.

Das Kichern vergeht mir, als ich das Café betrete.

«WO, ZUR HÖLLE, WARST DU?», brüllt Vani mich an.

Ich bleibe wie vom Donner gerührt beim Eingang stehen.

Meine Mitbewohnerin sitzt mit Will an einem Fenstertisch. Bis ich aufgetaucht bin, hat Vani verzweifelt den Kopf zwischen den Händen gehalten und sich von Will trösten lassen.

Dann hat sie mich entdeckt und sich in eine Furie verwandelt.

Sie springt vom Tisch auf und überbrückt die Distanz zwischen uns. «Ich habe tausendmal versucht, dich anzurufen. Wieso hast du dich nicht gemeldet? Hast du eine Ahnung, was für Sorgen ich mir gemacht habe?»

Am liebsten würde ich sie darauf hinweisen, dass sie nicht meine Mutter ist. Aber dann sehe ich die Tränen in ihren Augen und kriege ein schlechtes Gewissen. «Ich habe nicht gewusst, dass du mich suchst», sage ich verlegen.

Vani ringt um ihre Beherrschung. Ihr Kopf ist schon ganz rot. «Will hat dich gestern mit Can gesehen. Ich hatte wirklich Angst um dich!»

«Du brauchst keine Angst zu haben. Auch wegen Can nicht. Es ist alles in Ordnung.»

«Heißt das, du warst nicht bei ihm?»

«Doch. Aber er ist nicht so, wie du denkst.»

«Seid ihr zusammen?», platzt es aus Vani heraus. Am Tisch reckt Will den Kopf.

Ich zögere. Can hat gesagt, dass er mich liebt, allerdings haben wir unseren Beziehungsstatus nicht definiert. Zählt es trotzdem? Darf ich uns #*canallie* nennen und sein Bild als Handyhintergrund einrichten?

Mir fällt auf, dass ich gar kein Bild von ihm besitze. Nicht einmal seine Nummer habe ich. Das macht mich postwendend traurig. Mit einem Seufzen wende ich mich zurück an Vani. «Ich weiß nicht, was wir sind. Aber es fühlt sich richtig an.»

Vani rügt mich mit ihrem bloßen Blick. Sie ist so wütend auf mich, dass selbst Will Mitleid kriegt.

Er steht auf und stellt sich zwischen uns. Sein linker Arm landet um meine Schulter, der rechte um Vanis. Versöhnlich schaut er zwischen uns hin und her. «Wie wär's, wenn ihr zwei euch jetzt hinsetzt, und ich bringe euch einen Cappuccino? Geht aufs Haus.»

Vani starrt mich noch zwei Sekunden länger finster an. Dann nickt sie, und wir setzen uns.

Am Tisch geht das Starren weiter. Ich presse die Knie zusammen und wackle herum. Das Sitzen fällt mir schwer, allerdings liegt das nicht nur an Vani. Es irritiert mich, dass ich meinen

Unterleib immer noch spüre, obwohl Can längst nicht mehr da ist.

Vani bemerkt es. Ihre Augen werden schmal. «Wieso windest du dich so?»

Ich beiße mir ertappt auf die Zunge. Kurz wäge ich ab, wie ehrlich ich sein soll. Dann räume ich ein: «Can und ich hatten Sex.» Die Details klammere ich lieber aus. Es reicht, dass sie mir selbst unausgesprochen eine zarte Röte ins Gesicht treiben.

Zumindest glaube ich, dass ich rot werde. Meine Wangen fühlen sich verräterisch heiß an.

Will bringt unsere Cappuccinos zusammen mit einem dritten, den er offenbar für sich selbst gemacht hat. In einer Selbstverständlichkeit setzt er sich zu uns. Seine Surferhaare wippen vor und zurück. Er wischt sie mit einer kräftigen Handbewegung zurück und grinst in die Runde. Wir sind die Einzigen im Café, daher hat er keine Eile, sich wieder davonzumachen.

«Na, worum geht's?», fragt er scheinheilig.

«Allie und Can hatten Sex», antwortet Vani unverblümt.

«Vani!», zische ich erschrocken und schlage mir die Hände vors Gesicht. Durch meine Finger hindurch fühle ich Wills Blick auf mich zukriechen.

«Huh, ist das so!», ruf er überrascht – ohne überrascht zu wirken. Ich laufe garantiert tomatenrot an.

Vani stößt ein energisches Seufzen in Wills Richtung aus. «Glaub mir, ich bin genauso entsetzt wie du.» Sie funkelt mich an. «Ich hoffe, ihr habt euch wenigstens geschützt.»

Meine Wangen werden noch heißer. Ich sage nichts.

Vanis Gesichtszüge entgleisen. «DU HATTEST UNGESCHÜTZTEN SEX MIT FINN HARLOW?», brüllt sie durchs ganze Café.

Es ist das erste Mal, dass ich Cans vollen Namen höre, doch anstelle von einer prickelnden Sensation, werde ich nun von Schamgefühlen heimgesucht. «Das Kondom ist geplatzt», nuschle ich.

Vani und Will schauen mich einen Moment lang verdattert an. Dann tauschen sie einen kurzen Blick. Sie sehen aus wie Eltern, die stumm beratschlagen, wie sie mit ihrer ungehorsamen Tochter verfahren sollen. Ich mache mich klein und fühle mich tatsächlich wie ein Kind, das etwas Verbotenes getan hat.

Ich zucke zusammen, als Will mir auf die Schulter klopft. «Mach dir keine Sorgen, Als! Ich bin mir sicher, dass nichts passiert ist.»

«Ich bin mir auch sicher. Ich nehme die Pille.»

«Ich rede von Geschlechtskrankheiten», sagt Will.

«Oh.» Ich verstumme.

«Ich wäre da nicht so gelassen», wirft Vani ein. Sie nagt so grimmig an ihrer Unterlippe, dass ich befürchte, sie könnte bald abfallen. Iek. «Ihr kennt Cans Ruf. Er lässt nichts anbrennen. Wer seinen Schwanz in so viele Löcher steckt, kann doch nicht sauber sein!»

Wie aufs Stichwort flammt mein Unterleib wieder auf.

Auweia, es brennt wirklich höllisch.

Vani beobachtet mich argwöhnisch. «Verflucht, Allie. Was ist nur los? Wieso rutschst du schon wieder so beklommen herum? Hat er dir wehgetan?»

«Bist du verrückt?», stoße ich hervor. «Er hat mir nicht wehgetan, im Gegenteil. Er war unglaublich fürsorglich und liebevoll …»

«Was ist dann mit dir los?»

«Es brennt irgendwie.» Meine Stimme wird so leise, dass Vani und Will sich zu mir vorlehnen müssen.

Ihre Augen verengen sich zeitgleich. «Es brennt?», wiederholt Vani. Will hebt eine Braue. Wieder tauschen sie einen Blick.

Und langsam, ganz langsam, frage ich mich, ob das Brennen da unten nicht von Cans Liebe herrührt, sondern von etwas anderem.

Das Blut sackt mir in die Beine.

Ich verdränge den Gedanken, bevor mir schlecht davon wird. Im Gegenzug exe ich den Cappuccino, weil man Koffein niemals vergeuden sollte. «Die Vorlesung beginnt bald. Ich möchte mich noch vorbereiten. Sehen wir uns später, Will?» Ich warte Wills Antwort nicht ab, denn wenn ich ehrlich bin, ist sie mir egal. In meinem Kopf schwirrt nur noch ein Gedanke herum. *Was zum Geier brennt hier so?*

Vani und Will protestieren, als ich aufstehe und aus dem Café stürme, aber ich höre nicht hin.

In großen Schritten eile ich über das Campusgelände. Ich will mir damit beweisen, dass nichts falsch mit mir ist.

Aber das ist es.

Es brennt und juckt zwischen meinen Beinen. Sehr sogar. Und je schneller ich gehe, desto mehr spüre ich es. Habe ich Can zu voreilig vertraut? Hat er mich angelogen?

Es hilft nichts, dass mein Weg jener von Beverley kreuzt. Sie steht auf der Kreuzung zum Hauptgebäude, mit Büchern unter dem Arm und verboten kurzen Shorts. Sie ist so perfekt gestylt, als wäre das Leben ein Instagram-Filter.

Ich falle innerlich zusammen.

Beverley. Ausgerechnet.

Ihre geschwungene linke Augenbraue wandert spöttisch in die Höhe, als sie mich entdeckt. Ich will mit eingezogenem Kopf an ihr vorbeihumpeln.

«Warst du bei Can?», höhnt sie, als ich auf gleicher Höhe bin.

Meine Schritte ersterben. Verdattert drehe ich mich zu ihr um.

Beverley hat nie perfekter ausgesehen. Die Wunde an ihrem Hals ist verheilt, und was auch immer sie denkt, verschwindet hinter einer Tonne Makeup.

«Es geht dich nichts an, wo ich war. Oder mit wem», entgegne ich und verdamme die Unsicherheit, die meine Worte wie Zucker ein Gebäck umhüllt.

Beverleys Blick zuckt über meine intimsten Stellen hinweg. Ihre Unverfrorenheit erschreckt mich. Reflexartig presse ich die Knie gegeneinander. Und es brennt. Und juckt. Ob sie es merkt?

Sie grinst. Kalt. «Du wirkst ein bisschen überfordert. Vielleicht solltest du dich aufklären lassen, bevor es das nächste Mal mit Can zur Sache geht.» Diesmal nickt sie *direkt* der Stelle zwischen meinen Beinen zu. Dann lässt sie mich einfach stehen.

Ich schaue ihr nach und spüre, wie sich mein Hals zuschnürt. Das rauschende Blut in meinen Ohren verwandelt sich in einen Tornado.

Was wollte sie mir damit sagen? Dass ich zu unerfahren bin für Can?

Oder ist sie nur eifersüchtig? Oder …

Ich schlucke.

Himmel, Gesäß und Nähgarn, hat sie etwa auf dasselbe angespielt wie Vani? Das Atmen fällt mir plötzlich schwer.

Abrupt komme ich wieder in Bewegung. Einen Atemzug später renne ich.

18

Ich habe Vani und Will nicht belogen – ich gehe tatsächlich ins Hauptgebäude. Doch statt mich im Vorlesungssaal auf die Stunde vorzubereiten, verbarrikadiere ich mich auf der Toilette und tue etwas, was ich in meinen ganzen neunzehn Jahren noch nie gemacht habe: Ich ziehe mein Höschen runter, nehme mein Smartphone hervor und schalte die Selfie-Cam ein, um mich da unten anzuschauen.

Lange.

Fünf Sekunden.

Danach gebe ich auf. Ich wollte nachsehen, ob etwas nicht in Ordnung ist, aber wie soll ich es wissen, wenn ich nicht weiß, wie es vorher ausgesehen hat? Eine schleichende Verzweiflung macht sich in mir breit.

Ich bleibe auf dem heruntergeklappten Toilettendeckel sitzen und öffne Google. Gebe «Schmerzen und Brennen nach Liebe» ein, weil ich zu verklemmt bin, um «Vagina» oder «Sex» zu schreiben. Dann tue ich es trotzdem und erhalte über eine Million Suchtreffer.

Was ich sehe, lässt das Blut in meinen Adern gerinnen.

Auf einmal lese ich von Chlamydien, Gonorrhoe und anderen Begriffen, die mich mehr an eine griechische Tragödie denn an meine Liebe zu Can erinnern. Ich will es nicht wahrhaben. Doch es lässt mich nicht mehr los.

Immer wieder lese ich die Begriffe durch. Versuche die beschriebenen Symptome mit meinem eigenen Körper abzugleichen. Spüre das Brennen tief in mir drin zu einem riesigen Feuer anwachsen. Glaube, keine Luft mehr zu kriegen. Letzteres ist nicht verwunderlich, denn ich halte die Luft tatsächlich an.

Noch einmal schiebe ich mein Höschen zur Seite und versuche, etwas zu erkennen.

Nichts. Nur Schmerz. Diesmal in meinem Herzen. Denn die Zweifel schleichen sich immer tiefer hinein. Sie verkrallen ihre spitzen Nägel in meiner Seele und rauben mir das lebendige Gefühl, das mich in den letzten Tagen erfüllt hat. Und je tiefer ich all diese Gedanken und all diese Empfindungen in mir nachspüre, desto stärker tut mir alles weh.

Haben Beverley und Vani recht? Ist Can ein Lügner?

19

Ich besuche die Vorlesung, obwohl mir nicht danach ist. Wie eine leblose Puppe sitze ich neben Will, während er Notizen für uns beide macht. Er bemerkt, dass ich mit meinen Gedanken woanders bin, und stellt keine Fragen. Stattdessen schiebt er mir irgendwann wortlos einen Proteinriegel zu. Dessen Anblick schnürt mir allerdings die Kehle zu. Protein, so habe ich gehört, ist gut für den Muskelaufbau.

Cans Ernährung scheint nur aus Proteinen zu bestehen.

Der Kloß in meinem Hals wird überwältigend. Ich zwinkere eine Träne weg, während ich auf meinem Sitz herumrutsche und innerlich zu verbrennen glaube.

Can ...

Will legt seine Hand auf meine. Ich schniefe und lehne gegen seine Schulter. «Du solltest ihn fragen», sagt er leise, und ich nicke.

Ja, das sollte ich.

Mein Herz ist klamm, als ich mich Stunden später zum Footballfeld aufmache. Ich muss dafür sowohl an den Wohnhäusern als auch am Partysee vorbeigehen. Beide Orte sind voller

Erinnerungen an Can. Jeder Schritt fühlt sich an wie ein Schritt durch ein Meer voller Scherben.

Das Stadion verfügt über eine große Tribüne. Ich bin zu früh, weshalb ich mich auf einen der leeren Sitzplätze setze. Mein Blick ist leer, als ich mich dem Feld zuwende. Die Oxville Cows absolvieren gerade ein letztes Konditionstraining. Die meisten Jungs trainieren oben ohne, obwohl die Sonne bereits untergeht. Ich mustere ihre durchtrainierten, schweißüberströmten Oberkörper, folge dem Spiel ihrer Muskeln, fühle, wie sich dabei tief in mir etwas regt – nur um dann in einen Schmerz überzugehen, der mich einsehen lässt, dass ein Sixpack nicht alles ist. Aber ein Eightpack vielleicht schon.

Can erkenne ich von weitem. Ich studiere das Tattoo auf seiner Brust. *Someone told me love would all save us.* Ha.

Mir fällt auf, dass er mir sein zweites Tattoo nie gezeigt hat. Angeblich befindet es sich an seinem Schienbein. Wir waren lange nackt, aber aufgefallen ist mir nichts. Ist da überhaupt etwas?

Was ist mir sonst noch entgangen? Welche anderen Geheimnisse hat Can vor mir? Was für Lügen erzählen seine betörenden Augen? Nimmt er letzten Endes vielleicht sogar Anabolika?

Es fällt mir schwer, der Wahrheit ins Gesicht zu schauen; jener Wahrheit, vor welcher Vani mich unlängst gewarnt hat. Can hat mir so viel über sich anvertraut, und auch ich habe mich ihm gegenüber geöffnet, in jeglicher Hinsicht. Ich habe ihm Dinge erzählt, die nicht einmal Vani weiß. Außerdem hat er mich zum Zeichnen gebracht. Und zum Schreien. Und doch hat er mich offenbar in den kleinsten Dingen angelogen. Ich bin mir sicher, dass er kein Tattoo am Schienbein hat.

Zitternd schlinge ich die Arme um mich. Verflucht, bedeutet ihm das, was wir gehabt haben, denn gar nichts? Bedeute *ich* ihm nichts?

Der Wind trägt Cans Lachen zu den Zuschauerrängen hoch. Dort trifft es auf mein leises Weinen und verflüchtigt sich.

Als das Training vorbei ist, stehe ich sofort auf. Ich will nicht warten, bis Can geduscht hat; ich will ihn jetzt zur Rede stellen.

Ich passe ihn auf dem Weg zur Garderobe ab. Will kommt ebenfalls an mir vorbei. Er zwinkert aufmunternd. Ich nicke benommen zurück, ehe meine Aufmerksamkeit bei Can landet.

Im ersten Moment strahlt er übers ganze Gesicht, als er mich sieht. Sein blaues Auge funkelt mit dem grünen um die Wette, und die tiefen Grübchen verwandeln sein sonst so spöttisches Grinsen in ein warmes Lächeln. Selbst seine harten Züge wirken weniger einschüchternd als normal. Ich betrachte sein dunkles Haar, das ihm feucht und wirr in die Stirn fällt. Schweiß perlt von seinem Oberkörper und hinterlässt glänzende Spuren auf seiner ausgeprägten

Muskulatur. Als er vor mir zum Stehen kommt, werde ich von einem Zittern heimgesucht, das gleichermaßen lustvoll wie schmerzhaft ist.

Da realisiert er, dass etwas nicht stimmt.

Es ist, als würde meine Nähe sein Strahlen ersticken. Er hört auf zu lächeln. Die Grübchen verschwinden. Selbst der schillernde Glanz weicht aus seinen Augen.

Er presst den Mund so fest zusammen, dass seine Kiefermuskeln vor Anspannung hervortreten. Sekunden verstreichen, in denen er mich einfach anschaut. Meine Wimpern zucken beim Versuch, seinem Blick standzuhalten.

«Du bereust gestern», sagt er nach einer Weile. Es ist keine Frage, sondern eine Feststellung.

Als ich nichts erwidere, senkt er den Blick zu seinen Füßen und schürzt den Mund. Im ersten Moment nickt er dumpf vor sich hin. Aber dann reißt er den Kopf wieder hoch und schüttelt ihn heftig. Ein verbittertes Lachen kriecht seine Kehle hoch. «Du bereust es, dich auf mich eingelassen zu haben, und jetzt bist du hier, um mir das zu sagen. So ist es doch, oder? Wer hat mich bei dir angeschwärzt? Beverley? Oder bist du endlich von allein zur Einsicht gelangt, dass du etwas Besseres verdienst als mich?» Sein Tonfall lässt mich erschauern. So wütend und verletzt habe ich ihn noch nie erlebt.

Das Reden fällt mir schwer. «Hast du eine Geschlechtskrankheit?», frage ich erstickt.

Can unterbricht sich selbst in seinem Zorn. Er blinzelt. «Was? Natürlich nicht. Wie kommst du darauf?»

«Lüg mich nicht an, Finn Harlow. Woher weißt du, dass du sauber bist? Lässt du dich regelmäßig testen?»

«Natürlich.»

«Wann zum letzten Mal?»

«Vor einem halben Jahr.»

«Mit wie vielen Frauen warst du seither und vor mir im Bett?»

Can öffnet den Mund, ohne etwas zu erwidern. Das wiederum sagt alles. Meine Augen füllen sich mit Tränen.

Jene von Can weiten sich. «Allie, was ist los? Was ist geschehen? Tut dir etwas weh?» Er streckt eine Hand nach mir aus, doch ich weiche zurück.

«Du willst wissen, was mir wehtut?», entgegne ich und fühle, wie der Zorn in mir anwächst. Zorn gemischt mit Trauer, erkenne ich, ergibt eine hochexplosive Mischung. Und ich bin bereit, dieses Donnerwetter über Can zu entladen.

Zitternd fasse ich mir an die Brust. «Mein Herz tut weh, Can. Ich habe es dir geschenkt, aber du hast nur darauf herumgekaut und es wieder ausgespuckt. Ich habe dir vertraut, als du mir gesagt hast, du seist sauber. Aber …»

«Aber was? Allie, ich schwöre dir, ich habe nichts. Sag mir endlich, was los ist!» Wieder will er auf mich zukommen, doch ich weiche weiter zurück.

«Komm nicht näher – nie mehr», japse ich und breche fast zusammen, als ich seine Reaktion sehe. Denn meine Worte treffen ihn wie eine Schrotladung im Gesicht. Es ist so dramatisch, dass ich glaube, eine traurige Violine spielen zu hören.

Dann merke ich, dass da tatsächlich jemand Violine spielt. Ein Mädchen sitzt auf der Tribüne und übt ein Lied. Unsere Blicke zucken kurz in ihre Richtung, ehe wir in unser verzweifeltes Gespräch zurückfinden.

«Bitte. Tu das nicht», fleht Can heiser. «Wirf nicht weg, was wir hatten.»

Ich lache frustriert auf. «Wir hatte nichts, Can! Nur Lügen!»

«Ich habe dich nie angelogen, Allie.»

«Was ist mit deinem Tattoo? Das am Schienbein.» Zitternd kämpfe ich um meine Beherrschung. «Da ist keins, oder?»

Er erstarrt. «Allie …»

«Siehst du.» Tränen rollen über meine Wangen. «Du lügst wie gedruckt.»

Seine Augen glänzen verräterisch. «Ich lüge dich nicht an. Da war eins», gibt er leise zu, und ich erzittere. *War.*

«Und jetzt?»

«Nicht mehr.»

Das Schauern dehnt sich aus. Es findet einen Weg über meinen Rücken hinab und gefriert mein Herz zu Eis. Die Tränen finden nunmehr unaufhörlich einen Weg über mein Gesicht.

Auf einmal habe ich genug gehört.

«Ich hätte dir nie vertrauen sollen», zische ich und wende mich von ihm ab.

«Allie, warte!» Can hält mich beim Handgelenk zurück. Der Kontakt unserer Haut lässt mich zusammenzucken. «Allie, *bitte*!», drängt er erneut. «Du verstehst es nicht. Ich hatte eins, das ich mir heimlich mit sechzehn stechen ließ. Es war ein Bild von Goofy – Goofy, verstehst du? Denkst du, es ist ein Zufall, dass ich dich so genannt habe?»

«Du hast mich nach einem Tattoo benannt, das du dir hast wegmachen lassen?»

Can stöhnt vor Verzweiflung. «Ich musste es weglasern, weil mein Vater mich dazu zwang, kurz vor meinem siebzehnten Geburtstag. Allie, ich hätte es nie freiwillig entfernt, und manchmal fühlt es sich an, als wäre es noch da. Ich liebe Goofy – ich», seine Augen werden wässerig, «scheiße, Allie. Ich liebe dich.»

Seine Worte durchzucken mich mit der Kraft eines Stromschlags.

Noch mehr Tränen finden einen Weg über meinen Wimpernkranz. Sie kullern über meine Wangen, tropfen von meinem Kinn und bilden eine Mauer zwischen Can und mir. Denn Can hat mein Vertrauen zerstört, und das lässt sich nicht mit ein paar Worten und Sekundenkleber reparieren.

Meine Hand zittert, als ich sie um seine lege, um mich langsam, aber bestimmt aus seinem Griff zu befreien. «Würdest du mich lieben ...», beginne ich bebend, und die Violine wird lauter.

Cans Gesicht verwandelt sich in ein Bild der Verwüstung. «Tu das nicht. Bitte, ich flehe dich an!»

Ich befreie mich endgültig von ihm. «... dann hättest du mich nicht angelogen.» Damit mache ich auf dem Absatz kehrt.

«Allie.» Seine Stimme bricht hinter meinem Rücken. «Allie, ich habe dir nichts ... Ich würde nie ... Allie!» Das rauschende Blut in meinen Ohren übertönt seine verzweifelten Rufe. Eigentlich will ich nicht zurückschauen, aber er ist viel zu hübsch. Und so sehe ich, wie er mir nachrennen möchte. Und wie Will ihn aufhält.

«Lass sie, Mann», redet Will auf ihn ein, was ihm einen heftigen Stoß in die Brust einbringt.

«Was weißt du schon!», brüllt Can außer sich, und seine Stimme überschlägt sich. «Allie!»

Kurz frage ich mich, ob ich zu ihm zurückkehren und noch ein letztes Mal Sex mit ihm haben soll. Ganz nach Regelbuch, wie es so oft in meinen Büchern geschieht. Aber ich schaffe es nicht. Für einmal will ich nach niemandes Pfeife tanzen.

Aus meinem Gehen wird ein Rennen, aus der Dämmerung wird Nacht. Aus meinem ganzen Herzen wird ein gebrochenes.

20

Traurig.

21

Immer noch traurig.

22

Ich liege auf meinem Bett und höre Taylor Swift. *Wildest Dreams. I Knew You Were Trouble. Death by a Thousand Cuts* – you name it.

Ich schaffe es nicht in die Vorlesung, was wohl niemanden mehr überrascht, denn ich bin nur noch ein Schatten meiner selbst.

Was hat Can aus mir gemacht?

Als Will auftaucht, um nach mir zu sehen, bin ich dankbar, obwohl ich lieber allein sein möchte. Aber seine Schulter ist wirklich super zum Anlehnen. Folglich ist es wahr: Jeder Mensch ist für etwas gut. Weniger sei manchmal mehr, sagt Sam oft.

Aber wie ist das bei Can?

Will lässt sich selbst herein und setzt sich zu mir auf das schmale Bett. Das Gestell wippt und quietscht unter seinem Gewicht, was mich prompt wieder zum Weinen bringt.

Denn es ist der Soundtrack unserer Liebe.

Will hält mich fest. «Geht es dir schon besser, Als?», fragt er, nachdem meine nächste Tränenflut abgeebbt ist.

«Sieht es danach aus?», entgegne ich bitter und wische mir übers feuchte Gesicht.

«Ich rede nicht von deinem Liebeskummer, sondern von *da unten*.»

Der Hinweis auf die Körperpartie, die Can am meisten an mir geliebt hat, lässt meine Trauer von neuem anwachsen. Will reicht mir ein Taschentusch, welches ich mit zitternden Händen annehme.

Verflixt und zugenäht! Ich weiß wirklich nicht, wie ich diesem Teufelskreis aus Sehnsucht und Schmerz entkommen kann! Und was wird aus diesem Gespräch zwischen Will und mir? Artet das jetzt in eine dieser berüchtigten Füllerszenen aus? Sind zwei Kapitel voller Trauer nicht genug?

Mein Bauch zieht sich zusammen, als ich an Cans und meine romantischen Stunden im Bett denke – und am See, im Atelier, am Pool und im Whirlpool. Er war für mich die Welt, aber ich war für ihn nur eine weitere Kerbe.

Scheibenkleister, jetzt bin ich doch bei den Füllern gelandet. Doch egal, wie viele Zeilen sie füllen – mein Herz bleibt leer. Denn Can ist nicht mehr da.

«Allie.» Will schüttelt mich. Seine Stimme ist energisch geworden, ebenso sein Blick. «Sag mir endlich, wie es dir körperlich geht.»

«Es brennt und juckt immer noch», wimmere ich dann.

«Ist der Schmerz seit gestern gleichgeblieben, stärker oder schwächer geworden?»

«Wieso willst du das wissen?»

Er lächelt schief. «Weil ich mich ein bisschen damit auskenne.»

«Echt?» Ich hebe den Kopf. So viel Ahnung hätte ich Will gar nicht zugetraut. Das erinnert mich an Sam, der mich mit seinen weisen Ratschlägen und Worten auch immer wieder verblüfft.

Wo ist Sam eigentlich? Wieso ist er nicht hier, jetzt, wo es mir so schlecht geht?

Wills Umarmung hilft ein wenig gegen die Einsamkeit. Sein Lächeln ist nachsichtig. «Ich wurde in eine Ärztefamilie hineingeboren», erklärt er, ohne dass ich danach gefragt habe. «Meine Schwester ist Gynäkologin. Sie arbeitet in der Stadt, keine Stunde von hier. Wenn du wirklich denkst, dass Can dich mit irgendetwas angesteckt hat, dann solltest du das untersuchen lassen. Ich kann dir einen Termin organisieren. Du wirst nichts bezahlen müssen.»

«Das würdest du für mich tun?»

«Ich würde einiges für dich tun, Allie Andrews», murmelt Will und drückt meine Schulter. Seine Worte erfüllen mich mit Geborgenheit. Mir fällt auf, wie ähnlich Will und Can lächeln. Beide haben Grübchen. Wills sind freundlich, Cans mysteriös.

Er kneift mich spielerisch in den Oberarm, nimmt sein Handy hervor und wählt eine Nummer. Zehn Minuten später habe ich einen Termin bei Dr. Green.

Ich bedanke mich bei ihm mit einer innigen Umarmung. Er ist überraschend muskulös. Das hätte man unter seinem weiten Pulli gar nicht vermutet!

Sein Körper fühlt sich warm an. Ich schmiege meine Wange dagegen. «Du bist der schwule Freund, den ich mir immer gewünscht habe», sage ich leise.

Will zieht mich lachend näher. Er riecht nach Sonne und dem Meer. Sein Lachen rumpelt in seinem Brustkorb nach. «Ich bin nicht schwul, Als.»

«Was?» Mein Kopf füllt sich mit Blut. Erschrocken weiche ich vor ihm zurück, was seinem Lachen Auftrieb gibt.

«Entspann dich, Als. Du darfst mich trotzdem umarmen!»

Ich versuche, mitzulächeln, doch es misslingt mir. Meine Schläfen pulsieren, und kurz frage ich mich, ob Umarmen schon Betrügen ist.

Nur: Wen würde ich überhaupt betrügen?

«Ich wusste nicht, dass Freundschaften zwischen heterosexuellen Frauen und Männern existieren», räume ich ein, woraufhin Wills Augen wie zwei Smaragde im Sonnenlicht funkeln.

«Ich schätze, wir finden das jetzt heraus.» Er streckt seine Hand nach mir aus, und ich verkeile meine Finger in seinen. Männliche Freunde haben, realisiere ich, ist irgendwie cool.

23

Will hält meine Hand, als wir mit dem Bus in die Stadt fahren, und lässt sie erst los, als wir die Praxis seiner Schwester erreichen. Dort verabschiedet er sich und verspricht, im Café um die Ecke auf mich zu warten.

Ich betrete die Praxis mit wildpochendem Herzen.

Wills Schwester ist eine sympathische Mittdreißigerin, der man die Verwandtschaft mit Will sofort ansieht. Sie hat ebenfalls blonde Haare, die wie von der Sonne geküsst aussehen, und freundliche grüne Augen.

Die Praxisassistentin nimmt mir Blut und Urin, Dr. Green wiederum irgendwelche Sekrete. Das alles ist mir total peinlich. Über romantische Stunden im Bett schreiben, ist das eine – aber *Körperflüssigkeiten*? Mir wird ein wenig schlecht. Was für ein Tabuthema.

Dr. Green erklärt mir, dass es normalerweise mehrere Tage dauert, bis man die Testergebnisse erhält. Aber heute muss mein Glückstag sein: Dr. Green besitzt ein eigenes großes Labor, in welchem man sich augenblicklich um meine Proben kümmert, weil die Leute da offenbar sonst nichts zu tun haben. Außerdem scheint es nicht nötig zu sein, irgendwelche Kulturen oder sonst was anzulegen. Da bin ich echt nochmals mit einem ahnungslosen blauen Auge davongekommen!

Da die Auswertung trotzdem ein paar Stunden in Anspruch nimmt, schlägt Dr. Green vor, dass ich mit Will im Café warte. Ich kriege einen Anruf, sobald es Neuigkeiten gibt.

Als ich die Praxis verlasse, schleicht mir die Unsicherheit wie ein Schatten hinterher.

Ich habe vergessen, in welchem Café Will auf mich wartet, weshalb ich zehn Minuten durch die Stadt irre. Schließlich entdecke ich ihn im Garten eines süßen kleinen Cafés namens *Chez Marie-Lou*.

Mir wird sofort klar, warum Wills Wahl auf dieses Café gefallen ist: In den Ästen der schattenspendenden Bäume hängen Anime-Figuren aus Plüsch. Der Anblick von Pikachu, Totoro und Doraemon erfüllt mich mit ebenso viel Wärme wie Wills Lächeln.

Mit einer einladenden Handbewegung zeigt auf den Stuhl ihm gegenüber. «Setz dich, Als. Ich habe dich auf der anderen Straßenseite herumirren sehen und mir erlaubt, dir schon mal einen Cappuccino zu bestellen. Mit extra viel Schokopulver, ja?» Er zwinkert. Dann wird er ernster und fragt: «Wie ist es gelaufen?»

Die Wärme in mir verzieht sich. Abrupt beginne ich zu frösteln. Wäre ich nicht so jung, würde ich mir ernsthafte Sorgen um die Wechseljahre machen.

Ich ziehe den Stuhl zurück und lasse mich an den kleinen, runden Holztisch plumpsen. Mit beiden Armen umschlinge ich meinen Körper. «Die Testergebnisse kommen erst in ein paar Stunden.»

Will zieht eine Grimasse. «Das habe ich befürchtet. Darum habe ich für uns ein Café ausgesucht, das besonders viel Unterhaltung bietet – und weiche Stuhlkissen.» Wäre sein freches Grinsen nicht so süß, hätte ich ihm vermutlich meinen Cappuccino ins Gesicht geleert. Dieser kommt in dem Moment und riecht so wunderbar, dass mein Herz für den Hauch eines Augenblicks aus seiner Kältestarre erwacht. Kurz scheint es in seinem alten Rhythmus weiterpochen zu wollen. Dann erinnert es sich, dass das ohne Mann nicht geht, und verkriecht sich wieder wie eine Sommerblume im Herbstlaub.

Mein Bauch zieht sich zusammen. Stumm hebe ich die Tasse und schlürfe den Milchschaum weg.

Es dauert einen Moment, bis ich merke, dass Will mich beobachtet. Ertappt stelle ich die Tasse auf den Tisch zurück und wische mir eine Strähne aus dem Gesicht; seit Can nicht mehr da ist, muss ich das wieder selbst tun.

Meine Augen füllen sich schon wieder mit Tränen, weil ich an ihn denken muss. Donner und Doria! Reicht's nicht bald?

Will seufzt mitfühlend. «Kopf hoch, Als. Ich bin mir sicher, dass du gesund bist.»

«Das kannst du nicht wissen, Will.»

«Doch, doch. Mein Bauchgefühl sagt es mir.»

Ich hebe die Brauen. «Und was ist dein Bauchgefühl? Ein Hellseher?»

«Nein, ein Optimist. Genau wie sein Besitzer», erwidert er mit einem Lächeln, das seine Grübchen aufblitzen lässt.

Er trinkt seinen Espresso aus und winkt die Bedienung zu uns an den Tisch. Mir fällt auf, dass das sonst niemand macht. Alle anderen müssen an der Kasse bestellen. Aber wenn Will den kleinen Finger hebt, scheint die ganze Welt in Bewegung zu kommen.

Die Bedienung entpuppt sich als groß gewachsene, schlanke Blondine um die zwanzig. Sie spricht mit einem französischen Akzent. Ihre Sommersprossen sind viel schöner als meine. Reflexartig schiele ich an den Himmel und richte meinen Stuhl so aus, dass ich ganz im Schatten sitze.

Die Französin bedient Will in Rekordzeit und lässt uns kaum Zeit zum Reden. Während ich sie mit einem finsteren Blick taxiere, schenkt Will ihr ein Lächeln, das sie puterrot anlaufen lässt. Mit einem lieblichen Kichern hüpft sie davon, natürlich nicht, ohne noch einmal über die Schulter hinweg zurückzuschauen. Ihr Verhalten ringt mir ein Augenrollen ab.

Ich hasse diese Scheißverliebten.

Will rührt mehr Zucker unter seinen neuen Kaffee, als seine sportliche Figur es erahnen ließe, und hält sich die Tasse an die Lippen. Beim Erstkontakt zuckt er zusammen; der Kaffee muss noch heiß sein. Genauso heiß wie die Französin auf meinen Kumpel ist. Wieder verdrehe ich die Augen.

Ohne einen Schluck genommen zu haben, stellt Will die Tasse zurück auf den Unterteller. Im Gegensatz zu mir hat er einen bekommen. «Ich kenne Can aus der High-School», erzählt er unvermittelt. «Wir waren im selben Jahrgang, bevor ich das letzte Jahr wiederholen musste.»

Cans Name triggert mein Interesse. Schnell wäge ich ab, worüber ich mehr erfahren möchte: Finn «Can» Harlow oder Wills Gründe für die Ehrenrunde.

«Du kennst Can schon länger?», frage ich. Will nickt, was mich mit Ernüchterung flutet. Ich lasse die Schultern hängen. «Dann hast du mich angelogen. Du sagtest, ihr kennt euch dank der Oxville Cows.»

Natürlich frage ich mich sofort, warum mich neuerdings alle Jungs anlügen. Dann fällt mir auf, dass ich kaum Jungs kenne – oder zumindest keine, mit denen ich mich lange genug unterhalte, dass sie mich anlügen könnten.

Wo, zum Teufel, steckt Sam?

Will deutet ein Seufzen an. Der Ausdruck in seinem Gesicht ist auf einmal schwer zu deuten, denn die Grübchen sind verschwunden. «Ich habe nicht gelogen, sondern gewisse Dinge ausgespart», korrigiert er mich. «Das habe ich getan, weil ich dich nicht mit irgendwelchen Gerüchten über Can verrücktmachen wollte. Aber gerade weil ich ihn von früher kenne, konnte ich Vani nicht verheimlichen, dass er nach der Semesterbeginnparty bei dir war. Als ich dann erfuhr, dass es nicht bei einer einmaligen Sache geblieben ist, war ich erst einmal ziemlich geschockt. Aber das darfst du mir nicht übelnehmen, Als.»

Kurz schaut er durch das Fenster zur Kasse, wo die Französin steht. Sie tauschen ein Grinsen. Will gluckst. Ich verenge die Augen.

Er blickt zu mir zurück. «Du musst wissen, dass der Can von heute vermutlich nicht mehr derjenige ist, den ich aus der High-School kenne. Das konnte ich anfänglich aber nicht wissen. Erst durch dich wurde mir klar, dass er sich verändert haben muss. Im ersten Moment dachte ich trotzdem, du seist ein bisschen naiv. Oder geistesgestört. Je nachdem.»

«Hm, danke», brumme ich.

«Aber jetzt verstehe ich dich.»

«Hm, was?» Ich blinzle, und er lächelt.

«Ich habe euren Streit mitbekommen, schon vergessen? Und ich schwöre, so habe ich Can noch nie gesehen. So verzweifelt und ... verletzt. Ich weiß nicht, wie du das hingekriegt hast, aber du scheinst irgendetwas in ihm verändert zu haben. Früher war er aggressiv und ungehalten. Mädchen waren für ihn nur ein Mittel zur

Befriedigung. Dann kamst du, und jetzt zeigt er all diese ... *positiven* Gefühle. Da ist keine Spur von Jähzorn mehr oder von all diesen Dingen, die den meisten von uns Angst einjagen.»

«Ihr habt Angst vor Can?», erwidere ich stirnrunzelnd, aber dann erinnere mich, wie ich Can anfänglich wahrgenommen habe. Sexy, ja. Aber auch unheimlich.

Unwillkürlich denke ich an seine einschüchternde Größe, seine Stärke und das undurchdringbare Schimmern in seinen Augen. Ich habe diese Eigenschaften als sehr attraktiv empfunden. Nun wird mir bewusst, dass man all diese Vorzüge genauso gut als etwas Gefährliches werten kann – und ich verstehe Will mit einem Mal. Müsste ich Finn Harlow auf einem Footballfeld gegenüberstehen, würde ich mir wahrscheinlich auch ins Höschen machen.

Ich persönlich habe Can allerdings nie als gefährlichen Menschen wahrgenommen. Vielleicht hat Will also recht, und er ist ganz anders. Anders zu mir. Weil ich eine special snowflake bin. Mein Puls zieht an.

Mannomann. Auf Instagram würde ich diese Erkenntnis mit mindestens vier Herz-Emojis versehen.

«Ich habe ihn nie als Gefahr wahrgenommen», sage ich nach einem Moment des Schweigens; ich murmle, denn meine Stimme brüchig geworden ist. «Wieso habt ihr Angst vor ihm?»

Will wackelt mit dem Kopf. «Ich kann nur für mich sprechen. Aber es liegt an den Gerüchten über ihn. Oder *lag*. Wir trainieren noch nicht lange zusammen, aber mir ist schnell klargeworden, dass er nicht so schlecht ist wie sein Ruf. Außerdem konnte ich einen deutlichen Unterschied erkennen zwischen dem Can, den es vor dir gab, und dem Can, der durch dich erwacht ist. Er ist viel zugänglicher geworden. Manchmal lächelt er sogar – und zwar richtig, und nicht auf diese spöttische von-oben-herab-Art. Du hast ihn zum Guten verändert, Als.»

Ich halte inne. «Wieso erzählst du mir das?»

Will trinkt seinen Kaffee aus und stellt die leere Tasse auf den Tisch. Das rückt die Französin sofort wieder auf den Plan. Ich strafe sie mit einem bösen Blick und kann nicht verstehen, warum sie uns ständig unterbrechen muss. Als ob wir zum Flirten hier sind!

Leider ist Will viel zu nachsichtig. Er bestellt ein Wasser und wartet geduldig darauf, während ich vor Ungeduld fast zergehe.

So kann man eine Geschichte auch in die Länge ziehen.

Erst, als das Glas vor ihm steht und die Französin wieder davongehüpft ist, geht Will auf meine Frage ein. Seine Antwort ist jedoch alles andere als befriedigend. «Ich denke, du weißt, wieso ich dir das alles erzähle.»

Ich blinzle genervt. «Äh, nein?»

«Oh, dann bist du doch dümmer als gedacht.» Er lacht, als ich eine Schnute ziehe. «Ich erzähle es dir, weil ich allmählich *Team Can* bin. Versteh mich nicht falsch: Es ist wichtig, dass du deine Testergebnisse abwartest. Aber ich glaube nicht, dass er dich angelogen hat. Zumindest nicht bewusst. Es gibt viele Krankheiten, die bei Männern gar nie ausbrechen und bei Frauen alles Mögliche durcheinanderbringen.»

Ich schlürfe am Milchschaum herum und nickte. Es ist seltsam mitzubekommen, wie sich jemand auf Cans Seite schlägt – erst recht nach Vanis Ausflippen. Andererseits fühlt es sich auch gut an. Es gibt mir die Gewissheit, dass ich nicht vom Teufel geritten wurde, als ich mich auf Can einließ. Es muss mehr gewesen sein.

Kann es Liebe sein?

«Ich will den Tag nicht vor dem Abend loben.» Wills Stimme reißt mich in die Gegenwart zurück. Er nimmt meine Hand und drückt sie. «Aber für unser Footballteam würde ich es mir wünschen, dass ihr zwei wieder zusammenkommt. Can ist ohne dich wie ein führerloses Kriegsschiff.»

«Und mit mir?»

«Ein Teddybär mit Krallen.»

Der Spruch bringt mich zum Lachen. Will lacht mit, und ich merke, wie gut sich das anfühlt. Ich sollte wieder öfter lachen. Das sei Balsam für die Seele, sagt Sam immer.

Als ich eine Stunde später wieder in Dr. Greens Untersuchungszimmer sitze, wappne ich mich dennoch für das Schlimmste.

Benommen knete ich meine Hände im Schoss durch. Ich schaue Wills Schwester nicht an, als ich sage: «Werde ich überleben?»

Ich höre Dr. Greens Lächeln, bevor ich es sehe. «Natürlich, Allie. Du bist völlig gesund.»

Ihre Worte schießen wie kaltes, klares Wasser durch meine Gehörgänge. Nebel lichtet sich.

Verdattert hebe ich den Kopf. «Das ist unmöglich. Sind Sie sich sicher? Haben Sie meine Untersuchungsergebnisse möglicherweise mit einer anderen Patientin vertauscht?»

«Nein. Ich bin mir sicher.» Sie klopft auf eine Mappe, die vor ihr auf dem Tisch liegt. Dann neigt sie den Kopf. «Darf ich fragen, wieso du zweifelst?»

Meine Wangen füllen sich mit Blut. «Weil, äh, weil es immer noch juckt und brennt. Gestern konnte ich kaum normal gehen, ohne dass es gescheuert hat.»

«Wie fühlt es sich denn heute an?»

Ich rutsche auf dem Stuhl herum. «Besser. Aber ich weiß nicht, ob das jetzt an Ihren Resultaten oder an der verstrichenen Zeit liegt.»

Dr. Green schmunzelt. «Vermutlich ist es eine Mischung aus beidem. Du hast gesagt, dass die Beschwerden nach dem Geschlechtsverkehr aufgetreten sind, du diesen aber sehr genossen hast.»

«Sehr, ja.» Meine Ohren glühen. Ich nicke. Seit wann erzähle ich solche Dinge eigentlich überall herum?

«Hattest du früher schon ähnliche Probleme?», hakt Dr. Green nach.

Ich denke an die dreißig Sekunden und schüttle den Kopf.

Die Ärztin verzieht nachsichtig den Mund. «Deine Scheide ist minimal irritiert. Das ist jedoch kein Grund zur Besorgnis. Die Irritation kann von verschiedenen Dingen herrühren, von mangelnder Befeuchtung oder einer zu starken Penetration über einen bestimmten Zeitraum hinweg.»

«Pene- …»

«Du hattest zu viel Sex», unterbricht sie mich, als könne sie nicht glauben, dass jemand so dumm ist.

«Oh», sage ich und sitze da. Und je länger ich das tue, desto stärker geht das Brennen tatsächlich zurück.

Als ich aufstehe und mich von Wills Schwester verabschiede, ist es schon fast verschwunden. Nur beim Gehen spüre ich es noch leicht. Aber anders als zuvor fühlt es sich nicht mehr schlecht an. Sondern irgendwie gut. Sexy. *Verrucht.*

Ich habe keine Geschlechtskrankheit. Sondern einfach zu viel Sex. Bei dem Gedanken wird mir ganz schwummrig.

Meine Knie schlingern leicht, als ich Will wieder im Café aufsuche. Er sitzt immer noch im Garten und lacht über etwas, das die Französin ihm erzählt. Sein rotes T-Shirt spannt sich über seinen breiten Oberkörper, was mich schon wieder an Can denken lässt.

Ich denke daran, wie ich mich an ihm festgekrallt habe.

Wir hatten also zu viel Sex.

Hihi.

Doch was mich im ersten Moment amüsiert und hibbelig macht, triggert im nächsten völlig neue Sorgen. Denn jetzt denke ich an die Hauptfiguren aus meinen Lieblingsbüchern.

Skye und Tyler hatten in ihrer ersten Liebesnacht auch mindestens fünfmal hintereinander Sex. Trotzdem hatte Skye danach keine Schmerzen. Oder zumindest keine, die sich nicht im lustvollen Rahmen bewegten. Beschwerden wie meine sind neu.

Hat Dr. Green recht? Kann man wirklich zu viel Sex haben? Oder ist doch etwas falsch mit mir? Ob Beverley auch Schmerzen hat? Oder bin ich schlichtweg zu ungeübt und eng und Can zu groß?

Ich ahne, dass nur ein Mensch die Antworten auf diese Fragen kennt: Finn Harlow.

24

Am selben Abend sitze ich mit Will und Vani in unserem Wohnzimmer. Ich habe eigentlich nicht vorgehabt, mit ihnen über meinen Frauenarztbesuch zu reden. Aber da ihre Charaktere farblos wie das Fernsehprogramm der Fünfziger sind, bietet mein eigenes Leben die einzige Unterhaltung.

Will hat für uns Bier besorgt, ich trinke trotzdem Wasser. Für Alkohol fühle ich mich auf einmal zu brav, denn man lernt aus seinen Fehlern.

Vani sitzt neben mir und drückt seufzend meine Schulter. «Ich bin froh, dass du gesund bist. Du hast mir einen schönen Schrecken eingejagt!»

«Ich mir auch», brumme ich, nippe am Wasser und schiele zu Will.

Er studiert mich. «Du weißt, dass du früher oder später mit Can reden musst», sagt er.

Cans Name erfasst mich wie ein Lichtstrahl durch die Wolkendecke. Unwillentlich befeuchte ich meine Lippen mit der Zunge. «Ich weiß, dass ich das tun muss. Aber es ist so viel geschehen, und», ein Stich erfasst meine Brust, «er hat mich trotzdem angelogen.»

«Hast du ihm denn immer die Wahrheit gesagt?», möchte Will wissen.

«Immer.» Meine Augen werden wässerig. «Immer.» Okay, außer vielleicht, als er mich über meine sexuelle Erfahrung ausgefragt hat. Oder darüber, weshalb ich lese, was ich lese. Oh, und bei der Sache mit meiner Mom.

Aber das alles ist nichts im Vergleich zu einer Tätowierung, die nicht da ist.

Vani verzieht mitfühlend den Mund. Sie legt den Arm um mich. «Kopf hoch, Allie! Vielleicht wollte er sich bloß interessanter machen. Allmählich glaube ich nämlich auch, dass unter seiner harten Schale ein verdammt weicher Kern steckt. Will hat mir erzählt, wie er gestern im Footballstadion um dich gekämpft hat. Er hat dich kaum gehenlassen wollen!»

«Er hat in der Dusche geweint. Seine Augen waren ganz rot», ergänzt Will.

«Vielleicht war es auch Gras», murmelt Vani. Will funkelt sie mahnend an.

Ich horche auf. «Can hat geweint? Wegen mir?»

Will hebt die Schultern, und Vani verdreht die Augen, während ich versuche, mir die Situation vorzustellen. Mir ist schon bei unserem Trennungsgespräch aufgefallen, dass er mit den Tränen gekämpft hat. Aber dass er zu solchen Empfindungen fähig ist, hätte ich nie gedacht.

Ein Gefühl von Hektik überkommt mich.

Mit einem Satz springe ich vom Sofa auf. Ich ignoriere, dass ich Vani dabei den Ellbogen ins Kinn ramme. «Verflucht, ich muss ihn sehen. Ich muss mit ihm reden – jetzt sofort!», stoße ich aufgeregt hervor.

«Sage ich doch schon lange», seufzt Will, aber ich höre kaum noch hin.

Ohne ein weiteres Wort renne ich los.

«Uh, Allie?», ruft Vani mir nach, und ich ignoriere auch sie.

Adrenalin pumpt durch meinen Körper. Can hat meinetwegen geweint. Er hat geweint, weil ich ihn des Lügens bezichtigt habe, obwohl er mir nichts als die Wahrheit erzählt hat.

Er ist nicht krank, sondern kerngesund. Und er hat mir die schönsten Stunden meines Lebens beschert.

Ich muss zu ihm, um mich zu entschuldigen; ich muss zu ihm, bevor er sich eine andere sucht! Denn so etwas passiert immer, wenn ein Mann von der großen Liebe verlassen wird: Er knutscht mit der nächsten herum. Und dann geht das Drama von neuem los. Aber dazu werde ich es nicht kommen lassen. Das hier ist schließlich kein 0815-New-Adult-Roman.

Draußen ist es zappenduster, aber das hält mich ebenso wenig auf wie die Rufe von Vani und Will, die immer noch hinter mir her hallen. Normalerweise würde ich nach zehn Metern Rennen atemlos zusammenklappen. Doch Cans Liebe verleiht mir Flügel.

Auf dem Parkplatz stehen den Studenten der Oxville University E-Bikes zur Verfügung, die man gegen das Vorweisen des Identitätsausweises ausleihen kann.

Ich lasse meinen Ausweis über den Kartensensor schnellen. Drei Atemzüge später rase ich der Straße entlang, die Can und ich tags zuvor in seinem Sportwagen zurückgelegt haben. Ein Glück, dass mein Erinnerungsvermögen so gut ist!

Ich strample, keuche und kriege kaum noch Luft, doch mein eiserner Wille treibt mich voran. Einmal bleibe ich mit meinem weißen Kleid im Hinterrad hängen. Der Saum reißt ein. Ich muss anhalten, um es von Maxilänge auf Kniehöhe zu kürzen. Herrjemine! Aber darauf kann ich jetzt keine Rücksicht nehmen.

Ungebremst rase ich weiter.

Ich weiß nicht, wie viel Zeit vergeht, bis die Lichter des Poolhauses auftauchen. Ihr Anblick erfüllt mich mit einem sehnsüchtigen Herzklopfen. Schwer atmend zwinge ich mich, noch einmal die Geschwindigkeit zu erhöhen.

Dann erreiche ich den Vorplatz.

Ich steige vom Fahrrad und falle schwerkeuchend auf die Knie. Obwohl ich müde bin, durchströmt mich plötzlich pure Lebenskraft.

Denn ich habe es geschafft.

Es dauert einen Moment, bis ich mich zitternd auf die Beine hieven kann. Mit beiden Händen fahre ich mir erst durchs Haar und dann übers Gesicht, um die Spuren der anstrengenden Fahrt zu beseitigen. Danach sehe ich aus wie frisch aus dem Ei gepellt und fühle mich bereit, Can gegenüberzutreten.

Ich steige auf die Veranda und drücke den Klingelknopf. Der Gong frisst sich durchs Haus.

Der Wind frischt auf. Ich schlinge meine Arme um mich selbst und warte. Warte. Warte.

Beunruhigt mustere ich die Tür. Ist Can nicht da? Wenn er nicht da ist, wieso brennt dann überall Licht? Weiß er denn nicht, wie schlecht das fürs Klima ist?

Besorgt frage ich mich, ob er auch den Müll nicht trennt. Dann klingle ich erneut, ohne eine Antwort zu erhalten. Schließlich schaue ich mich auf dem Vorplatz um.

Erst jetzt fällt mir auf, dass sein Sportwagen fehlt. Can ist wirklich nicht da. Oh, nein.

Kälte überkommt mich, obwohl noch immer der Schweiß von meiner Stirn perlt. Einen Moment lang schwanke ich benommen.

Dann wird mir klar, dass es nicht die Kälte ist, die mich frösteln lässt. Es ist nicht der Wind, der um die Hausecke rauscht, und auch nicht das herumwehende Laub, das sich kalt auf meine Haut senkt. Es ist die Einsamkeit.

Can ist nicht bei mir.

25

Ich stehe mindestens eine Viertelstunde auf Cans Vorplatz und weine. Ihm so nah zu sein und doch so fern, zerreißt mein Herz in zwei Hälften, von denen die eine gekocht und die andere zersplittert wird.

Irgendwann sehe ich ein, dass mein Herumstehen nichts bringt, selbst wenn Sam manchmal behauptet, dass wahre Propheten die Ereignisse abwarten. Ich packe mein E-Bike und mache mich auf den Rückweg.

Vielleicht liegt es daran, dass ich langsamer fahre. Als ich auf die Waldstraße Richtung Oxville University einbiege, fällt mir erstmals auf, wie dunkel alles geworden ist. Es gibt kein Anzeichen von Leben und keine Lichter, nur mein donnerndes Herz und der schwache Schein der Fahrradlampe.

Um mich herum schießen die Tannen wie Riesen in die Höhe. Unter den unsteten Windzügen erwachen sie zum Leben. Ich friere und will schneller fahren, aber meine Beine sind zu ausgelaugt von der Hinfahrt.

Um mich abzulenken, beginne ich, aus voller Kehle Anime-Intros zu singen. Das wirkt sich schlecht auf meine Geschwindigkeit aus, aber immerhin fühle ich mich dadurch weniger einsam.

Glaube ich.

Denn je länger ich singe, desto mehr kommt es mir vor, als würde der Wald meine Laute imitieren. Eulen heulen, Füchse schreien, und das Rauschen des Windes verwandelt sich in ein Jammern. Ich presse die Augen zusammen und singe aus Leibeskräften «Leb deinen Traum».

Zu spät merke ich, dass man beim Fahrradfahren niemals die Augen schließen sollte. Just in dem Moment heult nämlich ein lauter Motor auf. Grelle Scheinwerfer erscheinen am Horizont.

Ich erschrecke mich sosehr, dass ich Schlagseite kriege. Mein Gesang endet geradewegs in lautem Schreien, als ich von der Straße abkomme und stürze. Das Gebüsch dämpft meinen Aufprall, trotzdem schlage ich mir die Knie, die Ellbogen und die Hände auf. Es tut weh. Hätte ich mal lieber einen Helm angezogen! Aber mit «sich schützen» haben Can und ich es ja generell nicht so.

Die Scheinwerfer kommen näher und bleiben stehen. Ein Motor verstummt, kurz darauf höre ich eine Autotür aufspringen und wieder zufallen. Die Scheinwerfer brennen weiter. Sie beleuchten eine riesige Silhouette, die in meine Richtung eilt. Vor Schreck verschlucke ich mich an meinem eigenen Schluchzen.

Der Autofahrer entdeckt mein Fahrrad. Er bleibt davor stehen und wirft suchend den Kopf herum.

Dann entdeckt er mich.

Ich halte die Luft an. Angst erfüllt mich.

«Allie? Allie, bist du das?»

Mit einem Zischen stoße ich die angehaltene Luft wieder aus. Mein Herzschlag verdoppelt sich, und meine Angst fällt in sich zusammen.

Es ist Can. Can hat mich gefunden!

«C-Can», bringe ich hervor – und da erkennt er auch mich.

«Allie!» Bestürzt springt er von der Straße und zu mir. Er packt mich bei der Taille und hilft mir auf die Beine. Beim Anblick meines Bluts beginnen seine Augen zu schimmern. «Oh, Allie. Was machst du nur?», presst er hervor, ohne den Blick von meinen Wunden zu nehmen.

«Du warst nicht da.» Ich verfluche meine Stimme, die vorwurfsvoll klingt. Meine Knie sind so weich, dass ich mich an Cans hartem Bauch festklammern muss. Wenigstens etwas Gutes hat diese Situation.

Sein Arm liegt warm und beschützend um mich, doch an seinem Kinn zuckt ein Muskel. Im nächsten Moment seufzt er auf. Er wirkt angespannt. «Verdammt, Goofy. Ich komme gerade vom Campus. Rate mal, zu wem ich wollte.»

«Zu mir?» Unmerklich klammere ich mich fester an ihn. Erst da scheint ihm aufzufallen, wie nahe wir uns sind.

Dabei wollten wir uns doch nie mehr nahekommen.

Er lässt mich so abrupt los, als bestünde meine Haut aus Gift. Ich schwanke und halte mich am nächsten Baum fest. Die Scheinwerfer seines Autos beleuchten uns indirekt. Unheimliche Schatten umspielen Can. Obwohl er betroffen wirkt, sieht er auf einmal gefährlich aus. Gefährlich gut.

Ich klammere mich fester an den Baum, während Can seine Hand mustert, die mit meinem Blut beschmiert ist. Er muss versehentlich in eine meiner Schürfwunden gefasst haben. Ich habe es vor Aufregung nicht einmal bemerkt.

Mit einem schweren Schlucken wischt er das Blut an der eigenen Hose ab. Ich verlagere das Gewicht von einem Fuß auf den anderen. «Wieso wolltest du zu mir, Can? Antworte», verlange ich ungeduldig.

Er fährt sich durchs Haar. Die Geste wirkt nervös. Er schweigt noch immer.

«Can», bedränge ich ihn.

Er saugt seine Unterlippe ein. «Ich wollte zu dir, weil ich es nicht ertrage, wie du von mir denkst. Ich bin kein schlechter Mensch, Allie. Ich habe dich nicht angelogen. Nie.» Langsam zieht er einen Zettel aus der Gesäßtasche und streckt ihn mir hin. «Das wollte ich dir geben.»

An seinem Daumen klebt immer noch etwas Blut von mir. Verunsichert nehme ich den Zettel entgegen. Can schaut weg, während ich das kleine Ding entfalte und lese.

Meine Augen werden groß.

«Ich habe mich testen lassen», sagt er im selben Moment, in welchem ich es lese. «Ich wollte dir beweisen, dass ich sauber bin. Ich wollte ...» Seine Stimme bricht. Verbittert rammt er die Zähne aufeinander. Er verwirft die Hände. «Verflucht, Allie. Ich wollte mich bei dir entschuldigen, ohne zu wissen wofür! Aber dann kam ich in deine Wohnung, und sie war leer. Da waren Bierflaschen, aber du ...» Seine Zähne knirschen. Er ballt seine rechte Hand zu einer zitternden Faust. «Ich dachte, du hättest dich wieder abgeschossen und mit irgendeinem Typen davongemacht ... Ich dachte, ich hätte dich für immer verloren.»

Noch immer starre ich auf den Zettel in meiner Hand. Can hat sich auf alles Mögliche testen lassen.

Alle Ergebnisse sind negativ.

Er ist tatsächlich sauber. Folglich habe ich ihm eine Szene gemacht, weil wir uns zu sehr geliebt haben und er einen großen Penis hat.

Wahnsinn.

«Can, ich ...», beginne ich, ohne zu wissen, was ich sagen will. Ein Zittern überkommt mich. Denn auf einmal wird mir klar, was ich getan habe. Wie ich Can verstoßen habe für nichts und wieder nichts. Ich habe die Liebe meines Lebens auf die Straße gestellt, weil ich ihr misstraut habe.

Der weiße Zettel fällt mir aus der Hand, flattert zwischen uns auf den Boden und wird zum Symbol meines endenden Kampfes gegen unsere Liebe. «Ich wollte auch mit dir reden», bringe ich endlich hervor. «Ich wollte mit dir reden, weil es mir leidtut. Alles. Oh, Can! Ich fühle mich so schuldig!»

Can öffnet den Mund, doch er schweigt weiterhin. Seine Umrisse werden immer noch in tiefe Schatten getaucht. Vielleicht weiche ich deshalb reflexartig zurück. So weit, bis ich mit dem Rücken gegen einen Baumstamm stoße.

«Wieso hast du deine Meinung geändert?», fragt er argwöhnisch.

Ich kämpfe gegen einen Kloß im Hals an. «Ich habe mich auch testen lassen. Und ich bin gesund, Can. Ich bin … ich war nur wund.» Verlegen senke ich die Lider. «Unsere Liebe war einfach zu groß für meinen Körper. Aber sie ist es nicht für mein Herz. Für dieses wird sie niemals zu viel sein, Can.»

Er erstarrt. «Bitte, sag mir, dass du nicht lügst.»

«Ich lüge nicht.»

«Dann hasst du mich nicht?»

Ich schüttle den Kopf. «Nein. Nein! Natürlich nicht – wie könnte ich?» Ein Schauern durchfährt mich. Tränen suchen einen Weg über mein Gesicht. «Can, verflucht. Du bist die Liebe meines Lebens. Ich hätte dich niemals verurteilen dürfen! Aber ich hatte eine solche Angst, und dann waren da all diese Dinge, die man sich über dich erzählt – und Beverleys Blicke! Ich weiß, dass ich sagte, dass sie mir egal sind, aber so einfach war es nicht.» Meine Stimme verliert sich. Tränen brechen aus mir heraus. Ich schluchze. «Es tut mir so leid!»

Can springt vor und umfängt mich mit seinen wundervollen Armen. Seine Brust dehnt sich gegen meine Wange aus. Er zieht mich so nahe, dass ich seine dunklen Umrisse von zuvor vergesse und mich in seiner Nähe verliere.

Er wiegt mich. «Es ist okay, Allie. Alles ist gut. Ich bin dir nicht böse.» Er gibt mir einen Kuss ins Haar. Die Berührung durchschießt mich mit noch mehr Wärme. Ich verkralle meine Finger in seiner Brust und lasse mich fester halten. Can küsst mich abermals ins Haar, diesmal näher bei der Stirn. Seine Lippen streifen meine Haut.

Meine Unterlippe erbebt, als ich meine Hände in sein Kreuz wandern lasse, um die Nähe zwischen uns maximal auszukosten. Ich will ihn nie mehr verlieren. «Ich liebe dich, Can», flüstere ich aufgewühlt.

Meine Worte durchzucken ihn. Erst befürchte ich, etwas Dummes gesagt zu haben. Aber dann nimmt er mein Gesicht in seine Hände und sieht mich an.

Die unheimlichen Schatten fallen gänzlich von ihm ab. Sein blaues und sein grünes Auge schimmern. «Allie», raunt er. Ich klammere mich an seine Handgelenke, weil ich meinen Beinen nicht mehr traue. Und ich verliere langsam den Kontakt zum Boden, als er den Kopf senkt und mich küsst.

Sein Mund bewegt sich sanft gegen meinen. Die Berührung schmeckt salzig, vermutlich wegen meiner Tränen.

Der Geschmack verändert sich, als Can meine Lippen mit seiner Zunge teilt. «Ich liebe dich auch», murmelt er an meinen Mund, und der Boden unter meinen Füßen verflüchtigt sich weiter.

Mein Herz rast plötzlich aus den verschiedensten Gründen. Der Schönste drückt mich sanft gegen den Baumstamm hinter mir und erforscht meine Silhouette mit seinen Händen. «Verflucht, Allie. Ich liebe dich so sehr.»

«Can.»

Er erreicht den abgerissenen Saum meines weißen Kleides und schiebt eine Hand darunter. Eine altbekannte Lust überkommt uns. Wir küssen uns wie Ertrinkende.

Ich reiße mich von seinem Mund los, um nach Luft zu schnappen, aber Can gewährt mir maximal eine halbe Sekunde, bevor er mich mit seinem nächsten Kuss in den Wahnsinn treibt. Mit beiden Händen fahre ich ihm durchs Haar, ziehe daran. Er stöhnt, packt mich beim Po und drängt seinen Unterleib zwischen meine Beine. Er ist viel größer als ich, daher werde ich entlang des Baumstammes in die Höhe gedrückt. Die Rinde scheuert über meinen Rücken, aber ich ignoriere den Schmerz.

Bald stehe ich nur noch auf den Zehenspitzen und fühle mich über den Wolken angekommen, wo die Freiheit laut Sam grenzenlos sein muss. Das macht mir keine Angst, denn Can hält mich fest.

Er wird mich immer festhalten.

Unser Kuss wird tiefer. Pure Leidenschaft bringt unser Blut zum Kochen. Can reibt seinen Unterleib an meinem. «Ich brauche dich, Allie», sagt er heiser, während er meinen Hals mit gierigen Küssen bedeckt. Als Antwort lege ich meine Arme um ihn und ziehe ihn näher an mich. Eingeklemmt zwischen Baumstamm und Can lasse ich mich von seiner Lust überfallen. Als ich meine Beine um seine Taille schlinge, verliere ich den Boden endgültig.

Wir küssen uns so ausgehungert, als wären wir Jahre voneinander getrennt gewesen. Can saugt meine Unterlippe ein, und ich keuche vor Verlangen, weil er gleichzeitig eine kreisende Bewegung mit seiner Hüfte macht. Es treibt mich fast in den Wahnsinn. Aus dem Kreisen wird ein Stoßen. Wir stöhnen beide.

«Mehr», hauche ich wie schon all die Male zuvor.

Can erschauert vor Erregung. Trotzdem reißt er sich kurz los von mir. «Willst du das wirklich, Allie Andrews?»

Ich nicke und schließe seufzend die Augen, als er sich kurz darauf mit noch mehr Leidenschaft über mich hermacht.

Dann lässt er mich vorsichtig zu Boden gleiten, um mich aus meinem Höschen zu befreien. Einen Atemzug später ist er wieder bei mir, während er sich hektisch am Reißverschluss seiner Hose zu schaffen macht. Ich will helfen, denn mir kann es auch nicht mehr schnell genug vorangehen.

«Can», japse ich verzweifelt, weil ich immer wieder von seiner Hose abrutsche. Seine Erregung ist nunmehr deutlich zu spüren.

Can stöhnt an meinem Hals. Er packt mich beim Nacken und zieht meinen Kopf bei den Haaren zurück. Seine Küsse werden inniger. Er scheint jeden Zentimeter meiner Haut bearbeiten zu wollen.

«Gott, du machst mich so hungrig. So, so hungrig», stößt er heiser hervor. Es gelingt mir, seine Hose zu öffnen. Mit einem ungeduldigen Knurren drückt er mich gegen den Baumstamm zurück und schiebt mein Kleid über die Hüfte hoch. Ich keuche vor Lust, als ich ihn hart und bereit an mir spüre. Seine Zunge fährt über mein Ohrläppchen, im nächsten Moment spüre ich seine Zähne. Ich winde mich. Mein Körper kribbelt von Kopf bis Fuß.

«Mehr», stöhne ich und erschauere, als Can hineinbeißt und —

Ein höllisches, stechendes Brennen durchfährt mich. Ich glaube, mein Kopf explodiert.

«Aua!», schreie ich außer mir und stoße Can weg. Mein Ohr pulsiert vor Schmerz.

Can taumelt zurück. Er ist starr vor Schreck, seine Augen sind weit aufgerissen. Ich bin so davon gefesselt, dass es einen Moment dauert, bis mein Blick auf seinen Mund fällt.

Mein Herz setzt einen Schlag aus.

Tropf. Tropf. Tropf.

Etwas rinnt im Takt meines Herzschlags über meinen Hals. Mein Ohr pulsiert. Erschrocken fasse ich mir dorthin. Als ich die Hand wieder senke, ist sie voller Blut.

Genauso wie mein weißes Kleid, meine Haut, Cans Mund ... Mir wird schlecht. Ein unkontrollierbares Zittern überkommt mich.

Can schwankt ebenfalls. Langsam hebt er die Hand an seinen Mund und spuckt etwas hinein. Es sieht aus wie ein blutiges, kleines Stück Fleisch.

Grauen überkommt mich. Hektisch fasse ich mir ans Ohr zurück.

Ein Teil davon fehlt.

«Scheiße, Allie. Ich ...», bricht es aus Can heraus. «Scheiße, nein! Es tut mir so leid! Nein. *Nein*!»

THE END

Danke!

Vielen Dank, dass du dieses Buch zu Ende gelesen hast!

Auf den nächsten Seiten erklären wir, warum wir CAN IT BE LOVE so und nicht anders geschrieben haben. Hey ho, let's go! :)

Anmerkungen

CAN IT BE LOVE ist New Adult, Persiflage und Experiment in einem. In einer Corona Quarantänenacht gezeugt, ist es die Antwort auf die Frage, ob man in nur sieben Tagen einen (nicht ganz ernst gemeinten) New-Adult-Roman schreiben und dabei so viele Klischees wie nur möglich einsetzen kann. Zur Challenge angetreten ist eine US-Autorin namens Mary-Sue McKnightingale beziehungsweise:

- eine Buchhändlerin und Buchbloggerin (Geri), die New Adult liebt und sich wünscht, dass in diesem Genre Qualität wieder vermehrt vor Quantität steht
- eine Autorin (Rahel), die zu viele Gespräche mit Geri geführt hat ;)

Normalerweise steht bei einer Geschichte die Handlung im Vordergrund. Bei CAN IT BE LOVE waren es Klischees und Tropes. Wir suchten die typischsten zusammen und versuchten, uns in möglichst kurzer Zeit daran entlang zu hangeln. Im Zentrum standen Aspekte, die in New Adult manchmal so inflationär eingesetzt werden, dass sich einige Romane aus diesem Genre wie Kopien voneinander lesen. Ganz wichtig: Wir starteten das Projekt mit einem großen Augenzwinkern, und genauso sollte man es auch lesen. Der Untertitel von CAN IT BE LOVE ist darum Programm («Kennst du ihn, kennst du alle»).

CAN IT BE LOVE hat uns gezeigt, wie schnell sich ein Buch schreiben lässt, wenn man einfach Schema X folgt, ohne es zu hinterfragen. Der Spagat zwischen New Adult, Parodie und Häme fiel uns allerdings nicht leicht. Unsere Testleserrunde hat beispielsweise ergeben, dass unser «New Adult»-Beginn zu authentisch war. Einige Leser*innen tauchten so tief in die Geschichte ein, dass bewusste Genreverstöße und Irritationen nicht mehr als solche wahrgenommen wurden. Stattdessen hörten wir, Allies Unfall sei zu «banal» und die Sache mit der Geschlechtskrankheit zu übertrieben. Aber das wollten wir doch, schließlich ist es eine Parodie? Fail, Geri und Rahel! Da haben wir echt versagt.

Im Anschluss an diese «Anmerkungen» gehen wir darum nochmals darauf ein, wie und zu welchem Zweck wir bestimmte Klischees und Tropes eingesetzt haben. Vorweg: Die meisten haben wir aus Spaß verwendet oder weil wir sie insgeheim ziemlich toll finden. Hinter anderen steckt etwas mehr, aber erwartet hier keine Gesellschaftskritik von uns.

Aus einem Scherz heraus entstanden oder nicht: Wir haben einiges aus CAN IT BE LOVE gelernt.

Geri wollte beispielsweise schon lange herausfinden, was es braucht, um einen eigenen New-Adult-Roman zu verfassen: Ich schreibe aktuell an meinem allerersten eigenen Projekt. CAN IT BE LOVE hat mir gezeigt, worauf ich achten muss, und mir das nötige Werkzeug mitgegeben, zum Beispiel was den Satzaufbau betrifft oder wie man seine Plot-Ideen strukturiert. Die wichtigste Erkenntnis war aber, mir selbst einzugestehen, wie herausfordernd es ist, sich nicht einfach in Klischees zu flüchten, sondern etwas eigenes und Originelles zu erschaffen. Bei CAN IT BE LOVE standen Klischees im Zentrum. Bei meinem eigenen Projekt gehe ich viel bewusster damit um.

Rahel fragte sich, ob man New Adult schreiben kann, wenn man das Genre selbst nicht mag: CAN IT BE LOVE hat mir vor allen Dingen gezeigt, wie viel Spaß das Schreiben im Team macht und dass mein Stil und mein Humor in diesem Genre gar nicht so fehl am Platz sind. Mögen werde ich New Adult vermutlich nie wirklich, aber zumindest weiß ich jetzt, dass man so tun kann und dass es mit Geri als Co-Autorin auch richtig unterhaltsam werden kann. :)

Wir schrieben das Buch von Anfang bis Ende zusammen und stehen beide voll und ganz hinter jeder Zeile, jeder Punchline und jedem übersehenen Fehler. Rahel schaffte die Basis, Geri ergänzte sie und gab ihr New-Adult-Okay; Rahel war die Deep Shit Poetin, Geri die Sexchoreografin. Sämtliche Witze, Liebesszenen und Ausformulierungen sind am Ende auf dem Mist von uns beiden gewachsen. Der Schluss übrigens auch. Wir feiern ihn! #unpopularopinion

Doch allem Spaß zum Trotz: Wir beide mögen romantische Wohlfühlgeschichten, die sich wie «Heimkommen» anfühlen. Mit CAN IT BE LOVE beabsichtigten wir folglich zu keinem Zeitpunkt, uns über irgendjemanden lustig zu machen – weder über Leser*innen noch über Autor*innen oder Verlage. Denn wie gesagt: Auch wir mögen Klischees und Tropes, besonders wenn sie in Form von gutaussehenden Menschen und gefühlvollen Szenen daherkommen. Wir wollten uns einfach mal mit einer ordentlichen Portion Ironie damit auseinandersetzen. Aus diesem Grund bleibt CAN IT BE LOVE selbstverständlich kein alleinstehender Roman, sondern ist der Auftakt der großen #itbe-Reihe. Der zweite Teil WILL IT BE FOREVER erscheint *never ever* beim ΣΤΥΞ Verlag – einem fiktiven Verlag, dessen Name nicht als Angriff, sondern als Hommage zu verstehen ist. Und wie es nach WILL IT BE FOREVER mit Mary-Sue McKnightingale weitergeht? Man weiß es nicht. :)

Zuletzt möchten wir uns bei allen bedanken, die sich ohne Berührungsängste auf #canallie eingelassen haben – besonders Désirée, Fiona, Janine, Livia und Tine.

Außerdem bedanken wir uns bei János, Kevin, Mike Stee, Raffi(ki), Tobi und Vinh für ihre Unterstützung. Gratis-Cappuccinos für alle! ♥ (benutzt bitte den Code vorn im Buch)

Und natürlich bedanken wir uns auch bei euch fürs Lesen und eure Zeit! Wir hoffen, ihr hattet Spaß mit #canallie. Zumindest wir werden die beiden sehr vermissen! Na gut, vielleicht nur Can.

Eure

Mary-Sue McKnightingale
aka Geri und Rahel

PS: Die Playlist vorne im Buch hat die ganze Geschichte vorweggenommen.

Verwendete Klischees & Tropes

Mit CAN IT BE LOVE wollten wir die beliebtesten New-Adult-Klischees auf die Schippe nehmen. Es ging uns nicht darum, irgendjemanden anzuschwärzen, denn ganz ehrlich? Wir mögen die meisten Klischees und Tropes selbst viel zu sehr, zumindest wenn sie richtig eingesetzt werden! Manchmal kommt es uns nämlich vor, als kämen sie nur zum Zug, weil ein*e Autor*in keine Lust hat, sich über Alternativen Gedanken zu machen. Das finden wir dann weniger toll – und ebendas war unser Antrieb. Denn wir dachten uns: So schreiben können wir auch! Hundertachtundsechzig Stunden später war #canallie geboren.

Wir wollen übrigens nicht herumheucheln: Den größten Spaß hatten wir, gerade weil es so 0815 war. Beim Schreiben von Kapitel zwei lachten wir beispielsweise Tränen, weil es so klischiert war – nur um dann beim Lesen zu merken, dass die Szene durchaus ihren Reiz hat. Außerdem lieben wir Can. Irgendwie. Sehr sogar.

Uns war wichtig, den urklassischsten **Aufbau von einem New-Adult-Roman** einzuhalten: *Sie* kommt in ein neues Umfeld; sie sieht *ihn*; sie necken sich; sie verlieben sich trotz Geheimnissen;

sie lieben sich *fast*; sie führen (pseudo-)tiefgründige Gespräche; sie berühren sich; sie berühren sich *mehr*; Oralsex mit flirty Dirty Talk; Sex behutsam, weil er gefühlvoll und sie unerfahren; Sex wilder, weil er wild; Doggy am Morgen, weil Zähne nicht geputzt (?); multiple Orgasmen, weil er talentiert; sich anbahnendes Drama; Streit und Zerwürfnis; Versöhnung; Plottwist-Ende, weil Reihe. Weitere Punkte, die von Verlagen häufig gewünscht werden: USA oder UK; Reihenfähigkeit; Ich-Erzähler; sexy Szenen, aber nichts allzu Verrücktes; zentrales, zu überwindendes Problem, bevor man sich überglücklich in die Arme fallen kann. Wir versuchten, diesen Anforderungen gerecht zu werden, weil a) wir solche Geschichten insgeheim auch mögen und b) sich unsere Geschichte wie gesagt zumindest teilweise wie ein echter klassischer New-Adult-Roman anfühlen sollte. Und welcher Weg wäre da leichter als der Einsatz einer Handlung nach obigen Kriterien? Okay, gegen Ende verirrten wir uns ein wenig im Wald, aber nun denn.

Allie Andrews sollte einerseits *die* klassische Identifikationsfigur für einen Großteil der (weiblichen) Leser sein. Andererseits war sie aber auch ein Gefäß für Dinge, die uns persönlich in anderen Büchern immer wieder stören. Das kam besonders in der zweiten Hälfte zum Ausdruck.

Allie bezeichnete sich selbst als «graues Mäuschen» mit dem Herzen am rechten Fleck.

Tatsächlich hatte Allie aber **nur ihre eigenen Probleme im Kopf** und war nicht halb so unattraktiv, wie sie es ständig behauptete. Ihr Aussehen betreffend, war sie die Einser-Schülerin, die nach jeder Prüfung nach Aufmerksamkeit schreit, indem sie sich selbst schlechtmacht (obwohl sie genau weiß, dass sie gut ist).

Statt an einem gesunden Verhältnis zum eigenen Körper zu arbeiten, verließ sich Allie zudem auf das Urteil von außen. Can fand sie sexy – ergo *muss* sie sexy sein. **Body Positivity** ist in New Adult selten intrinsisch motiviert, sondern etwas, das dir ein attraktiver Mensch gibt oder nimmt. Was BFF Sam zu Allie sagte, hatte demzufolge kein Gewicht – aber was Can sagte? Huh, wo ist die nächste Stripteasestange?

Darüber hinaus stellten wir Allie übertrieben **dumm und naiv** dar. Can war eine wandelnde rote Flagge, aber Allie schlug alle Warnungen in den Wind. Normalerweise hat das in New Adult keine Konsequenzen. In unserem Fall endete es mit einem abgebissenen Ohrläppchen. Dumm gelaufen, Allie!

Auch beim Sex war unsere Hauptfigur sehr fahrlässig. Can behauptete, sauber zu sein, und sie zweifelte *keine Sekunde* daran. Natürlich ist es okay, irgendwann und unter bestimmten Voraussetzungen auf das Kondom zu verzichten. Aber in vielen Büchern reicht ein «Ups, vergessen – aber ich war halt so scharf auf dich!» oder ein **«Ich bin sauber, schwöre!»** des Sixpack-

Typen, und die Sache ist gegessen. Und Mädchen wie Allie glauben ihm, ganz egal, wie lange sie sich kennen oder was für eine Vorgeschichte der Typ hat. In New Adult gibt es in der Regel keine Geschlechtskrankheiten.

Finn «Can» Harlow war Allies Gegenstück: der 0815-Bad Boy mit den betörenden Augen (wir konnten uns nicht zwischen blau und grün entscheiden). Für seinen Körper müsste er im echten Leben Mahlzeiten abwägen und sieben Tage die Woche ins Gym rennen. In New-Adult-Romanen reichen Luft, Liebe und ein bisschen Jogging. Sein Stauts als **«böser Junge»** wurde mit Bettgeschichten, einer mysteriösen Vergangenheit, Tattoos und einem Faible für Rockbands zementiert – wobei die genannten Rockbands alles andere als *bad* sind (wir mögen Can aber trotzdem und schalten auch nicht weiter, wenn Nickelback im Radio spielt).

Für Allie krempelte Can sein ganzes Leben um, wurde treu, einfühlsam und ehrlich. Dass ein Typ wie er **aus altruistischen Gründen auf Sex verzichtet**, *obwohl sie will*, ist ein Klassiker in der New-Adult-Literatur.

Ein weiterer Klassiker ist die **positive Korrelation zwischen Sixpack und «guter Bestückung»**. Außerdem weiß besagter Typ immer ganz genau, wie er die Bonuszentimeter lustvoll einsetzen muss. Die Idee, dass Allie «da unten» wund war, hatten wir wegen ebendiesen

Klischees. In New-Adult-Büchern geht es meistens mehrmals hintereinander zur Sache. Ist *er* dann wirklich so groß und *sie* so eng, wie das immer behauptet wird, müsste es irgendwann wehtun – ganz egal, wie groß die Lust und wie «verdammt feucht» sie ist. Oder? Oder??

Mit der Prügelszene zwischen Can und Patrick spielten wir auf die **Romantisierung von Gewalt** in Liebesromanen an. Die Art, wie Schlägereien in diesen Büchern manchmal angezettelt und ausgetragen werden, lässt vermuten, dass kaum ein*e Autor*in Ahnung davon hat. So kommt es, dass gewaltbereite Jungs viel zu häufig dafür bejubelt werden, dass sie andere verprügeln oder krankhaft eifersüchtig sind. Es ist schließlich der einfachste Weg, um einen Mann als Alphamännchen darzustellen. Die Herzensdame wiederum wird zwar ebenfalls oft als mutig oder stark dargestellt. Aber früher oder später kommt sie immer in Bedrängnis und kann nur noch von *Abs-Man* gerettet werden.

In unserem Fall kann man Cans aufbrausende Reaktion durchaus nachvollziehen. Allie hatte Glück, dass er für sie da war! Berücksichtigt man aber zusätzlich die Gerüchte über ihn, wäre sie ihm trotzdem besser aus dem Weg gegangen. Aber natürlich tat sie das nicht. Denn selbst der gewalttätigste New-Adult-Typ wird zum Schmusekätzchen, wenn die große Liebe anklopft. Und eigentlich wird er doch eh nur von allen missverstanden.

Generell wird in Büchern häufig **Sex mit Liebe verwechselt**. Auch bei uns war das der Fall. Can und Allie verband nichts, sie redeten miteinander maximal dreißig Minuten am Stück. Trotzdem wurde augenblicklich von *one true love* geredet, und die eigentlich so schüchterne Allie Andrews fiel komplett *out of character*, weil der attraktive Student aus dem 3. Semester auf sie stand. Diese Form von «Instalove» kommt in Büchern immer wieder vor. Schaut man genauer hin, geht es aber meistens nur um körperliche Anziehung.

In vielen New-Adult-Büchern kommen zudem **unerfahrene, introvertierte, schüchterne Mädchen** wie Allie vor, die beim Sex dann aber von null auf hundert alle Hemmungen fallen lassen und herumschreien wie andere auf der Achterbahn. Wir wissen nicht, wie es euch geht, aber wir finden das ein bisschen unrealistisch. Trotzdem suggerieren viele Romane, dass man zum selbstbewussten Vamp mutiert, wenn nur der richtige Gegenüber am Start ist. Auffällig ist auch, dass es immer zur gleichen **Abfolge von sexuellen Praktiken** kommt. Kam wirklich noch nie jemand auf die Idee, dass nicht jede*r befingert oder oral befriedigt werden möchte? Oder gibt es in der New-Adult-Welt einen Konsens darüber, was man mögen muss und in welcher Reihenfolge? Kein Wunder, dass alle Sexszenen gleich klingen – und kein Wunder, dass Allie vor dem ersten Mal mit Can Oralsex haben wollte. Gehört sich halt so!

Die **Verarbeitung von Traumata mit Hilfe der Liebe** wird bei New Adult ebenfalls großgeschrieben. In unserem Fall wurde Allie von einem älteren Studenten entführt. Ein zweites Drama drehte sich um ihre kaputte Hand. Beide Ereignisse waren einschneidend für Allie. Trotzdem waren sie flugs vergessen und verarbeitet, kaum dass Can seinen Auftritt hat.

Schlimme Erlebnisse werden in Büchern häufig gleichermaßen überzeichnet wie herabgespielt. Fakt ist, dass die meisten von uns schon ein Trauma hätten, wenn uns ein Fremder auf offener Straße eine Ohrfeige geben würde. Man will sich also nicht vorstellen, was all die Ereignisse in Büchern *in Realität* aus uns machen würden ... Je nach Thema ist man sich dieser Überspitztheit natürlich bewusst. Wir lesen ja Romane und keine Sachbücher!

New Adult befasst sich fast immer mit traumatischen Erlebnissen, und viele Romane tun das zum Glück sehr offen und feinfühlig. Bei einigen dienen sie aber nur dazu, eine Verbindung zwischen den Hauptfiguren aufzubauen. Egal, wie schlimm etwas war – alles lässt sich letztlich mit Liebe (oder Sex) lösen!

In einem sehr bekannten New-Adult-Roman erzählt die weibliche Hauptfigur ihrem Schwarm wirklich schreckliche Dinge aus ihrer Vergangenheit. Die Reaktion des Typen (Originalzitat): «Ich brauche dich. Jetzt gleich. Lass mich dich lieben, gleich hier! Bitte!» Und dann haben sie Sex. Was lernen wir daraus? Such dir einen Penis (Vagina), der groß genug (eng genug) ist, um alle deine Probleme zu lösen. Die Liebe deines Lebens lässt dich nämlich alles vergessen. Du bist so gut wie geheilt. Gratuliere!

Natürlich hilft es, wenn andere Menschen für uns da sind. Aber es ist auffällig, wie viele Romanfiguren einfach dasitzen und darauf warten, dass jemand kommt und sie aus ihrem Loch zieht. Dabei sollte man nicht auf die große Liebe warten, die einen rettet, sondern sein Leben selbst in die Hand nehmen.

Das kommt in CAN IT BE LOVE ebenfalls vor:
- Sie ist ein bücherliebender Kaffeejunkie, der nur Fast Food isst.
- Er gibt ihr einen Beinamen.
- Er riecht erdig und nach Wald.
- Sie hasst ihn, aber eigentlich mag sie ihn (weil er heiß ist).
- Er zieht ständig sein T-Shirt aus (okay, dieses Klischee stammt aus Filmen, aber gern geschehen).
- Er spricht sie andauernd mit vollem Namen an.
- Alle treffen sich ständig in Cafés.

- Es gibt Fanservice durch Pop-Culture-Referenzen.
- Nebenfiguren sind Füllerelemente ohne eigenes Leben (das kommt in Teil 2-10). Mindestens eine ist nicht heterosexuell.
- Es gibt einen weiteren attraktiven Typen, der vom «Haupttypen» argwöhnisch beäugt wird und Material für eine Fortsetzung liefert.
- Seine Hand reiten, Eightpack, «So verdammt feucht und eng!», «Komm für mich!», «Du hast etwas Besseres verdient!», knurren, stöhnen, stöhnen, stöhnen, seinen Namen schreien, Laute mit Küssen einfangen, prickelnde Spuren auf der Haut hinterlassen, auf die Unterlippe beißen, die Beine ganz fest zusammenpressen – haben wir irgendetwas vergessen? Ach ja: das Pochen zwischen den Beinen. ;)

Wir glauben, dass jeder aufgelistete Punkt hervorragend in einem Roman eingesetzt oder diskutiert werden kann. Wenn man auf Klischees und Tropes zurückgreift, sollte man das unserer Meinung nach aber nur tun, weil man sie mag oder weil sie der Geschichte dienen – und nicht, weil man zu faul ist, um sie gegen Alternativen abzuwägen, die möglicherweise besser wären. Lesen ist Geschmackssache, aber Qualität und Leidenschaft sieht man einem Buch immer an, egal, ob man es als Leser*in am Ende mag oder nicht.

Klischees und Tropes werden leider häufig dann eingesetzt, wenn es schnell gehen muss. Schreiben ist ein Business, ja, und manchmal drängt die Zeit. Bloß: Ab wann ist der Drang nach Fame größer als das, was man eigentlich erzählen möchte? Will man eine Kopie sein oder ein Original? Geht es darum, *das* eigene Buch in den Händen zu halten oder *irgendein* Buch, Hauptsache, das Cover ist schön? Denn noch einmal: All das hat nichts mit der Verwendung von Klischees und Tropes zu tun, sondern mit der Art, wie sie eingesetzt werden. Faulheit war beim Schreiben schon immer ein schlechter Ratgeber.

Natürlich hätten wir anstelle einer Parodie auch einen echten New-Adult-Roman schreiben können, der mit Klischees und Tropes so umgeht, wie wir es persönlich mögen. Und wer weiß? – Vielleicht wird das eines Tages unsere nächste Challenge. Vielleicht schreiben wir aber auch darüber, was mit Allies Ohr geschieht. :)

Die Autorinnen

Geraldine Dettwiler wuchs in Frick im Kanton Aargau (CH) auf. 2014 entschied sie sich dazu, ihrem Traumberuf als Buchhändlerin nachzugehen. Seit 2017 betreut sie die Kinder- und Jugendbuchabteilung einer Filiale der größten Schweizer Buchhandelskette.

Als «mylibraryofdreams» führt sie einen Buchblog und füttert ihre Follower täglich mit neuen Lesetipps und Meinungen zu Büchern.

mylibraryofdreams.jimdo.com
Instagram: @mylibraryofdreams

Rahel Hefti wuchs in der Nähe von Zürich (CH) auf. 2013 machte sie ihren Master in Medien- und Kommunikationswissenschaften sowie Filmwissenschaften an der Universität Zürich. Unter ihrem echten Namen erschienen drei Jugendbücher (Young Adult) und ein Kriminalroman bei den Verlagen Literaturwerkstatt und Emons. Rahel gönnt sich zurzeit eine Pause vom Autorenleben. Wie ernst sie diese Pause nimmt, zeigt CAN IT BE LOVE. ;)

rahelhefti.ch
Instagram: @rahelheftiauthor